二見文庫

灼けつく愛のめざめ

シェリー・トマス／高橋佳奈子＝訳

Not Quite a Husband

by

Sherry Thomas

原稿を完成できたのはよき編集者がいればこそ。

山ほど添削された原稿の見直しに喜んでとりかかれたのはすばらしき編集者がいればこそ。

推敲によって最初の原稿の二倍はいい原稿を提出できたのは並外れた編集者がいればこそ。


本書をその並外れた編集者、ケイトリン・アレクサンダーに捧げる。

謝辞

励ましをくださった読者のみなさんに感謝する。

ネルソン・リテラリー・エージェンシーのクリスティン・ネルソンとサラ・メジバウに。どちらもすばらしいエージェントであるだけでなく、すべてにわたってすばらしい人間である。

友人の医学博士ヴィクラム・ジャッカムセッティに。マラリアについての質問に穏やかに辛抱強く答えてくれたことに。サリー・ドリスコル＝レンタとドクター・レイナー・エンゲルに。十九世紀末には銃弾を体からとり除く手術がじっさいに行なわれていたと確証をくれたことに。

グーグル・ブックスに。これまで使ったなかでもっともすばらしいリサーチ・ツールであることに。

コートニー・ミランに。法的な専門知識を惜しみなく分け与えてくれたことに。

ジャニーンに。その親切なことばとよき助言とくもりなき友情に。

メレディス・デュランに。デビュー作の『愛は陽炎《かげろう》のごとく』で最高の地球儀のシーンをくり広げ、わたしに自分もそうした独特のシーンを描こうと思わせてくれたことに。もちろん、本書に地球儀は出てこないけれども。

すばらしきわが夫に。わたしが締め切りに追われているときには、家事の責任をより多く担《にな》い、手際良く片づけてくれたことに。わが母に。去年のクリスマスにひとり、死にもの狂いで執筆していたわたしのためにすばらしい食べ物を届けてくれたことに。

そしていつもながら、これを読んでくださっている読者のみなさんに感謝する。どうもありがとう。

灼けつく愛のめざめ

登　場　人　物　紹　介

ブライオニー・アスキス	女医
クウェンティン・レオニダス（レオ）・マーズデン	第七代ワイデン伯爵の末の息子。数学者
キャリスタ	ブライオニーの継妹
ジェオフリー・アスキス	ブライオニーの父
サー・ロバート	レオの名づけ親
ジェレミー	レオの長兄
チャールズ（チャーリー）	レオの次兄。インド総督の補佐官
ウィル	レオの三兄
マシュウ	レオの四兄
レディ・エマ・トディ	ブライオニーの継母。キャリスタの実母
ブレイバーン夫妻	長老派教会の牧師夫婦

プロローグ

　その長く輝かしい経歴において、ブライオニー・アスキスは新聞や雑誌の記事に数多く登場してきた。そのほとんどが、彼女の威厳に満ちた独特の外見はもちろん、漆黒《しっこく》の髪にひと筋はいった目立つ白髪《しらが》について言及している。

　好奇心旺盛な記者がその白髪がどうして現われたのか知りたがることも多かった。そう訊かれるたびに彼女はほほ笑み、二十代のころの殺人的な忙しさについて手短に語るのだった。

「何日も眠らずに過ごした結果ですわ。かわいそうなメイドはひどくショックを受けていました」

　白髪が現われたとき、たしかにブライオニー・アスキスは二十代後半だった。多忙をきわめていたのもたしかだ。さらには、メイドがひどくショックを受けたことも。しかし、大きな嘘というものは往々にしてそうだが、その話からも重要な要因が省《はぶ》かれていた。この場合はある男の存在が。

男の名前はクウェンティン・レオニダス・マーズデン。彼女はレオのことを生まれたときから知っていたが、一八九三年の春に彼がロンドンにやってくるまで、気にとめることはなかった。しかし、再会して数週間のうちには結婚の申しこみをしており、そのひと月後には彼と結婚していた。

結婚当初からふたりは不釣合《ふつりあい》の夫婦と思われていた。夫のほうは第七代ワイデン伯爵の五人の息子のひとりで、なかでももっともハンサムで人気者で洗練された男だった。結婚式をあげるころには、二十四歳の若さでロンドン数学会に数多くの論文を発表し、書いた脚本の芝居をセント・ジェイムズ劇場にかけ、グリーンランド探検もはたしていた。

ウィットに富んだ男で、つねに人々に囲まれ、誰からも称賛された。それとは対照的に妻のほうは口数が少なく、人に招かれることもなく、称賛もかぎられた人々から受けるだけだった。じっさい、社交界のほとんどの人は彼女の職業を――職業を持っていること自体を――認めていなかった。紳士の娘が医学をおさめ、まるでそこらの事務員さながらに日々――毎日！――働きに行くなど。ほんとうに必要なことなのか？

不釣合の結婚でも、否定する人たちに挑むようにうまくいく結婚もある。しかし、彼らの結婚は悲惨な結果に終わった。ブライオニーにとってはそうだった。彼女にとっては悲惨な結果に。レオのほうは結婚してからもうひとつ数学会で論文を発表し、グリーンランド探検についての体験記も出版して、これまで以上の称賛を受けた。

結婚一周年を迎えるころには、状況はかなり悪くなっていた。ブライオニーは自分の寝室にかんぬきをかけるようになっており、レオのほうは、そう、禁欲生活を送っているはずもないと彼女は思っていた。ふたりはもはやたまに出くわしてもことばを交わすことすらなくなっていた。

そのまま何十年も過ごしていたかもしれないが、彼の言ったひとことが状況を変えた。それは彼女に向けて発せられたことばではなかった。

はじめて夫の権利を拒んだ日から四カ月ほどたった夏の夜のこと、ブライオニーはふだんよりも早く、深夜になる前に帰宅した。一部の地域で赤痢が広まったのと、奇妙な発疹を発症する患者が出たため、患者を診《み》るか研究室で顕微鏡を見るかして七十時間も寝ずに過ごしたからだ。

ブライオニーは辻馬車に料金を払い、しばし家の外に立って空を見上げ、雨が降っていないかと空いている手を広げて伸ばした。夜の空気は電気が走っているようなにおいがした。すでに雷がごろごろ鳴っている。空の端が数秒ごとに光った。怠け者の天使がマッチで遊んでいるかのようだ。

ブライオニーがふと目を落とすと、そこに冷たいまなざしをしたレオがいた。

ブライオニーは文字どおり息を奪われた。呼吸ができず、肺が正常に機能しなくなってしまう。身の内に残っている欲望という欲望が刺激される。鬱々《うつうつ》とした心の陰に隠されてはいるものの、まだそれはあまりに強かった。

そこにいたのがふたりだけだったら、ことばを交わさずに会釈《えしゃく》だけしてすれちがったことだろう。しかし、レオは友人といっしょだった。ウェセックスという名前のおしゃべりな青年で、好んでブライオニーをからかいたがった。からかうといっても、セメントのブロックにワクチンの注射を打つにひとしかったが。

ウェセックスはポーカーのテーブルですばらしい幸運に恵まれたことをブライオニーに告げた。そのあいだレオは神経質な従者のように入念に手袋の指を一本一本撫でつけていた。ブライオニーの目はその手を見つめていたが、心は重石《おもし》を載せられてつぶれたようになっていた。

「……明晰《めいせき》このうえないとか言ってたな。正確にはなんて言ったんだっけ、マーズデン？」とウェセックスが訊いた。

「すぐれたギャンブラーは計画を立ててからテーブルにつくって言ったのさ」レオは苛々《いらいら》と答えた。「劣ったギャンブラーは必死の祈りとやみくもな希望だけを持ってテーブルにつく」

まるで高いところから突き落とされた気分だった。ブライオニーは突然、自分のやったことをはっきりと理解したのだ――ギャンブル。この結婚はわたしのすべてをかけた賭けだった。彼に愛されていたとしたら、わたしは彼と同じだけ美しく、望ましく、称賛すべき存在のはず。わたしを愛してくれない人のほうが絶対的にまちがっていることになる。

「まさしく！」ウェセックスが大声を出した。「そのとおりだ」

「さあ、ミセス・マーズデンを休ませてやるべきだ、ウェセックス」とレオ。「長い一日、高貴な務めについていていてへとへとだろうからな」

ブライオニーは彼に鋭い一瞥《いちべつ》をくれた。レオは手袋から目を上げた。ぼんやりとした薄明かりのなかでも、人を惹きつける魅力の塊のような姿ははっきりとわかった。彼がブライオニーにかけた魔法は完璧でけっして破られることはなかった。

レオがロンドンにやってきたときには、ほかの誰もがそうだったように、ブライオニーも彼に恋をした。レオは笑い飛ばすぐらいの礼儀を持っていてしかるべきだったのだ。どれほど多額の遺産を受けとることになっていようとも、オールドミスの医者が自分のようなアポロンにプロポーズするなど、お門《かど》ちがいだと言って。半笑いを浮かべて「ではどうぞ、うかがいましょう」などと言うべきではなかったのだ。

「おやすみなさい、ミスター・ウェセックス」ブライオニーは言った。「おやすみなさい、ミスター・マーズデン」

二時間後、嵐が鎧戸《よろいど》を揺らすなか、ブライオニーは震えながらベッドに横たわっていた。湯が冷えて夜気と同じ温度になるまで風呂に長くつかりすぎたのだ。

レオ――と胸の内でつぶやく。毎晩そうするように。レオ、レオ、レオ。

つと身を起こす。これまで気づかなかったのだが、そうして彼の名前を呼ぶことは今や必死の祈りとなっていた。ひとことに凝縮されたやみくもな希望。単なる欲望がいつのまに妄念にまでなり下がったのだろう？　彼がアヘンとなり、モルヒネとなったのはいったいいつだろう？

耐えられることはいくらでもあった。世間は物笑いの種になりながら、頭を高く掲げて歩く妻たちであふれ返っている。しかし、自分がこんなふうに欲求に駆られているのには耐えられなかった。職場で目にするあわれな女たちのようにはなりたくない。毒でしかない愛に身を焦がし、最後の尊厳さえ奪われながら、喜んで欲望に溺《おぼ》れる女たち。

レオは毒でしかなかった。分別や判断力を失わせる毒。彼がいないと食べることも眠ることもできなかった。いっしょにいて感じたほんのつかのまの幸せを、心は今も求めている。まだそれが大事なものであり、崩れてがれきの山と化した結婚生活において、いまだ色あせず輝いているとでもいうように。

でも、どうしたらあの人から自由になれる？　ふたりは結婚してまだ一年だった。結婚式は費用を惜しまぬ盛大なものだったが、それもレオが選んだのがほかの誰でもなく自分だと世間に知らしめたかったからだ。

砲弾の雨が降っているかのように外で雷鳴がとどろいた。家のなかはしんと静まり返っている。階段やつづきの部屋からきしむ音が聞こえてくることもなかった。今では彼が立てる音を聞くこともなくなっていた。

暗闇に息が苦しくなる。

ブライオニーは首を振った。そのことについて考えなければ、日々疲弊しきるまで働いて過ごしていれば、この結婚がまったくの失敗ではないという振りもできた。しかし失敗であるのはたしかだった。完全なる失敗。グリーンランドほども冷たく、不毛な地。

答えは次の稲妻とともに訪れた。ごく単純なことだった。婚姻の無効を勝ちとるために弁護士を雇《やと》う資金なら充分にある。それに加えてほんのささやかな嘘――婚姻関係がじっさいに結ばれることはなかったという嘘――が結婚をなかったことにしてくれるはずだ。

そうしてあの人から離れるのだ。失敗に終わった人生最大で唯一の賭けから。そうすれば心に受けた傷を忘れることができる。彼が亜大陸のマラリアの危険に満ちた沼地ほどもいまわしい、うんざりする人間であるとわかって失望したことも忘れられる。忘れれば、また呼吸もできるようになるだろう。

いいえ、できない。レオのそばを離れるなど。ほほ笑みかけられれば、バラの花びらのじゅうたんを歩く気分にさせられ、何度かキスされたときには、すべてがミルクと蜂蜜の味に思えたものだった。

婚姻の無効を求め、それが認められたら、彼はほかの誰かと結婚することだろう。その人が彼の妻となり、わたしには産めない子を産むのだ。

レオに忘れられたくはなかった。引きとめておけるなら、なんでも我慢する。

自分がこれほどの弱虫になりはてたことは耐えがたいことだった。

レオを愛している。

彼も自分も憎くてたまらない。

ブライオニーは自分の肩をきつく抱き、体を揺らしながら晴れない闇をじっと見つめた。

翌朝、メイドが部屋にはいってきたときにも、ブライオニーは膝を抱えてベッドにすわったままだった。モリーは部屋にはいってくると、カーテンと鎧戸を開け、日の光を部屋にとりこんだ。

ブライオニーのお茶を入れ、ベッドに近づいてきたが、そこでトレイを落とした。大きな音を立てて何かが割れた。

「ああ、奥様、髪の毛が、髪の毛が！」

ブライオニーは無言で目を上げた。モリーはドレッサーのところへ行って手鏡を持って戻ってきた。「ごらんくださいな、奥様。どうぞ」

ブライオニーは三日以上寝ていないにしてはまああの姿のはずと思っていた。が、鏡を見てみると、髪の毛に幅二インチほどの洗濯ソーダほども白い筋が見えた。

手鏡が手から落ちた。

「銀のエステルを持ってきて染めましょう」モリーが言った。「そうすれば、誰にも気づかれずにすみます」

「いいえ、銀のエステルなんか要らない」ブライオニーは機械的に言った。「体に悪いわ」

「でしたら、鉄のエステルを。そうでなかったら、アンモニアを使ったヘナを調合してもいいですけど、それでうまく染まるかは――」

「いいわ、それを用意して」とブライオニーは命じた。

モリーが部屋を出ていくと、ブライオニーはまた手鏡を拾い上げた。鏡には見慣れぬ、妙にか弱い姿が映った。慎重に隠しつづけていた悲しみが、白髪という弱さの象徴によってはっきりと姿を現わしてしまったのだ。そしてそれは誰のせいでもなかった。自分が自分にしたことだ。激しい欲望に駆られ、妄想にとりつかれ、熱に浮かされた心がもたらすむなしい満足のためにすべてを賭けようとしたせいだ。

ブライオニーは手鏡を脇に置き、腕で膝を抱えてまた身を揺らしはじめた。モリーが染料を持って戻ってくるまで少し時間がある。それから彼との面談を手配して、穏やかに、理性的に婚姻の無効を話し合うのだ。

ブライオニーはその前に最後の贅沢を自分に許した。

レオ、と胸の内でつぶやく。レオ、レオ、レオ。こんなふうに終わるはずではなかったのに。

こんなふうに終わるはずではなかったのだ。

1

インド北西部辺境地帯、チトラール行政区、ルンブール谷
一八九七年夏

　まぶしい午後の陽射しのなか、漆黒の豊かな髪にひと筋はいった白髪はぱっくりと割れた裂け目のように見えた。額《ひたい》の生《は》え際《ぎわ》からつむじの右側を通り、後頭部へとまっすぐ流れ、妙に派手な編みかたをした束ね髪のなかへとねじれて吸いこまれている。

　その光景は彼の心に奇妙な反応を引き起こした。あわれみではない。群れからはぐれたヒマラヤ・オオカミに感じるほどのあわれみも彼女には感じなかった。愛情でもなかった。心も体も、冷淡にふたりの関係に終止符を打ったのは彼女のほうだ。ある種のこだまのように心に湧き起こったのは、かつてもっと無垢《むく》だったころに抱いた希望だった。

　白いシャツとダークブルーのスカートを身につけた彼女は、片脇にバケツを置き、十フィ

ート離して立てたふたつの釣り竿のあいだに腰を下ろしていた。手に持った小枝で、流れの早い淡青緑色の水面にでたらめな模様を描いている。

小川の対岸に目をやると、堆積土の狭い畑で収穫を待つ冬小麦が濃い金色に輝いていた。土手には木と石でできた長方形の家々が積み重なるように建っていて、古びたおもちゃのブロックを寄せ集めたように見えた。村の向こうはさらに傾斜がきつくなっており、クルミとアプリコットの木立《こだち》がわずかにあるだけで、あとは山々のむきだしの尾根が連なっている。ごつごつした岩肌を支えているのは、まばらに生える低木と数本勇敢にも生えているヒマラヤスギだけだった。

「ブライオニー」レオは声を発した。頭がずきずきと痛んだが、彼女と話をしなければならなかった。

ブライオニーは身動きをやめた。小枝は小川に流され、岩に引っかかったと思うと向きを変え、また下流へと流れていった。小川に顔を向けたまま、ブライオニーは膝を腕で抱えた。

「ミスター・マーズデン、まさかお会いするとは。いったいどうしてこんな地のはてへいらっしゃることに?」

「きみのお父さんが病気なんだ。妹さんがレーに何本か電報を打って、きみから返事がなかったものだから、ぼくにきみを見つけてきてくれと頼んだのさ」

「うちの父がどうしたの？」

「詳しくはわからない。医者が予断を許さない状況だと言っていて、お父さんがきみに会いたがっているということしかキャリスタは言っていなかった」

　ブライオニーは立ち上がり、ようやく振り向いた。

一見、穏やかで愛らしい印象を与える顔だ。が、やがてグリーンの目の奥に、信仰を失いかけた修道女さながらの暗くわびしい影があることに気づく。しかし、口を開けば、裏に憂《う》さを隠しているのではないかという幻想は吹き飛んでしまう。というのも、彼女は誰よりも〝わたしにかまわないで〟という声をしているからだ。刺々《とげとげ》しいというわけではないが、刺々しく聞こえるほどに自信過剰で、病気にかかわることでないかぎり、どんなことにもほとんど関心のない声だった。

　しかし今この瞬間、ブライオニーは黙りこくっており、穏やかでいつも変わらぬ思いやりに満ちた顔で死者を見送る教会の石の天使のように見えた。

「キャリスタの言うことを信じるの？」と彼女は訊いた。天使のイメージは壊れた。

「信じるべきではないと？」

「一八九五年の秋にあなたが死にかけたというのがほんとうじゃなければね」

「なんだって？」

「あの子がそう言っていたのよ。あなたがアメリカの荒野で死にかけていて、最後にひと目わたしに会いたがっているって」

「なるほど」彼は言った。「そういう嘘をつく癖があるのか？」

「あなた、婚約してる？」

「いや」していてもおかしくはなかったが。数多《あまた》の美しく、愛らしい若いご婦人と知り合いで、その誰をとっても、自分に似合いの妻となることだろう。

「キャリスタによると、してるってことだったわ。でも、わたしがそうしろと命令すれば、その気の毒なご婦人を喜んで捨てるだろうって言っていた」最後のことばを発するときには、彼女は彼と目を合わせず、地面に目を落としていた。「たくらみに引っ張りこんでしまうことになってごめんなさい。こんなに遠くまで来てもらって、ほんとうに申し訳な――」

「でも、まわれ右をしてすぐに帰ってもらいたいってわけか？」

沈黙。「いいえ、もちろん、そんなことないわ。あなたも休憩して物資を補給しなきゃならないでしょうし」

「休憩も物資も必要なかったら？」

ブライオニーは答えず、彼から顔をそむけた。それから身をかがめて釣り竿を手にとり、リールを巻いた。釣り糸の先では何かが逃れようともがいていた。

地球上でもっとも荒涼とした地域を何週間もかけて旅し、冷たく硬い地面の上で眠り、紳士の旅に欠かせない物資を運ぶ荷役人たちの一個大隊を引き連れる手間を省くために、自分で仕留めた野生動物の肉やときおり見つけるひと握りのベリー類だけで飢えをしのいできたというのに、これが彼女の反応なのだ。

彼女からはそれ以外の反応を期待すべきではない。

「オオカミ少年でさえ、一度はほんとうにオオカミを見たんだ」レオは言った。「きみのお父さんも六十三歳だ。その年になれば、病気になることもあるだろう？」

器用に手首を返してブライオニーは魚を針からはずし、バケツに落とした。「イングランドに帰るには六週間かかるわ。万が一キャリスタの言うことがほんとうだとしても」

「それで、ほんとうだったら、行かなかったことを後悔することになる」

「それはどうかわからない」

地球上のほぼすべての人間に対して真の感情を見せない彼女を魅力的と思ったこともあった。複雑で非凡な人間に思えたのだ。しかしちがう。彼女は単に冷淡で感情というものを持ち合わせていない人間なのだ。

「六週間もかからない」レオは言った。「四週間で行ける」

ブライオニーは彼に目を戻した。頑固な表情が顔に浮かんだ。「いいえ、結構よ」

レオが心安らかに仕事に励んでいたギルギットからレーまで三百七十マイルあった。同じ距離をギルギットまで戻り、それからチトラールまで二百二十マイル。日々かなりの強行軍で、十四ポンドも体重を失った。グリーンランドの探検以来、これほどに疲れたのははじめてだ。

ちくしょう。

「だったらいいさ」軽く会釈する。「ご機嫌よう」

「待って」とブライオニーは呼びかけ、そこで言い淀んだ。

レオはなかば踵《きびす》を返しかけていた。

恋に落ちたときには、彼はまだ子供っぽさの残る魅惑的な青年で、黒髪のアドニスの美しさと若いディオニュソスのやんちゃさを備えていた。冷血な侯爵夫人ととても熱いティーポットを歌った歌に誰よりもぴったりの男。ティーポットには三インチの長い注ぎ口がついていて、「浅いカップも深いカップもすべてのカップを、辛抱強く愛情たっぷりに満たしてくれる」のだ。

結婚生活も終わりに近づいたころには、彼の外見からもすでに見せかけの天使のような甘さは多少薄れていた。今その横顔はカラーシュ谷を囲む急峻な山々のようにとがった険しいものとなっている。

「このまま帰るというの?」とブライオニーは訊いた。気は進まなかったが、お茶も出さずに帰すのは無作法に思えた。

「いや。きみのご友人のブレイバーン夫妻とお茶の約束をしたんでね」

「ふたりにもう会ったの?」

「きみの居場所を教えてくれたのが彼らさ」とレオは答えた。事務的な口調だったが、苛立ちがにじみでていた。

突然ブライオニーは警戒するような顔になった。「それで、わたしたちのことをなんて説明したの?」

まさか彼も、短く不幸に終わった結婚生活のことをブレイバーン夫妻に話しはしなかったはず。

「何も言わなかったよ。きみの写真を見せてどこへ行けば会えるか訊いただけだ」

ブライオニーは目をぱちくりさせた。わたしの写真を持っているですって? 「どの写真?」

レオは上着の内側に手を入れ、四角い封筒をとりだすと、彼女に差しだした。その顔には疲労が浮かんでいるだけで、内心の思いは読みとれなかった。一瞬ためらってからブライオニーはハンカチで手を拭き、そばへ行って彼の手から封筒をとった。

封をしていないフラップを開け、写真をとりだす。目の網膜が瞬時に燃えた。結婚式の写真だった。ふたりの結婚式の写真。

「これをどこで手に入れたの?」

ブライオニーが婚姻の無効を訴えたその日に、レオはベルグラヴィアの家を出た。結婚式の写真をナイトスタンドの上に残して。その写真をブライオニーは自分が持っている写真といっしょに暖炉に放りこんだのだった。

「デリーに寄ったときにチャーリーがくれたんだ」チャールズ・マーズデンはレオの二番目の兄で、かつてはインド辺境地帯の前線基地のひとつであるギルギットでインド駐在官を務めており、今はインドの総督であるエルギン卿の個人的な補佐官になっていた。「おそらく、ぼくがその写真を置いていったときにその意味を理解しなかったんだろうな。あとから郵便で送ってくれたよ」

「ブレイバーン夫妻は写真を見せられてなんて言っていた?」

「きみは小川の上流にある水車の近くで釣りをしていると教えてくれた」

「その、写真に写ってるのがあなただってわかった?」

「きっとわかったさ」レオは冷ややかに答えた。

きっとこれは夢なのだ。かつて夫だった男が馬とほこりのにおいを発して目の前に立ち、疲れてかすれた声で話しているなんて。まさかいっしょに帰ろうなどと言うはずはない。親切で上品なブレイバーン夫妻をわたしがだましていたと、彼らに明かしてしまったはずもない。

「それで、お茶の席であの人たちになんて言うつもりなの？」

レオはほほ笑んだ。含みのある笑みだった。「それはすべてきみしだいさ。お茶のあと、いっしょにすぐさまここを発《た》つつもりなら、われわれは無理やり別れさせられ、互いが恋しくて心よじれる思いをしていたが、こんな秘境で歓喜の再会をはたしたと、美しい作り話をこしらえるよ。そうじゃなかったら、ただ、離婚したと事実を話す」

「離婚したわけじゃないわ」

「細かいことにこだわるのはよそう。実質的には離婚なんだから」

「彼らは信じないわ」

「きみのことばは信じるわけか。十五分前までは未亡人だったきみのことばは」

ブライオニーは深々と息を吸い、首をめぐらした。「しかたないわ。わたしにとってあなたはもう存在しないも同然なんだから」

折りに触れ——ブーツのひもを結ぶとか、卵巣切除後の患部の小腸への癒着《ゆちゃく》に関する記事を読んでいるときなどに——どこからともなく鮮明な記憶があふれだし、まるで暴走する馬車に轢《ひ》かれるようにその記憶になぎ倒されることがあった。

最初にキスされた晩に彼が挿していたブートニエール。雪のように真っ白で愛らしいシタキソウの花一輪。

手を彼の袖にかけたときに厚手のウールについていた雨粒の感触——彼みずからが、馬車に乗るわたしを見送りに外へ出てきたのだった。彼がほほ笑みながら開いた馬車の扉越しに「まあ、そうだね。きみと結婚するのがむずかしいということはないさ」と言ったときにすばらしく静かだった世界。

エナメルを塗った時計の鎖に反射してプリズムのように輝いた日の光。その時計は婚礼の贈り物として彼に送ったものだった。わたしが婚姻の無効を申し出たいので協力してほしいと頼むあいだ、彼はそれを中空にぶら下げ、振り子をじっと見つめていたのだった。

しかし、そうして記憶があふれだしたとしても、それは実体のない痛みで、ずっと昔に切断した手足が痛むというような神経の錯覚でしかなかった。

わたしにとってあなたはもう存在しないも同然なんだから。

レオがひるむような動きをした。身を縮めるかのように。しかし口を開くと、発せられた声はどこまでも穏やかだった。「だったら、離婚したということにしよう」

2

ブレイバーン夫妻はエディンバラの出身だった。ブレイバーン氏は長老派教会の牧師で、ロシアとインドの国境の辺境地帯とそこで暮らす人々を熱心に研究していた。ブレイバーン夫人は、教会で花を生け、病気の教区民にスープを届けて過ごすことになると思って結婚したのに、結婚して以来ほとんどの時をヒマラヤ山脈付近を放浪して過ごしていると笑いながら語った。過去十カ月はルンブール谷に居をかまえ、押し寄せるイスラムの大海に囲まれた異教の島として、最後までヒンドゥー教から改宗せずにいるカラーシュ族の宇宙論について研究していた。

ブレイバーン夫妻が暮らしているカラーシュの石造りの家は郵便箱とさほど変わらない大きさしかなかったため、お茶は屋外で供された。ブレイバーン夫妻が雇っている小柄なポルトガル人の料理人、〝司令官〟がレオが到着してからの短い時間で新しいケーキを作ってくれていた。ブレイバーン夫人がレオに語ったところでは、ケーキに使った卵は近くのイスラム教徒の村から二日前にこっそり仕入れたものだった。というのも、カラーシュは宗教的に鶏も卵も食べることを認めていないからだ。

機転のきく〝司令官〟の手柄話を聞いてレオはにやりとしてみせ、ブレイバーン夫人はそわそわと笑みを返した。ブライオニーがお茶の席に加わるのを待っているのだ。それからようやく質問できるというわけだ。

ブライオニーが現われると、会話が止まった。彼女は釣り竿を右手にバケツを左手に持っている。十五歳のころの彼女はよく釣りをしていた。サンドウィッチと水筒のはいったバスケットを持って丸一日ひとりで過ごしていた。そのころレオは十一歳で小川の対岸から彼女を眺めながら、隣人であるこの物静かでまじめな少女にかけることばをどうにかして見つけたいと思っていたものだ。

わたしにとってあなたはもう存在しないも同然なんだから。

彼女にとって自分は存在しないも同然なのだ。結婚前のあのすばらしい数週間を除いては。

はるか昔に思えるあの一八九三年の春。

派手な刺繍《ししゅう》をあしらった黒いドレス姿の女たちのそばをブライオニーは通り過ぎた。女たちは小麦畑に水を供給する灌漑《かんがい》水路に水を引き入れたり、木を揺らして毛布の上に熟《う》れた桑の実を落としたり、冬のあいだの飼料にするための草を刈ったりしていた。

ブレイバーン夫人が夏の放牧シーズンにはカラーシュの男たちは家を空《あ》けるのだというようなことを説明し、レオはうなずいたが、ことばは頭にはいってこなかった。ブライオニーは「残念ながら一匹だけ」と小声で言って、バケツと釣り竿を家のベランダで人参を切っていた〝司令官〟に渡した。それからようやくテーブルのところへやってきた。

レオは立ち上がった。そうするだけでも関節が痛んだ。長旅が体にこたえていた。朝にチトラールを発って以来悩まされていた熱はおさまりつつあり、寒気はほとんどなくなっていたが、頭痛は消えなかった。アユンでフェナセチンをもっと持っていこうと考えなかったのが悔やまれた。

「ミセス・マーズデン」ブライオニーに椅子を引いてやりながらレオは言った。

ブライオニーの口の端がこわばった。彼をちらりと見てから、すでにどのぐらいの真実がばらまかれ、とり戻せないのかはかるようにブレイバーン夫妻を見やった。

「ああ、よかった、これで全員そろったわ」

明るすぎる声でそう言うと、ブレイバーン夫人はブライオニーのためにお茶を注いだ。ブライオニーはティーカップを受けとったが、そのままテーブルの上に置いた。「まだあの特別なウィスキーをお持ちかしら、ミスター・ブレイバーン?」

ブレイバーン氏は咳払いをした。「ええ、もちろん」

「ほんの数滴いただいてもいいかしら?」

つまり、どう決心したにしろ、それには強い酒の助けが必要というわけだ。

「もちろんですよ」ブレイバーン氏は少し当惑気味に答えた。「夕食の席でお出ししようと思っていたんだが、今出したって少しもかまわない」

そう言って〝司令官〟に身振りで伝えた。〝司令官〟は身をかがめて家にはいり、すぐさまウィスキーのボトルと小さなグラスを四つ持って戻ってきた。

ブレイバーン氏がグラスにウィスキーを注いだ。「何に乾杯しますか?」

「たのしい思い出に」ブライオニーがグラスを掲げて言った。「ミスター・マーズデンとわたしはわたしの荷造りが終わったらすぐにここを発ちます。この場を借りておふたりのすばらしき友情に感謝します」

「そんなにすぐに?」ブレイバーン夫人が息を呑んだ。「でもどうして?」

ブライオニーはレオに険しい目を向けた。「その理由はミスター・マーズデンのほうがずっとうまく説明できますわ」

テーブルの反対側でブライオニーは身をこわばらせてすわっていた。まるで巻いたばかりの時計のぜんまいのようだ。彼女が抱える張りつめた感じが耐えがたくエロティックだったときもあったとレオは思い出していた。彼女の体をリラックスさせ、彼女を幸せにするにはきちんと愛を交わせばいいのだと信じていたときが。

人生とは男に自分の卑小さを思い知らせてくれるものだ。

ブライオニーはテーブルのまわりに興味津々《しんしん》という空気がただよっているのをひしひしと感じていた。そこには自分自身の興味も混じっていた。彼がいったい何を言うつもりなのか、見当もつかなかったからだ。しかしレオにはまわりの好奇心にすぐに応えるような素振りは見られなかった。ゆったりと皿の上のケーキを平らげている。

それから彼はウィスキーのグラスに手を伸ばした。しかし、持ち上げるかわりにテーブルに置いたまま少しだけ傾けた。そのときはじめてブライオニーは彼の手の状態に気がついた。結婚しているころ、彼は紳士らしいきれいな手をしていた。今日は荒れてひび割れた指をしており、関節に沿ってうっすらと切り傷やすり傷もあった。

しかしやがてレオがテーブルについた面々にほほ笑んでみせると、彼の手のことはブライオニーの頭から消えた。このほほ笑みに負けたのだ。甘いと同時に無慈悲なほほ笑み。笑みとともに彼の目に光が宿った。魅惑的な光が。これこそがロンドンに嵐を引き起こしたレオだ。

「話せば長くなるので――」レオはブレイバーン氏のウィスキーをひと口飲んで言った。

「うんと要約して話しましょう」

「ミセス・マーズデンとぼくはコッツウォールドのとなり同士の領地で育ちました。コッツウォールドはきれいな場所ですが、この話にはほとんど関係ありません。というのも、われわれが恋に落ちたのは、穢《けが》れなき緑の園ではなく、灰色にすすけたロンドンの街だったからです。もちろん、ひと目で恋に落ちたわけです。魂の飢えに抗《あらが》うことはできませんから」

ブライオニーの身の内に震えが走った。それはふたりのなれそめではなかった。恋に落ちたのはわたしだけ。オールドミスになるはずだった女が若く華やかな青年の雅量と魅力に落ちただけのこと。

レオはブライオニーにちらりと目を向けた。「きみはぼくにとって心の月だった。きみの機嫌によってぼくの心の潮流が変わったものさ」

ブライオニー自身の心の潮流も、そのことばを聞いて高まった。たとえそれが嘘でしかなくても。

「わたしに機嫌の善し悪しがあったとは思えないわ」ブライオニーはきつい口調で言った。

「ああ、そうだね。『きみのほうがずっと美しく穏やかだ』――ぼくの心の潮流は自制心の防波堤に打ち寄せるほどに高まったものさ。きみのことを溺れるほどに愛していたからね、いとしいミセス・マーズデン」

ブライオニーのとなりの席ではブレイバーン夫人が顔を赤らめ、目を輝かせていた。ブライオニーはすらすらと嘘をつくレオに腹を立てていた。が、自分にはもっと腹が立った。というのも、痛いほどの喜びが少しずつ心に湧いてきたからだ。

「きみとの結婚式はぼくの人生においてもっとも幸せな時だった。ふたりはずっと互いのものでいつづけるだろうと思っていた。教会はヒヤシンスやツバキの花に満ち、参列者は外の石段にまであふれた。というのも、きみの高貴な心をつかまえたのはいったい誰だろうと世間がみな知りたがっていたからだ。

でもそう、ぼくはきみの高貴な心をほんとうにつかまえたわけじゃなかった。そうだろう？　一瞬つかまえた気がしただけだ。楽園にもすぐに問題が生じた。ある日きみがこう言った。『髪が白くなったの。遠くへ行かなければならないしるしだわ。できたらあとで探して。そうすれば、またあなたのものになるから』」

ブライオニーの心臓がまた脈打ちはじめた。髪が白くなったことを逃げだすときが来たとのしるしととらえたのはほんとうだったが、どうして彼がそのことを知り得たのだろう？いいえ、知らなかったはず。まったくの作り話にちがいない。それでも、ブレイバーン氏すらもが、このばかばかしい作り話にぼうっとなってしまっている。レオがその気になれば、いかに簡単に人の心をあやつれるか、忘れてしまっていた。

「だから探しに出たんだ。南極から熱帯にいたるまで。中国の岸辺からノヴァ・スコシアの岸辺まで。結婚式の写真を手に持ってね。色の白い人にも赤銅《しやくどう》色の人にも茶色の人にも黒い人にも、『イギリス人の女医を探しています。姿を消した私の恋人です。見かけませんでしたか?』と訊いてまわった」

レオはまっすぐブライオニーの目を見つめた。ブレイバーン夫妻同様、彼女も催眠術にかけられたようになって彼から目をそらせなかった。

「それでようやく見つけたわけだ」彼はそう言ってグラスを掲げた。「われわれの残りの人生のはじまりに」

レオはたったひとりでやってきたわけではなかった。マーズデン夫人に心地よく旅してもらえるよう、チトラールで必要な人間は雇ってきたとブレイバーン夫妻に説明した。お茶がすむとすぐに、レオが連れてきた荷役人たちがブライオニーのテントをたたみだした。

頑丈で防水のきいたそのテントは開口部が広く、夏は涼しかった。冬には一フィートの積雪にも雄々しく耐え、厚手の外套《がいとう》とふたつのパラフィン・ランプの助けを借りれば、眠っているあいだに血が凍ることもなかった。

ブライオニーはテントがたたまれるのを見ながら、つかのま鋭い悲哀に駆られた。もしくはそれは恐怖だったのかもしれない。彼とともに旅立つのが怖かったのだ。

テントがたたまれると、そのなかにあったわずかばかりのものがむきだしとなった。簡易ベッド、ふたつの旅行用トランク、折りたたみ式のテーブルと椅子。テーブルの上には古い医学雑誌の山と往診かばんが載っていた。一方の旅行用トランクの上には身だしなみ用品が置かれており、もう一方には、麦わら帽子とショールと手袋が置かれていた。

レオはなにげなく帽子を手にとり、荒れた手でまわした。縁がもう一方の手の節をかすめ、それを見たブライオニーは唾を呑みこんだ。まるで女の髪か肌に触れるかのような親密な動作だった。

レオは帽子を下ろすと、馬のところへ行き、別の帽子を持って戻ってきた。「勝手にこの帽子を買ってきたよ。ここよりも標高の低いところでは気をつけないとすぐに日に焼けてしまうからね」

彼が差しだした帽子はまるでヘルメットのようだった。まくり上げられた後ろのフラップを下げれば、首筋が守られ、陽射しが強すぎて目に悪い場合には前についたヴェールを下ろせばよかった。

その用意のよさがブライオニーを苛立たせた。わたしが自分の意のままになるとわかっていたのね。ルンブール谷に足を踏み入れるずっと前から。

ブライオニーは帽子を彼に返した。「紳士から身につけるものを受けとるわけにはいきませんわ」

便利な言い訳だった。彼はもう関係のない人間だ——もう夫ではない。ゆえにこういうものを買ってくれる理由はない。

レオは拒絶された帽子を見下ろした。「ぼくの思いちがいでなければ、その決まりは体の関係を持った紳士にはあてはまらない」

体の関係と言いながら、レオはまつげを上げた。平手打ちが当然のぶしつけなことばだったが、全身に走った熱波のせいでブライオニーは手を上げることができなかった。

「あなたって紳士じゃないわ」と口に出して言う。「それにそう、結構よ。そんなみにくい帽子をかぶるつもりはないから」

レオは朝の霧のようなグレーの目でしばらく彼女を見つめた。その顔が嫌悪を表わしているのか、おもしろがっている表情なのか、もしくは容易には言い表わせないほど暗く厳しい何かを示しているのか、ブライオニーにはよくわからなかった。

「お好きなように」と彼は言った。「荷造りをしよう」

彼女の持ち物はすべて彼女自身のかばんや荷役人の荷物やラバの鞍《くら》の上におさまった。お茶を終えて一時間もしないうちにブライオニーはブレイバーン夫妻に握手して別れを告げ、頻繁に手紙を書くと約束していた。

最後にブレイバーン夫人と抱擁《ほうよう》を交わすと、レオが引いてきた予備の馬にまたがった。レオが手綱《たづな》を渡してくれた。

「きっとご満足でしょうね」ブライオニーは彼だけに聞こえるように小声で言った。

レオはゆがんだ笑みを浮かべてみせた。親密であると同時に距離を置くような笑みだ。

「ああ、うんとね」

3

その日の午後は涼しく、空には雲ひとつなかった。ふたつの高い尾根にはさまれた狭いルンブール谷は南東方向に急激にくだっていた。一行は川に沿って道をくだった。川の水は青かったが、突然崖になっていたり、急激に蛇行《だこう》していたりする部分は白く泡立っていた。一行はグロム、マルデシュ、バテット、カラシュグラム、パラカルといった村から村を通り過ぎた。

春にはフラミンゴ・ピンクの花をつける野生のツツジの茂みのなかで小鳥が歌っている。水車がきしむ音を立てて稼働していた。貝で作った繊細な頭飾りや何層にも重ねたビーズの首飾りをつけたカラーシュの女たちが、小さな家々のベランダにある料理用の穴のまわりで夕食の仕度をしている。

この谷は失われた楽園とは言えなかった。美しく素直なカラーシュの子供たちにはチトラールの奴隷市場で高値がつき、カラーシュの家畜は攻撃的な近隣の種族の襲撃や略奪の標的とされることが多かったからだ。それでも、今日は平和で陽光が燦々《さんさん》と降り注ぎ、理想郷の様相を呈していた。

やがて谷を成す絶壁のあいだがせばまっていき、畑も家もヤギ小屋もまばらになり、ついには姿を消した。一行はブンボレット川とルンブール川が合流するところでルンブール谷をあとにし、草木の生えていない狭い谷間にはいった。川ははるか下方でごうごうと流れ、赤と灰色の絶壁が陽射しをさえぎっている。絶壁沿いの小道は地形の変化に従ってくねくねと曲がっていた。

夕暮れどきになって、細い小道が開け、目の前にチトラール谷の沖積《ちゅうせき》平野が広がった。稲田に囲まれたアユンの町が前方に見えた。町の建物はブライオニーが慣れ親しむようになっていたカラーシュの開放的なものとは驚くほど異なっている。この町の家々はすべて、よそ者の目に家のなかの女たちが見えないように高い土塀《どべい》で囲まれていた。出歩いているのは少年たちや大人の男たちばかりだ。

「残りの荷役人たちはあの町の外に待機させている」とレオが言った。「われわれが町のなかにはいる必要はない」

ブライオニーはほっとすると同時に苛立ちを感じた。「ずいぶんと気がきくのね？」

「気をまわしておいて悪いことはないからね」と彼はなめらかに答えた。

レオはイムランという名前の日焼けしたガイドを先に送り、荷役人たちに到着を知らせていた。野営地に馬を乗り入れたときには、女中がブライオニーの顔から旅のほこりを拭《ぬぐ》おうと、熱いタオルを手に待っていた。お茶を飲み終えるころには、湯気の立つ湯が風呂用のテントのなかにしつらえられたバスタブになみなみと注がれていた。レオが風呂にはいり、料理人が夕食の仕度をしているあいだ、入浴と着替えをすませたブライオニーには野菜にヒヨコ豆の粉をつけて揚げたパコラスという料理が軽食として与えられた。

ブレイバーン夫妻と食事していた時間とほぼ同じ時刻にふたりは夕食の席についた。ブレイバーン夫人は一日のうちでその時間が一番好きだと言っていた。たきぎを燃やす煙が涼しくなった空気にただよい、黄昏《たそがれ》どきの空にはうっすらと光が残り、蛍がちらほらと光りはじめる時間。

夕食のメニューは、マリガトーニー・スープ、鶏のカツレツ、ライスの上にかけた羊肉のカレーだった。ブライオニーは目を上げることなく食事し、自分のまわりに溝を掘るような態度をとっていた。しかし、レオはそれには気づかないようだった。

「何を考えているんだい？」彼はかつて彼女を夏の日と比べたときと同じ、甘い口調で訊いた——きみのほうがずっと美しく穏やかだ。「家族には何も告げずにレーを離れたのかい？　まずもってどうしてレーにいたんだ？　デリーではもう医者は必要とされていないのか？」

ブライオニーはただ単に彼を無視しようかと考えたが、「デリーは暑すぎるから」としばらくしてから答えた。

たしかにこたえる暑さではあった。が、暑いだけなら耐えられただろう。しかしレオの兄弟が同じ街にいるとなると、街の誰もが自分の素性《すじょう》だけでなく、結婚が不幸に終わったことまでを知っている気がしてしまったのだ。ブライオニーはロンドンの社交界にいたときと同じ思いをするために何千マイルも旅してきたわけではなかった。

「レーのモラビア派の伝道師が、休暇をとっていた住みこみの医師の臨時の代役を探していたの。それで、そこの気候のほうが自分に合っていると思ったのよ」

気候だけでなく、人里離れた場所だということも。

レーはカシミールの東に広がり、リトル・チベットと呼ばれる不毛な高地、ラダックの中心都市だった。ブライオニーは、レーはかつて繁栄したものの、今はさびれた活気のない小さな集落にすぎないと思っていた。しかし、じっさいのレーはまだ活気みなぎる都市で、中国のトルキスタン地方ほども遠くからやってくる隊商をもてなす役割をはたしていた。経文《きょうもん》の書かれた旗がまだはためいている無人の宮殿が見える場所で、ヤーカンドやスリナガルからやってきた商人たちがラホーレやアムリトサルから来た商人たちと取引を行なっていた。

牛小屋のように慎ましいモラビア派の伝道師の家は静かで眠気を誘うような雰囲気を持っ

ていた。そこでは何人かの雄々しく世間知らずな理想主義のキリスト教徒たちが、年にひとりの地元民を改宗させ、ゆっくりと故郷を忘れつつあった。

ブライオニーには住みこみの医者が戻ってきてからも伝道師のところにいつづけるつもりはなかった。デリーに戻りたいとも思わなかった。登山から戻ってきたドイツ人の登山家の一行がラワル・ピンディへ向かう途中、レーを通りがかったときに、ブライオニーは彼らからテントを買った。遊牧生活のシンボルであるテントが、一カ所にとどまっていられない気分に響いたのだ。一週間後、ブレイバーン夫妻が診療所に立ち寄った。そして、西へ旅をつづけるにあたり、医者がいっしょに来てくれれば、これほどうれしいことはないと語った。ブライオニーはよく考えることもなく同行すると答えた。テントも手に入れ、また移動する準備はできていた。

「でも、レーの気候はきみには合わなかった。そうだろう？　それでもうレーにはうんざりだと思ったときに、伝道師にわいろを渡して自分の行き先を誰にも教えないでくれと頼んだ」

ブライオニーは肩をすくめた。「あなたもキャリスタからの手紙にうんざりしたりはしなかった？」

キャリスタは小説家になるべきだった。レオのことになると、その手紙が派手な作り話でいっぱいになるのだった。彼が病気にかかったとか、失望しているといった話はもちろん、ブライオニーが不安と当惑と嫉妬《しっと》に駆られるにちがいないとばかりに、彼が誰かとつき合っているというような話まで。

ブライオニーはレーを発つ際に一年はキャリスタとの連絡を絶とうと決めた。そのため、何を知らせるでもない短い手紙を書きため、よき伝道師に頼んで毎週郵送してもらい、自分の居場所は誰にも知らせないようにと頼んだ。理想主義のキリスト教徒でさえも、害のない秘密を守るのに五百ポンドくれるという話には心を動かされずにいられなかった。

「手紙は紙に書かれているものだから、火にくべてしまってもよかったはずだ」

「そうしたわ」

しかし、キャリスタからの手紙を読まずに燃やすたびに、自分がまだ彼にひどくこだわっていることを思い知らされるのだった。まずもってそうした手紙を受けとらなければ、そこまでひどい気分を味わわずにすむはずだ。

レオは上着のポケットから銀のフラスクをとりだし、ひと口あおったが――ブレイバーン氏が自分の特別なウィスキーを少しばかり持っていってくれと言い張って持たせてくれたものだ――何も言わなかった。

ブライオニーはレオがここにこうしているのは自分のせいであることを思い出し、ばつが悪くなった。荷役人たちが夕食の皿を片づけ、桑の実のタルトを出した。ブライオニーはタルトをつついた。「キャリスタからわたしを見つけてほしいと頼まれたからって、はるばるインドまで来なければよかったのに」

「いや、じつを言うとぼくはすでにギルギットにいたんだ」

「ギルギットで何をしていたの？」ブライオニーは驚いた。彼が世界のどこにいたとしても不思議はないが、キャリスタが誰かに姉を探してほしいと思っていたときに、カラコルム山脈のふもとで、レーとチトラールの中間点と言ってもいい場所にあるギルギット以上に、出発点として便利な場所はなかったはずだ。

「友人がナンガ・パルバットの山頂付近の地形調査のために気球による探検旅行を企画していてね。ギルギットを基地にすることにしたんだ。チャーリーがニューデリーのもっと田舎へ移る前にギルギットで駐在官をしていたこともあって、調査に同行しないかと友人に誘われたというわけさ」

ブライオニーはその信じられないような偶然をよく考えてみようとしたが、すぐにあきらめた。

「それで、結局どうやってわたしを見つけたわけ？」

「つまり、どうやって伝道師からきみの現在の居場所を聞きだしたかって？」

「その、つまり――彼らにも写真を見せたわけ？」

それは眠気を誘うような伝道生活における久しぶりの大きなスキャンダルとなったはずだ。未亡人の女医の夫がどこからともなく現われたのだから。他人に冷たいとかよそよそしいとか思われるのは別にかまわなかったが、嘘つきとみなされるのはいやだった。

レオは目をむいた。「そうできればよかったな。写真がギルギットに到着したのは、ぼくがレーにいるはずのきみを探しに出発してからだったんだ」

ブライオニーは眉根を寄せた。「だったら、どうやってわたしの居場所を伝道師から聞きだしたの？　秘密を守ってくれるはずだったのに」

レオはフラスクの中身をもうひと口飲んだ。彼がほとんど食べ物を口にしていないことにブライオニーは気づいた。桑の実のタルトは手をつけずに下げさせていた。

「ひどく怒っている弟の振りをしたのさ。それで伝道師の家に火をつけてやると脅した」とレオは答えた。

「まさか」

レオはフラスクのふたを閉めるとポケットにしまった。「じつを言えば、きみの義理の弟の振りをしたんだ。怒ってみせる必要はなかった。それにそう、火をつけると脅すこともしなかった。ただ、財産を持ったイギリスのご婦人が伝道団から姿を消したことが知れ渡ったら大変なことになると、とても冷静に指摘しただけだ。金目当てに殺されたにちがいないと誰もが推測するとね。そう聞いて伝道師は少しばかり恐怖に駆られていたよ。ただ、そのときに彼らがあまりに延々と口ごもっているので、半分ほんとうに放火してやろうかという気になっていたのはたしかだ」

ブライオニーはタルトをひと口食べ、ゆっくりと味わった。それからナプキンで口の端を拭《ふ》いた。「あなたに迷惑をかけるつもりはなかったのよ。ただ逃げだしたかったの」

レオは何から逃げだしたかったのか訊かなかった。婚姻の無効が承認されるとすぐにブライオニーはイングランドを離れ、一八九四年の残りをドイツで、一八九五年のほとんどをアメリカで過ごし、一八九六年のはじめにインドにやってきたのだった。しかしどうやらどんなに遠くへ旅しようとも、過去というものは追いついてくるものらしい。

「少し休むんだ」と彼は言った。「明日は南へ向かうことになるから」

休息が必要なのはレオのほうだった。彼を見れば見るほど、急激にやせたというよりは、栄養失調におちいっているように見えた。

「カラーシュ谷に来るまでどのぐらいかかったの？」

レオは眉根を寄せた。「正確にはわからない。六週間半とか、七週間とか、そんなものかな」

ギルギットから東のレーへ向かい、レーからギルギットに戻ってチトラール経由でカラーシュ谷まで。千マイル近くにはなるはずだ。崖や険しい尾根ばかりの道なき道を千マイル。平らな場所もまばらにしかなく、そこをつなぐ道もないところを。そんな行程を五十日以内でこなせるものか、ブライオニーにはわからなかった。

おまけに装備は最小限だったはずだ。おそらく連れはガイドひとり。なぜなら、荷役人や料理人を引き連れ、テントやベッドを運んでの旅だったら、そんなに早く到達することは不可能だったはず。

「どうやって?」純粋に疑問に駆られ、ブライオニーは訊いた。そして、もっと重要な質問もした。「どうして? どうしてそんなことをしたの?」

「どうしてしたかって?」レオはぎょっとしたように質問をくり返した。

「ええ。どうして自分の知ったことじゃないってキャリスタに言ってやらなかったの?」

レオは笑い声をあげた。おもしろがっているというよりはさげすむような声だった。「どうやらキャリスタは誰をだませばいいのかよくわかっていたようだな」

ブライオニーの継母がレオを夕食に招かなければ、ふたりの道が交差することはなかっただろう。

チューリッヒの医学学校を卒業すると、ブライオニーは王立自由病院で臨床の研修を積み、新婦人病院でレジデントとして勤務するようになった。どちらもロンドンにある病院である。通勤に便利だったので、ブライオニーは父や妹や継母や継母の息子たちといっしょにアスキスのタウンハウスで暮らしていたが、家族の集まりにも社交の集まりにも最小限しか参加しなかった。

レオが夕食に招かれた日も、自分の夕食は自室に運ばせようかとなかば思いかけていた。体調がすこぶるいい日でも、客をもてなす気分になることはこれまで一度もなく、その日は長いシフト勤務を終えたあとだったからだ。しかし、自分が抜けると食卓につく人数が十三人になってしまうため、渋々着替えて応接間へ出ていった。

そしてそこへやってきたレオにほほ笑みかけられたのだった。その晩は自分が何を食べ、何を話したかあいまいで、話をするときにきらりと光るグレーの目やほほ笑むときの口の形など、彼のことだけが意識された。

その日からというもの、ブライオニーはレオの姿をいつも探すようになった。彼が現われそうな場への招待はすべて受けた。王立地理学会で行なわれ、多くの聴衆を集めたグリーンランドについての彼の講演も聞きに行った。数学会で彼が論文を読むのも聞きに行き、多くの人に驚きの目で見られもした。論文は最初の一分より先は何ひとつわからないことばかりだったが。

奇妙なことに、彼の気を惹きたいとはまったく思わなかった。酔っ払いは酒瓶に愛を返してほしいとは思わないものだ。彼女もできるかぎり彼を飲み尽くしたいとだけ願っていた。

しかしそれも、レオにキスされるまでのことだったが。

それは彼の一番上の兄、ワイデン伯爵の家でのことだった。応接間で音楽会が開かれているあいだ、図書室で起こった出来事。レオの姿が見えず、ブライオニーは落胆していた。一時的にワイデン家を住まいとしていた彼もその会には参加するにちがいないと思っていたからだ。とはいえ、まだ帰るわけにはいかなかった。子供のころ、他人との接触を望まなかったキャリスタが、なぜか大人になってからはホモサピエンスが大勢集まる場所をおおいに気に入っていたからだ。

そこでひとりになって百科事典の世界に没頭することにした。揺籃期本《インキュナブラ》、インダゾール、インデン、禁書目録《インデックス・リブロルム・プロヒビトルム》。

ふいに図書室にいるのが自分だけでないことがわかった。ドアにもたれてレオがそこにいた。

「ミスター・マーズデン!」どのぐらいのあいだ、そこに立ってわたしを見ていたの?

「ミス・アスキス」

目は笑っていなかった。彼のそんなまじめな顔は見慣れないものだった。いつも誰よりも陽気な人間だったのだから。やがてその顔に笑みが浮かんだ。目の見えない人に光を与え、耳の聞こえない人に音楽を与えるような魅惑的な笑みだ。しかしその笑みでさえ、その裏に医者として不安になるような何かを抱えていた。

「ぼくがきみならその机で本は読まないな」と彼は言った。

「え?」

「チャーリーもウィルもその机の上で童貞を失ったんだ」

ブライオニーは手をむきだしの喉にあてた。激しく脈打つ血管が親指に感じられた。「なんてこと」とようやくの思いでことばを発する。悲鳴よりはましだったが、似たようなものだった。

「どうしてそこから離れないんだい?」彼はやさしさを装って言った。

ブライオニーは離れたかったが、なぜか足がゴムになってしまったような気がした。「きっと、わたしの純潔がこの家で穢されることはないもの」

レオはドアを離れ、机のそばまで来てまた笑みを浮かべた。地上に平和をもたらすような至福の笑みだ。「誰かに純潔を穢されかけたことがあるのかい、ミス・アスキス?」

ブライオニーはこんな驚くほどに不届きな会話を誰かと交わしたことはなかった。それでも、彼にやめてほしいとは思わなかった。そのことばに暗い喜びをかき立てられたのだ。濃厚なチョコレートに含まれた上等の酒を味わうように。

「わたしの純潔になんて誰も興味がないわ。それを穢そうとすることにも」

「そんなはずはないな」

「そうよ」

「そう言い張るなら、それでもいい。ただ、純潔を守っているご婦人とだって大きな罪は犯すことができる」

なんてこと。ブライオニーは唾を呑みこんだ。「きっとそうね。でも、言っておくけど、わたしがどんな罪を犯すにしろ、それは肉体的なものではないわ」

「ぼくのはそうだ」レオは小声で言った。「なんであれ、ぼくの罪は肉体的なものでもある」

「そう、それは……あなたにとってはいい気晴らしになるんでしょうね」

レオはさらに近づき、彼女がすわっている椅子のすぐそばまで来た。「正直に言うよ、ミス・アスキス。ぼくは男という種族が当然きみから受けるべき関心をどうしても受けとらずにいられない強い衝動に駆られているんだ」

「その——男という種族にわたしが当然与えるべきものなんて何もないはずよ」

レオは前に身を乗りだし、椅子の肘かけに手を置いた。「それは絶対にちがうね」

ブライオニーは椅子の背に体を押しつけた。「それで、それを改めるのにどうするっていうの？」

「もちろん、きみと愛を交わすのさ。念入りに、飽くことなく」

めろめろに溶けてしまった自分が机の下にすべり落ちてしまわないのが不思議だった。

「ここで!?」

今度は震えてあえぐような悲鳴となった。

「この机がふしだらな行為を招く机だと警告しなかったかな？　逃げられるときに逃げるべきだったね。もう遅すぎる」

最後のつぶやきはほとんど彼女の唇の上で発せられた。嵐のなか、しっかりしまっていない鎧戸のように、ブライオニーの心臓は大きな音を立てた。遠くの応接間で誰かがベートーベンの第五交響曲の最初の小節を奏《かな》ではじめた。才能があるというよりも野心的な演奏だ。図書室の隅にとらわれた今、ブライオニーははじめて悟った。そう、これこそが彼に求めるものだったのだ。この親密さ、このどうしようもなく不安定な感じ。

そこでレオが笑いだした。まじめな顔を長くつづけるのに耐えられず、吹きだしたというように。「ごめん。ここへ来てみたら、きみがあまりに熱心に本を読んでいるから、我慢できなくてね」

からかわれていたのだとわかるまでに、心臓が十二回脈打った。すべてなんの意味もないことだったのだ。

「行こう」レオは腕を差しだした。「妹さんがきみを探していたよ。見つけて連れてくると約束したんだ」

ブライオニーは立ち上がって彼を押しのけるようにした。「つまらない冗談だったわ」

「すまない。本気で言ったわけじゃないんだが、きみがうれしくなるほど純粋だったから――」

「そんなに純粋じゃないわ。愛を交わすなんて、ペニスでヴァギナを何度か貫《つらぬ》いて、そのあいだに精子をばらまくってだけのことでしょう？」

レオはぎょっとした顔になった。が、やがてゆがんだ笑みを浮かべた。「そいつはなんとも高尚な説明だな。ぼくなど、そういったことは愛のことばをささやいたり、詩を作ったりといったことだと思っていたんだが」

「まあ、わたしたちのどちらか一方でもそれがおもしろいと思うなら、よかったわね」

ブライオニーはむっとしてそう言うと、ドアへ向かった。しかし、レオのほうが先にドアのところに達していた。

「きみは怒ってる。ぼくはそんなにひどいことをしたかな？」

「ええ、したわ」これまでわたしは忠実な犬さながらにこの美しい若い男のあとをついてまわっていた。彼にとってはわたしなど、ただの年かさの処女──恐ろしいことにもうすぐ二十八歳になろうとしている処女──にすぎないのに。わたしと親密になるというのは、彼にとっては最初から最後まで笑い話にちがいない。「言っておきますけど、男のかたからの賛美には不足していませんの。それに、自分の純潔を守って罪を犯すやりかたもちゃんとわかっているわ。自慰《じい》行為っていうのもあるし。手を巧みに使うやりかたや、口による刺激もあるし。もちろん、昔ながらの──」

レオは彼女にキスをした。どうしてそういうことになったのか、ブライオニーにはわからなかった。怒って彼をドアに追いつめてまくしたてていたと思ったら、次の瞬間には自分がドアに押しつけられ、キスをされていたのだ。ショックのあまり身が凍りついたようになった。

レオはわずかに身を引き離した。「なんてことだ」とつぶやく。「ぼくがいきなり?」背中を押しつけているドアが震える気がした。応接間から聞こえてくるGフラットやFフラット、Dフラットの音が脊椎《せきつい》に熱く突き刺さる。レオ・マーズデンにキスされた。それがどういう意味を持つのかブライオニーにはわからなかった。最近の若い人はたのしむためにキスをするものなの? 謝罪を求めるべきなのだろうか? こんなふうに許しもなく唇を奪われた場合、女は男を平手打ちするもの？

「一瞬、きみが求めたように……」声が途切れた。

もちろん、彼にそうしてほしいと思ったことはあった。外見は年かさの処女にすぎなくても、その下にはこの街の診療所という診療所で乱痴気パーティーを開くメッサリーナがひそんでいるのだと思ってもらいたかったのだ。しかし、そのこととどんな関係があるのだろう？

「もっとちゃんとしたキスをしてもいいな」とレオがつぶやいた。

「そうね、そのほうがいいわ」ブライオニーはまだ怒りに駆られながらそう言っていた。

彼の唇がすぐそばまで降りてきた。「石鹸はどんなものを使っているんだい？」

「わからない。一番香りの強いものよ」

「きみはほかの女とはちがうにおいがする」

「ほかの人たちはどんなにおいがするの？」

「花とか、スパイスとか。じゃこうの香りがすることもある。きみは強力な消毒液のにおいがする」

ブライオニーは彼の口をじっと見つめた。「強力な消毒液のにおいが好きなの？」

レオの口の端がわずかに上がった。それからまたキスされる。探るようでいながら、急がないキス。蝶が止まるように軽く、潮が満ちるのを待つように我慢強いキス。誰に見られてもかまわないほど罪のないキスでもあった。レオは顎の下に指をあてがっただけでほかのどこにも触れていなかった。落ちていくような、飛んでいくような妙な感触のキスだった。だからみんなこういうことをするのね、とブライオニーはぼんやりと思った。キスは病気がうつる確率の高い行為なのに。それでも妙に気持ちのよい行為、息を奪われるような行為でもある。電気が走るような気もする——唇の動きで電流が生じるにちがいない。体じゅうの神経が焼けるようで、細胞のひとつひとつが歌を歌っていた。

いつキスが終わったのかはっきりしなかった。恍惚《こうこつ》状態から覚め、まわりのすべてが焦点を結ぶようにするには、まばたきしなければならなかった。

「二度とぼくにキスはしないと約束してくれ」レオが言った。「そうじゃないと、ほかの女たちにとってぼくは使いものにならなくなってしまう」

きっとこれまでキスをした女全員に同じことを言っているのだろう——自然に発せられたにしてはできすぎのセリフだった。それでも、ブライオニーはそのことばにぼうっとなった。

彼女はゆっくりとうなずいた。

「よし。ぼくを振ったら赦《ゆる》さないからね」レオはにっこりした。神に愛された麗《うるわ》しき若者そのものといった笑顔。「じゃあ、キャリスタが探しに来る前に行こうか？」

4

朝食のあいだずっとブライオニーは、チトラール谷の東側の絶壁を成す、ぎざぎざの山頂に顔を出した深紅《しんく》と金色の太陽に気をとられている振りをしていた。が、目の端ではキャンプのなかを歩きまわるレオの姿を追っていた。彼は荷役人たちがテントをたたんで荷造りするのを監督したり、どのラバにどの荷物を載せるかを指示したり、案内人と相談したりし、荷役人や女中の何人かと現地の言語でことばを交わしたりまでしている。

しかし、現地のことばがどの程度通じているかは疑問だった。というのも、イギリス人の紳士淑女が現地で雇った使用人たちに英語とヒンディー語もどきの混じったことばで命令し、水を一杯くれと言ったのに、キンマの葉をひと束持ってこられて苛立つ様子を何度も目にしたことがあったからだ。

それでも、彼にすべてをまかせることにしたのだった。

チトラール一帯は突出した山頂や大きな氷河のある、ヒンドゥー教徒の暮らす場所のなかでも、もっとも標高が高い地域だ。ギルギットからレオは標高一万二千フィートのシャンデュール・パスを通ってやってきた。インドの平地に戻るには、標高一万五百フィートのロワリ・パスを通り、まだ山に囲まれたディールを横切って南へ進むことになる。

山歩きはブライオニーにとってたのしいものとは言えなかった。カシミールからレーへ三人のイギリス人とともに旅したときには、荷役人はけんかばかりで食事はまずく、カシミール人が怠け者で信用ならないと絶えずイギリス人たちが文句を言うため、最悪の旅となった。レーからチトラールへの旅は、同行者に悪い人間はいなかったのだが、何につけても統制がとれていなかった。料理人が大きく遅れをとったためにみな空腹に悩まされたり、開けたイワシの缶詰といっしょに荷造りされたためにお茶のケーキが魚の脂まみれだったり、ブレイバーン夫妻のメッキ鋼のバスタブが、手荒なあつかいを受けたせいで三つも穴が開き、旅のあいだほとんど使えなかったり。

「一週間でペシャワールに着けるって言った?」出発の準備ができたと告げに来たレオにブライオニーは訊いた。

「ペシャワールは遠まわりになる。ノウシェラのほうが近い」

「ノウシェラに一週間で着けるの?」

「ぼくだったら四日で着ける。われわれが一週間で着けるかどうかは、きみがどのぐらい辛い旅に耐えられるかによる」

ブライオニーには耐える体力はあった。しかし、レオのほうは目の下にくまを作っている。体は骨と皮と言っていいほどやせていた。おまけに顔は日に焼けていたが、どこか青白かった。

心配などしたくなかったが、せずにいられなかった。何週間にもわたる長旅が彼を疲弊させたのだ。疲弊しきっていると言ってもいい状態にちがいない。ノウシェラに四日で着こうとしたら――たとえそれが一週間であっても――倒れてしまうことになりそうだ。

「朝食はとったの？」とブライオニーは訊いた。

レオはすでに歩み去ろうとしていたが、訊かれて足を止めた。「さっき少し」

「何を食べたの？」

レオは顔をしかめた。そんなささいなことを訊くなというように。「おかゆみたいなものを」

これから困難な旅に出ようとする人間、しかもすでに栄養不足の人間にとって充分な栄養とは言えなかった。ブライオニーはまた彼をしげしげと見つめた。どこかに病気の徴候が現われていないかと探るように。

「食欲がないの？」

「こうしてきみに会ったわけだから、当然の結果だと思うよ」レオは丁寧ながらとがめるような口調で言った。

ブライオニーは下唇を噛んだ。「答えはイエスなの、ノーなの？」

「答えは『医者は要らないから放っておいてくれ』だ」彼はそう言って踵を返し、彼女に背を向けた。「それから、医者が必要になっても、きみに診てもらおうとは思わない」

おまえほんとうに大量出血とか、嘔吐とか、壊死《えし》とかを引き起こすような恐ろしい病気にはかかってないのか？　レオが婚約のことを知らせると、半分冗談でウィルが言った。ブライオニー・アスキスが健康な男に興味を見せたことなどこれまで一度もないんだぞ。兄さんに興味を見せなかったから物足りなく思ってるだけだろう、とレオは有頂天で笑って答えたのだった。すばらしく若く、すばらしくばかだった。

レオは片手を上げて皮肉っぽく帽子を傾けてみせたが、ブライオニーは手を伸ばして彼の手首をつかんだ。指は冷たく、しっかりした握りかたではあったが、感情はこもっていなかった。彼女の美しい髪は無造作に裁断したシルクのようにぼさぼさだった。

「医者を選ぶ余地はないのよ」ブライオニーは穏やかに言った。「まともな医者を見つけようと思ったら、一番近くてもドローシュの駐屯地まで行かなくちゃならないんだから。そうじゃなかったら、マラカンドまで誰もいないわ」

ブライオニーは十五秒ほどで手首を放し、てのひらを彼の額にあてた。

レオはこれほど近くに寄られたくなかった。さわられたくないのはもちろん。「熱はない」

と苛立った口調で言った。

今はなくても明日には出るかもしれない。はじまりは一週間ほども前だった。めまいがあり、節々が痛んだ。それでも翌日にはよくなるかもしれないと、それを疲れのせいにした。その日以降、微熱と寒気《さむけ》に襲われていた。比較的楽な日もあれば、あまりよくない日もあった。しかし、それをくり返すうちに熱は高くなり、寒気もひどくなってきていた。昨日はルンブール谷に向かう途中、日のあたらない細道を通るあいだ、震えが止まらなかった。

ブライオニーは手を引っこめ、いくぶん当惑したように彼を見つめた。「そうね、熱はないわ。発疹や吹き出物はない？　どこかとくに痛いところは？　全身に痛みは？　めまいは？　震えはない？」

ウィルの言ったとおりだ。ブライオニーは病気の人間にしか興味がないのだ。

「いや、何も。言ったはずだ、医者は要らないと。時間を無駄にするのはやめよう。先は長いんだから」

「今日はだめよ」とブライオニー。

「なんだって?」

「馬に揺られていくのに慣れてないの——慣れるのに何日か必要だわ。今日はこれ以上馬に乗りたくない」

レオは今日じゅうにロワリ・パスを越えたいと思っていた。明日になってまた熱が出て、それが前のときよりもひどかったら、山道を登り降りできるかどうか自信がなかったからだ。

ブライオニーのことばにレオは苛立ちを覚えた。もっと繊細なタイプの女なら……結婚していたころ、彼女は驚くほど長時間働いていたものだ。見た目は細身だが、彼女は繊細ということばとは無縁の女だった。

「わかった」レオは苦虫を嚙みつぶしたような顔で言った。「今日はあまり長く馬に乗らなくてすむようにしよう」

「ありがとう」ブライオニーは言った。「やさしいのね」

ブライオニーは顔をうつむけて待っている馬のほうへ行った。そのときになってはじめて、彼女の頼みが彼女にしては奇妙であることがわかった。まるでらしくない。レオが知っているブライオニーは問題があると認めるぐらいなら、鞍に臀部《でんぶ》がこすれてあかむけになるほうがましという人間だった。愛を交わすあいだ、こぶしを握りしめ、太腿をこわばらせていたように。

ときに人は変わるものだ、と内なる声が言った。
そしてときに変わらないこともある。

ドローシュで川を渡ると、レオは英国駐屯地からわざわざキャリスタに電報を打ってブライオニーを見つけたことを知らせ、ノウシェラに着いたらまた電報を打つと約束した。そのあとで軽い昼食をとると、旅をつづけた。記憶に残るような何事も起こらず、驚くほど平穏な道のりだった。

その日は果樹園の端で野営することにし、そこで停まって荷役人たちが追いついてくるのを待った。ブライオニーは腰の高さの擁壁《ようへき》に腰かけ、麦わら帽子を扇がわりにした。レオはその壁にもたれ、眼下に流れる細い川に目を向けた。

このあたりはチトラール谷のほぼ南端で、川は半円を描くように曲がっていた。両岸の農地は棚田になっていて、稲田やとうもろこし畑や果樹園が段々に連なっている。しかし、三方にそびえたつ巨大な絶壁のせいで、人間の手のはいった土地はひどく小さく見えた。

「まだお父さんとは話をしないのかい?」とレオが訊いた。

そう訊かれて、ブライオニーは川についての物思いからはっと引き戻された。「父と話をしないなんてことはないわ」と答える。

レオはポケットナイフで皮をむいていた洋梨から目を上げた。梨をむく手がひび割れていることにまたもブライオニーは気づいたが、手の動きは今もエレガントだった。カールして長くつながった洋梨の皮が下に落ちた。

洋梨は果樹園の経営者から買ったものだった。ブライオニーは洋梨が大好きだった。しかし、レオに分けてくれとは頼みたくない。あとで彼がテントの設営を監督に行ったら、自分で少し買ってこよう。

「お父さんが死のうが生きようが気にならないんだろう」とレオが指摘した。

頭には帽子を無造作に載せている。衣服はしっかりアイロンをかけたほうがよさそうな状態だ。おまけに、立っているのはもちろん、起きているのも辛そうなぐらいに疲れきっている。二十マイル以上馬に乗るのを拒んで彼が過度に活動しすぎないように制限してよかったとブライオニーは思った。しかし、上着をだらりと肩にはおってそこに立ち、洋梨の皮をむいている彼からは目を離せなかった。彼に対し、運命に翻弄されて疲れきった旅人に対するような、思いやりに近い感情を抱かずにもいられなかった。

「ジェオフリー・アスキスはわたしには他人も同然よ」

「父親が他人であるはずがない」

ブライオニーは肩をすくめた。「ときにそういうこともあるわ」

「夫と同様に？」レオは彼女には目を向けず、妙な笑みを浮かべながら言った。

しかしその質問への答えは期待していないらしく、彼は黙って洋梨をひときれ彼女に差しだした。ブライオニーはためらったが、片方の手袋を脱ぐと、洋梨を受けとった。洋梨は冷たくみずみずしかった。洋梨独特のかすかな苦みもあったが、甘かった。

ブライオニーはレオと他人だったとは思っていなかった。ときおり、ミス・ジョーンズが食中毒になどかからなければよかったのにと思うことはあった。そうであれば、アッパー・バークリー・ストリートのあの家へミス・ジョーンズの帝王切開をしに行くこともなかったのに。そうすれば、幻想が破られることもなかったのだ。

そしてふたりは今でも夫婦だっただろう。今も何も知らずに自分は満ち足りた思いでいたかもしれない。

ブライオニーは帽子をかぶり直し、顎の下でしっかりリボンを結んだ。「それで、最後に会ったときには、父はどんな様子だった？」

ブライオニーとちがって、レオは彼女の家族と昔からいい関係を保っていた。誰に対しても、どこかしら好きになれるところを見つけるのだ。家族のほうも彼を高く評価していた。

レオは片眉を上げた。「おや、きみには心というものが完全に欠如しているんだと思っていたが」

ブライオニーは身をこわばらせた。「たぶんそうでしょうね。単に会話をつづけようとしただけよ」

レオは鼻を鳴らした。「会話のしかたもわかっていないくせに。ときどき星と星のあいだがきみの沈黙で埋まってる気がすることもあるよ」

「そんなの嘘よ。わたしだって話はするわ」

「しなきゃならないときにはね」彼はもうひと切れ洋梨を差しだした。ブライオニーは要らないと言いかけたが、洋梨はとてもみずみずしく、熟れかたもちょうどよかった。

「今年のはじめにきみの家族と食事したときには、お父さんはお元気そうだった。ぼくが発つときには、ミルトンについて書いた新しい本を一冊くれた。紅海を渡る船のなかで読ませてもらったよ」レオは彼女をちらりと見やった。「お父さんの本は一冊も読んだことがないだろう？」

ブライオニーはええというふうに首を振った。読んだことはなかったが、八歳か九歳のときに何冊か焼いたことはあった。ジェオフリー・アスキスがいつも本のためにはいくらでも時間を費やすのに、娘のためには時間を作ってくれないことをまだ気にしていたころに。

「すばらしい本だった。洞察力に満ちた分析が多くて」

「そうでしょうね。キャリスタはどうだった？」

「相変わらずさ。例によって気まぐれで変わり者だった。それにまだ結婚していない」

「だったら、わたしに似たのね。ほかは？」

「お母さんはあまり元気そうには見えなかった。前の冬に手首を骨折して、しばらくおおやけの席には出ていなかったんだ。ポールも同じさ。アンガスはレディ・バーナビーにプロポーズを断わられて傷心だった」レオはまた洋梨をひと切れ差しだした。「でも彼らのこともそれほど気にかけているわけじゃないんだろう？」

この人はわたしのことをまるでわかっていない。それなのに、こんなふうにときおりとてもよくわかっていることもあるのが怖い。

「あなたのご家族は？」

レオは彼女に当惑するような目を向けたが質問には答えた。「元気さ。ウィルと細君のリジーはロンドンに戻った。マシュウは肖像画で天文学的な金をもうけている。チャーリーは生きて息をしていて、子供たちの継母になってくれるなら、どんな女でもいいから結婚するつもりでいる。それからジェレミーは伯爵の務めをはたすのにひたすら忙しくしているよ」

彼の兄弟はみな末っ子の彼が大好きだった。亡くなった両親も彼を溺愛《できあい》していた。みんなのお気に入りで、みんなから愛され、無視されたり、どうしようもなく孤独だったりしたことのない人間。

「それで、サー・ロバートは？　お元気なの？」

レオは私が知っているなかでも最高の若者だ。きみはまったくばかにもほどがある女だな。レオの名づけ親は婚姻の無効が認められた日の前の晩にブライオニーに冷たくそう告げたのだった。

「とても元気だ。南アフリカから金がこれだけ流れこんできている今は銀行家には願ってもない好機だからね」

ブライオニーはうなずいた。時期が来たら、その富の多くがレオに行くことになる。彼が名づけ親の遺産相続人であり、花嫁の持参金などじつは必要ないと知っていたら、それでも彼にプロポーズする勇気があっただろうか？　たぶん、あっただろう。彼にキスされてからというもの、彼ともう一度キスをすること以外何も考えられなくなっていたのだから。それまでは新聞で見てばかばかしいと思っていたこともすべてやりたくなった。文明人なら恥ずかしくて死にたくなるようなことを。

「質問はいくつかとっておくべきだったね」レオは洋梨の芯に近いところにかぶりつきながら言った。「これから先、お互い話すことが何もなくなってしまう」

ブライオニーは彼に目を向け、それから何も持っていない自分の手を見やった。洋梨の実の部分は全部自分にくれ、彼自身は洋梨を食べていなかったのだ。

突然もうひとつ質問が頭に浮かんだ。というのも、自分にとってあなたは関係ない存在なのだとことばに出して言うほうが、行動で示すよりもずっと簡単だったからだ。心の潮流がそれを求めていた。

「それで、あなたはお元気だったの？」

レオは洋梨の芯を放った。「何が気になるんだ？」

ブライオニーは唇を引き結び、肩をすくめた。

「ああ、忘れてたよ、きみはただ会話をつづけようとしているだけか」レオはそう言って唇をゆがめたが、それは笑みではなかった。「並外れて元気だったと言えるね。世界じゅうを旅してまわり、おもしろい男たちやきれいな女たちに会った。どこへ行ってももてなされ、乾杯の嵐さ」

それは嘘ではないだろうとブライオニーは思った。彼は華やかな独身貴族に戻ったのだから。

レオはハンカチを出して手を拭った。ハンカチをポケットにしまうと、両手を腰にあてた。ブライオニーに近いほうの手は彼自身の影のなかにあった。直射日光に照らされていないため、手の節の切り傷やすり傷ははっきり見えず、指の優雅な形だけがわかった。

きわめて短い婚約期間、レオは毎週日曜日の午後に訪ねてきた。ブライオニーの父の応接間でふたりきりになると必ず、彼はその長く器用な手で彼女に触れた。ブライオニーは手をとるのを許したが、彼の指は必ずもっと先まで触れようとするのだった。日曜日に最後に訪問した際には、彼女の袖のボタンをはずしただけでなく、肘の内側の感じやすいところにキスまでした。ブライオニーは新たに目覚めた欲望に打ち震え、その晩は一睡もできなかった。

「それで、きみは？　元気だったのかい？」レオがついでのように訊いた。

外見は白髪以外はあまり変わっていなかった。愛情よりも尊敬を集める冷ややかでよそよそしい人間であることも以前と同じだ。しかし、中身はかつてと同じ人間にはけっして戻れなかった。

昔は自分に満足していた。結婚したいなどとは思ったこともなかった。たいがい中身のない社交のしきたりにもあまり関心はなかった。医術というのは要求の多い神のようなもので、その広大な神殿に務める神官である医者は忙しかった。

そんなときに彼が現われたのだ。まるで雷に打たれたかのようだった。もしくは、考古学者の一団に、見慣れた心の表層の下にずっと昔に封印された、満たされぬ飢えとくじかれた希望の大きな墓所を掘りあてられたかのようだった。

彼のもとを去ってから、まじめでまわりにあまり関心のない二十代のころの自分にはもう戻れないのだということに気がついた。心の表面のすぐ裏にひそんでいた秘密や感情に無頓着でいられたころの自分には。

しかし、一カ所にじっとしていられず、一年ほどで荷造りしては世界のはてへと旅立たずにいられなくても、どうにか心に折り合いはつけていた。心は平穏でなくても、少なくともせめぎ合っているわけではなかったのだから。

とはいえそれも、彼がふいにまた現われるまでのことだったが。

「わからないわ」しばらくしてブライオニーは答えた。「たぶん――どうにか生き延びてきたけれど」

レオは嘘をついたのだった。人生でもっとも幸せだったのは結婚式のときではなかった。そして、結婚式の前の週、彼はアカデミー・ド・パリで講演を行なうためにロンドンを離れた。そして、戻ってきてから、ふたりは結婚の誓いを立てたのだったが、そのときはじめて、後に〝城郭〟と名づけた感情を現わさない木像のような表情がブライオニーの顔に浮かんだ。そのせいでロンドンの主教がふたりを夫と妻であると宣言した瞬間まで、彼女に拒絶されるのではないかという恐怖が喉につかえていた。

いや、人生でもっとも幸せだったのは彼女にプロポーズされたときだ。

ブライオニーと最後に会ったのは十五歳のときだった。まさか八年後に再会したときに、まるで時間など少しもたっていないかのように、少年のころと変わらず自分が彼女に夢中でいるとは思いもしなかった。

思いは昔よりも強いほどだった。

というのも、覚えている以上に彼女が美しくなっていたからだ。冷静沈着で、有能で、教養もあった。

レオ自身、みすぼらしい男ではなかった。ロンドンは新たな時代の夜明けを告げるルネッサンスの旗手として彼を歓迎した。しかし、彼は自分が軽薄になりすぎたのではないかと不安も抱いた。彼女の高貴な魂と比べ、自分は社交界の派手な虚飾の世界にひたりすぎているのではないかと。

とはいえ、少なくとも彼女は数学会や王立地理学会の講演を聞きに来てくれた。どちらの講演でも、まじめな顔でじっと見つめられ、何を話しているのかわからなくなりそうになったものだ。

ブライオニーが身につけていたかっちりした仕立てのそろいのジャケットとスカートは飾り気がなく、すっきりしており、そうした装いにも魅せられずにいられなかった。まるでぱりっとしたシルクの鎧を身につけ、ロンドンの細菌や病気に立ち向かおうとする女騎士のようだった。彼女の髪に医者たちが消毒に使うフェノールのタールのような甘い香りがまとわりついているのも好きだった。その香りを嗅げるほどそばによることは多くなかったが。彼女のおちつき払い、自信に満ちた静かな物腰も、ほかの若いご婦人がたが延々とくりだすくだらないおしゃべりよりもずっと魅惑的だった。

夜にはベッドで、彼女の堅苦しい小さな帽子や、実用的なブーツや、胸のふくらみのせいでわずかに引っ張られているボタンのことを思い、キスを知らない唇やなめられたことのない乳首、貫かれたことのない太腿のあいだのことを思った。

やがて音楽会の夕べに欲望を発散する機会に恵まれた。彼女に一度ならずキスをしたのだ。百人の客たちの誰に見つかるかしれない場所で。

次にどうしていいか見当もつかなかった。彼女を訪ねて謝るべきか？　訪ねはしても謝らないか？　ただ単に訪ねればいいわけではない。彼女は仕事を持っており、日中は家にいないのだから。

あの日、春と呼ぶには寒すぎ、あまりに陰鬱な、小雨がぱらつくどんよりとしたロンドンの朝、妙な動揺を覚えながら、兄の図書室のなかを行ったり来たりしていたときのことだ。手には彼女からもらった名刺を持っていた。ミス・ブライオニー・アスキス。インターン。麻酔学専門医。新婦人病院外科医。ロンドン女子医大講師。

誰かがドアをノックした。「旦那様、ミス・アスキスがお目にかかりたいとおっしゃっていますが」とジェレミーの執事が言った。

「どちらのミス・アスキスだ？」ばかな質問だった。アスキス家でミス・アスキスと呼ばれているのは年長の娘だけだったからだ。

彼女が会いに来た理由を考えようとした。おそらく、文句を言いに来たのだ。もちろん、そうされてもしかたのないことをした。それでも、いやな思いをさせたとは考えたくなかった。もしかしたら、彼女自身どこかで講義をすることになり、聞きに来てほしいと誘いに来たのかもしれない。しかしやはり、そういうことも手紙でことが足りる。

レオはあきらめて執事にご案内してくれと命じた。

ブライオニーはとてもきれいだった。漆黒の髪、磁器のような肌、頰は自然にほんのりとバラ色になっている。彼女といっしょにいると鼓動が速くなる。彼女の上唇のくぼみやぽってりとした下唇、口の形ややわらかさが気になってしかたなかった。

ふたりは一分ほど応接間で立ったまま月並みな社交辞令を交わした。それからレオは椅子にすわるよう勧めた。彼女は礼を言ったが、動こうとはしなかった。レオはお茶を勧めたが、それも即座に断わられた。

レオは真剣な顔を作った。「すわりもしなければ、お茶も要らないと。何かお望みのものでも、ミス・アスキス？」

ブライオニーは咳払いした。「その、あなたが望まないものを勧めたいと思っていて」

「なるほど?」レオはそれがなんであるか見当もつかなかったが、笑みを浮かべて見せた。

少なくともこうしていっしょにいるのはいやではないらしい。「では、どうぞ。うかがいましょう」

ブライオニーはふたりの資産や仕事や気性についての分析をはじめた。彼女がふたりの結婚を想定してそんな話をしているのだとレオが理解するのに少なくとも三分はかかった。互いの気性のちがいは互いにとって歓迎すべきものとなるはずだとブライオニーは説いた。自分が静かな気性であることはあなたの陽気さを引き立たせるはずだと。ふたりの日課もうまい具合に嚙み合う。自分が病院にいるあいだ、彼は自分の仕事に多くの時間を割ける。自分には持参金としてソーンウッド・メナーがついてくる。それはかつて母の持参金の一部で、長子に受け継がれることと、父母の婚姻の際の契約書に明記されているため、じっさい自分のものと言っていい。それとかなりの金融財産もある。

ぼうっとなるあまり、彼女が話し終えていることに気づくまで少し時間がかかった。

「そんなにショックだった?」彼女が小声で言った。

「ああ、かなり」レオはゆっくりと答えた。

ブライオニーはようやく暖炉の前に置かれたルイ十五世時代の椅子に腰を下ろした。「死ぬほどじゃないといいんだけど」

「そう、死ぬほどとまでは言えない」

「だったら、考えてみることはできる？」

もちろん、考えてみることはできた。しかし、結婚はまだ遠い先のこととしか思っていなかった。あと三週間で二十四歳という年だったのだから。それにふたりが互いのことをきちんと知るのにもう一年か二年必要にも思えた。

「まじめに考えてみるよ――そう、きみには最高の敬意を抱いているから」

ブライオニーは唇を噛んだ。「もうひとつ考えてもらわなくてはならないことがあるの。わたしが子供を産む可能性はたぶんないわ」

レオは驚いた。「ほんとうに？」

「残念ながら」ブライオニーは目をそらした。「子供は好き？」

「ああ」じっさい子供は大好きだった。姪《めい》や甥《おい》のこともできるかぎり甘やかしていた。

ブライオニーの目が暗くなった。「だったら、今すぐノーと言ってもらったほうがいいわ。さもないとあなたにとって辛い結婚になるから」

心底ほしいものを差しだされながら、男が直面するなかでももっとも厳しい選択を迫られるとは、なんという皮肉だろう。「考える時間をもらってもいいかな？」

ブライオニーは弱々しい笑みを浮かべた。「もちろん」

レオは待っていた馬車のところまで彼女を送り、馬車に乗るのに手を貸した。ブライオニーは房飾りのついた座席に腰を下ろし、手を上げて結った髪からほつれた髪の房を後ろに撫でつけた。湿っぽい日だったせいか、もしくは春になりきらないイングランドの陰鬱な光のせいか、彼女は孤独で心細そうに見えた。

午前中ずっと降ったりやんだりしていた雨が突然豪雨となり、帽子をかぶっていない彼の頭に冷たくあたった。そしてそのとき啓示が舞い降りた。

ぼくはこの人のものだ。

背丈が四フィートしかないころからこの人を愛してきた。子供はもちろんかわいいが、必要不可欠ではない。彼女こそが必要不可欠だ。彼女はこれまでずっとひとりだった。二度とひとりにならないようにしてやろう。

「まあ、そうだね」レオは愛する女にほほ笑みかけた。「きみと結婚するのがむずかしいということはないいさ」

おそらく、彼女のほうは結婚生活に耐えられただろうが、彼は耐えられなかった。

それまでは幸運な人生を送ってきた。同世代で最高の数学の天才として広く認められており、名づけ親との海外冒険旅行について記事を書いてくれと雑誌に頼まれることもあった。一週間で書き上げた芝居の脚本も、検閲に引っかからない程度にみだらなものだったが、大反響を呼ぶ成功をおさめた。愛で賭けをする三人のケンブリッジ大学生の描写は、家々の応接間や居間で保護者の監視のもと、無害に聞こえながらじつは裏の意味を持つことばを交わしたいと願う若い男女に好まれた。

結婚式にのぞんだ彼はそんな恵まれた若者だった。世界が愛する驚くべき青年。しかしそれは終わりのはじまりでしかなかった。

そう、彼女は身をまかせてくれた。が、それは嫌悪すべき主人を我慢する奴隷としてでしかなかった。歯はきつく嚙みしめられ、喉からは苦しそうな声がもれた。自分がいなくなったらすぐに洗面所に駆けこんで吐いているのではないかと訝《いぶか》りたくなるような声だ。

彼女のもとへ行くたびに、拒絶が待ちかまえていた。触れたり、愛を交わしたりはもちろん、体そのものを拒絶される。体だけでなく心も。百もの家に招待され、その応接間でほほ笑んでおしゃべりしているあいだも、自分はずっとその恥ずべき大きな秘密を抱えているのだった。

彼女のことは二度とひとりにしないと決心して結婚したのだったが、結局、彼女と同じぐらい自分がひとりぼっちにされてしまった。

5

レオが目を覚ますと、熱が高く、頭が割れるように痛かった。どうにかベッドから這いでてラバの様子を確認すると、すでに朝食の用意にとりかかっていた料理人のところで足を止め、お茶を一杯頼んだ。

サイーフ・カーンという名前の料理人が鋭い目を向けてきた。料理人はチトラールで三日前に雇ったばかりだった――チトラールの駐屯地へ赴任してきた将校の家族に旅のあいだつき従っていた使用人たちをまとめて雇ったのだ――が、厳しい試験をパスしていた。サイーフ・カーンは、朝出かける前に魚のフライ、オムレツ、カレー、米、スコーンにジャムといった朝食を平らげる、ちゃんとした胃を持った英国人に慣れていたのだ。

かつて名づけ親とカシミールで狩りをしたころには――なんてことだ、もう十一年も前のことか？――自分もまさにそういう食欲の持ち主だった。並外れた量を平らげ、料理人をうれし涙にくれさせたものだ。

ギルギット出身のガイドとふたりきりで満足な食事もとらずに旅をした末にサイーフ・カーンが用意した朝食を目にしたときには、食欲のあまりめまいを感じたほどだった。しかしその食欲もここ一週間ほどはすっかり失せていた。

レオはどうにか少しばかりおかゆを食べた。お茶も充分冷めていた。フェナセチンを三錠数えてお茶で呑みくだす。

「それは何？」

レオは顔を上げた。彼女がやってくる足音は聞こえなかった。きっちりとした仕立ての砂色のジャケットとスカートを身につけている。荒野にいても、ブライオニー・アスキスはいつもと変わらずこざっぱりと身ぎれいだった。

「何が？」すわっていた折りたたみ式の椅子から立ち上がってレオは訊いた。

「今呑んだ錠剤よ」

「毛生え薬さ」

「なんですって？」

「ウィルの毛生え薬だよ。兄のウィルを覚えているかい？　彼の髪がとてもきれいなので、みんながウィルに何をしたらそういう髪になるのか訊くんだが、そう、秘密はこの薬さ」

ブライオニーは疑うような顔になった。「あなたにどうしてその薬が必要なの？　あなたの髪の毛は全然問題ないのに」

「もちろん、はげないようにするためさ」

彼の軽薄な受け答えに彼女は苛立った。「はげるのを止めることはできないわ。心の潮流に呑みこまれないように自尊心の防波堤を高くする薬を呑んだほうがいいわね」

レオは笑った。こちらがいくら独創的なことばを発しても、必ず彼女に叩きつぶされる。

ふたりでともに幸せになれたかもしれないのに。

「どうしたの？」ブライオニーは声をやわらげて訊いた。

「別に」レオは小声で答えた。「きみが笑わせてくれるってことを忘れてただけさ、それだけだ」

彼女はゆっくりとまつげを伏せる反応を見せた。また目を上げたときには、顔は石膏《せっこう》のように無表情だった。

城郭。結婚していたころ、何度となく目にした表情だ。ブライオニーが門を閉め、一番奥の砦に閉じこもる城郭。以前からそれがいやでたまらなかった。結婚とはそうしたいまいましい城郭をふたりで守ることではないのか。夫というかわいそうな騎士が入口を見つけようとそのまわりをぐるぐるとまわるのを放っておくことではないはずだ。

ずきずきと痛む頭のせいか、上がった熱のせいか——フェナセチンはどちらにもまだ効いていなかった――もしくは疲労のせいか、判断力を失いつつあった。レオは金属のマグカップを下ろし、彼女の上着の襟をつかむと、彼女に怒りの声をあげる暇も与えずにキスをした。

ヴァイキングが略奪した戦利品に対してするような、異邦人が城から貴婦人を引きずりだしてするようなキスだった。ブライオニーの唇は冷たく湿っていた。歯磨き粉の味がする。レオの体に化学反応が起こった。セックスのなんたるかを知ってからずっと、彼女とそれをしたいと思っていたものだ。すべてを内に秘め、欲望も悲しみもすべてを完全な孤独のなかに閉じこめている女と。

ブライオニーは彼を強く押しのけた。互いにじっと見つめ合う。彼女の息遣いは激しかった。しばらくして、レオは自分もあえいでいることに気がついた。

ブライオニーは口を開いて閉じた。次に口を開いて発せられたことばは単に「あなた、熱があるわ。燃えるようだもの」だった。

「ああ」レオは言った。「昔からきみの城郭を燃やしたいと思っていたのはたしかだ」

そんなふうに意気揚々とことばを発したところで、出発するにはいいタイミングだった。が、体の力が抜けるようなめまいがまた襲ってきた。見えないはずのものが見える。目の前に黄色と緑の妙な斑点が浮かんでいた。

「どうしたの、レオ?」ブライオニーが叫んだ。ひどく遠くにいるように聞こえる。

レオはよろめいた。ブライオニーがその体を支えた。驚くほどしっかりした腕で。レオの体が激しく震えはじめた。

彼はプリンストン大学にいたが、そこは凍るような寒さだった。講義室のラジエーターに湯を送る中央のボイラーの機嫌が悪かったからだ。目の前に整然と並ぶベンチの列は、スカーフや外套に身を包んだ学生たちでいっぱいだった。アメリカ人らしい興味津々の様子で、講師が話しはじめるのを待っている。学生たちは学期のあいだずっとこの日のために勉学に励んできたのだった。絶対微分学にとりくみ、スカラー量やマトリックスやベクトルについてこれまで学んできた定義を再確認するために。

レオは話しはじめた。手袋をはめた手にチョークを持ち、黒板に等式を書いていく。高等数学のくねくねとした記号を書き連ねて。しかしそれは機械的な動きでしかなかった。新年を迎えたら、彼女はアメリカを発ち、今度はインドへ向かう。婦人伝道団は几帳《パーダ》の外へ出られない女たちを診るために女の医者をつねに求めていた。

なぜ人々が彼女の動向を自分に伝えなければと思うのか、レオにはわからなかった。自分が今も彼女の居場所を知りたいと思うなら、婚姻の無効に同意などしなかったはずなのに。

ああ、なんて寒いんだ。手が震えている。自分の書いている記号が読めないほどに。

これは∫だろうか、それともαか？　どうしてこのふたつを混同するなんてことがあり得るんだ？

いや、寒くはない。燃えるようだ。おまけにここはアメリカではない。チュニジアの砂漠だ。遊牧民用のテントの端と端にケンブリッジの同窓生と向かい合って寝そべり、水銀も溶けるほど暑い日が過ぎるのを待っているところだ。その同窓生の父親はこの地域のフランス領総督だった。「なぜ幾何学かって？　幾何学に決まってるさ。そうでなくてどうして人類に宇宙の形がわかる？」

「人類が宇宙の形を知ることができないとしたら？」

「それでも無駄ではないさ。高等数学以上にまじめすぎる女を感心させる学問はない」とレオはにやりとして言った。

しかし砂漠にいても、これほどまでに喉が渇くことはなかった。おまけに暑い。まるで外の日に焼かれているようだ。レオはうめき声をあげた。頭はネロが二日酔いに襲われたときに匹敵するほど痛んだ。

そこで自分がいつの時代にいるのかわかった。十歳のころ、ヘビに噛まれて意識を失い、幻覚を見ていたときだ。それはメスを使う隣人の少女に妙に惹かれていたせいだった。三日連続で木に登り、彼女がライチョウやハトやマスを解剖《かいぼう》する様子を眺めていたからだ。四日目、少女は現われなかった。そして木から降りたところで、毒蛇を踏みつけてしまったのだった。

暑すぎる。暑すぎる。誰かが頭を持ち上げ、何か冷たいものを唇に押しつけた。自分が何をすればいいのかレオにはわからなかった。

「飲んで」その人は言った。

レオにはまだわからなかった。

一分後、水が口のなかにしたたってきた。スプーンで水を飲ませてもらっているのだ。どんな液体も自分に触れたら蒸発するだろうとなかば思っていたが、水は心地よく口の奥にたまった。

「飲みこんだほうがいいわ」

言われたとおりにした。

しかし次に口のなかにはいってきたのは、とんでもなく苦い薬で、不快きわまりなかった。

レオはそれを吐きだした。

「レオ、石頭ね。自分の健康状態について正直に言ってくれてたなら、とっくにキニーネを処方していたのに。熱が四十度もあるわ。急いでキニーネを飲んだほうがいい」

くそっ。これはマラリアじゃない。キニーネなど死ぬほど嫌いだ。インドで予防のために飲んでいたことがあるが一週間でやめた。破滅的な影響をもたらしたからだ。

「レオ、お利口にして」ブライオニーは錠剤を歯のあいだに押しこんだ。

病気そのものよりもひどい治療があるとすれば、キニーネこそがそれだ。レオは口を開けるのを拒んだ。ブライオニーは食いしばられた歯をこじ開けようとしてできず、鼻を鳴らした。

「協力してくれないのなら、お尻から薬を入れるしかないわ」

レオは笑って言った。「犯してくれ」

もしくは少なくとも心のなかで言った。

「しないと思ったら大まちがいよ」ブライオニーは脅した。

レオはまるで気にしなかった。尻からはいるなら、キニーネの味に我慢する必要はない。

ブライオニーは苛立ってため息をついた。「キニーネを飲まなくちゃ、レオ」

彼はそのことばを無視した。遠くでおしゃべりする荷役人たちの声が聞こえてくる。サイーフ・カーンが調理道具を片づけているらしく、鍋やフライパンの触れ合う音がする。テントのフラップに風があたる音もする。

やがてレオはまた二十四歳に戻っていた。新婚初夜だ。彼女とはじめていっしょに過ごす晩。死ぬほど待ち遠しく、内心少し恐れていたときだ。

結婚式とその後の祝宴で、ブライオニーが疑念を抱いているのがわかった。怖気づく気持ちはわからないでもなかった。フランスに発つ前は自分もそうだったのだから。突然、自分が誰あろうブライオニー・アスキスと生涯つづく関係を結ぼうとしているのだと気づいたのだ。自分以外の誰もが正気でないとみなしている決断だった。

そしてそのとき、混乱のあまり、ばかげた行ないに走ってしまった。とはいえ、少なくともそのばかげた行為のおかげではっきりものを考えられるようになった。自分にはブライオニーしかいない。昔からずっとそうだった。ほかのみんながどう思おうとそれがなんだというのだ。

彼女も正しい選択をしたのだと安心させてやろう。ふたりとも正しい選択をしたのだ。ゆっくりと正しいやりかたで彼女をその気にさせる。自分が男とはじめて寝る女ならば、そうであってほしいと思うやりかたで彼女をいい気分にさせ、いつくしむのだ。そして事が終わったら眠っている彼女を抱き寄せ、自分の幸運を静かに祝おう。心から望んでいた人を腕に抱いて。

しかし、自分に組み敷かれたブライオニーが歯を食いしばり、首の腱が震えるほどに顔を横にそむけて丸太のように身をこわばらせるなど、想像すらしなかった。

彼女の最初のときをできるかぎり容易にし、悦《よろこ》びを与えようと、思いつくかぎりのことをしてみた。が、何をしても彼女を悦ばせることはできなかった。

自分の体のクライマックスがふいに襲ってきて、彼は彼女のなかに射精した。しかしその悦びもじょじょに募る不安に陰ってしまった。彼女から身を引き離すと、並んで横たわり、押しつけ合う体の温かさと親しさからなんらかの確信を得ようとした。たとえ彼女がネグリジェを身に着け、自分が寝巻きを着たままでいたとしても。完全に裸にはなりたくないと言われたのだ。彼女にとってははじめてのことだったので、彼もそれに同意した。物事をゆっくりと進めるつもりでいたからだ。

「もう眠りたいわ」とブライオニーが言った。

自分の部屋へ帰ってほしいと頼まれているのだとレオが理解するのに一分ほどかかった。

「何か問題があるのかい、ブライオニー?」

「何もないわ」彼女はそっけなく答えた。「問題なんて何もない。ただもう眠りたいだけ」

レオは部屋を出ていく前にキスしようとしたが、ブライオニーは指で口をふさいだ。「わたしの言ったことを忘れた? 夏風邪をひいているの。あなたにうつしたくないわ」

レオは精一杯気持ちをおちつけようとした。これは彼女にとってははじめてのことだ。初夜を迎えたことで気が立っているのだ。なんということはない。すべてに慣れるまで数日かかるが、それだけのこと。

しかしぐったりして彼女の部屋を出た彼の頭のなかではちがう考えがぐるぐるめぐっていた。それだけのことじゃなかったらどうする？　これからずっとこんなふうだったらどうする？

「キスしたら、薬を飲んでくれる？」

その質問になかば意識を失っていたレオはびくりとした。「え？」弱々しくつぶやいたが、目を開けることはできなかった。

「キスしたら、薬を飲んでくれる？」

自分は二十八歳で、ロワリ・パスから北西へ少し離れた場所にしつらえたテントのなかでマラリアに襲われている。そして、かつて妻だった女が自分を救ってくれようとして、キスすれば薬を飲むかと訊いているのだ。

「いいキスなら」とレオは言った。

姉がするような軽いキスぐらいで神の落とし物――キニーネのことは内心そう名づけていた――を呑みこむつもりはなかった。

彼女の両手に顔を包まれる。乱れた息が顔にあたった。歯磨き粉の香りの息だ。彼女のキスは牧草地を転がりまわる復活祭のウサギさながらに無邪気に彼の唇を吸った。

突然、舌が口のなかにはいってきた。彼も同じように唐突な反応を見せた。一瞬の間に彼女を組み敷いたのだ。彼女は甘かった。甘く、純粋で、美味だった。彼女の体は――どれほどこの体を欲したことだろう。罪深い欲望が地獄の業火のように身を焼いた。

ブライオニーは身を震わせた。小さな天国のような存在。冷たく、遠く、愛しているのに嫌われている。彼女さえそうさせてくれるならば、崇拝しよう。しかしそれもけっして許してくれないのでは？　彼女はいつも手の届かない存在なのだ。冷ややかで、自分のような凡人がどんなにもがこうと、われ関せずといった様子でいる。

ブライオニーは彼の肩に両手を置いた。レオは押しのけられるかと思ったが、彼女はそうしなかった。そのかわり、てのひらで頬をなぞった。レオはわれを忘れた。

レオは彼女のスカートをまくり上げ、自分自身をズボンから出すと、ひと突きで彼女のなかに沈みこんだ。ああ、この感触――目がくらみ、耳が聞こえなくなるほどだ。見聞きすることも、ことばを発することもできない。できるのは感じることだけ。そう、彼女は天国だ。ぼくの天国。このナイフのように鋭い悦び以外、どんな悦びも感じたことはない。この心をつぶされそうななぐさめ以外、どんななぐさめも知らない。レオは身震いして彼女のなかに流れこんだ。狂ったような解放が訪れる。暗く熱い流れがすべてを奪っていく。

どうしようもない疲労感に包まれる。動くのはもちろん、呼吸すらできないほどだった。

彼女がそばを離れたのがぼんやりとわかっただけだ。

ブライオニーはキニーネの錠剤を彼の唇のあいだにすべりこませた。「約束だから」そう言う声は震えていた。

レオはキニーネを呑みこんだ。与えられた水とともに。それから枕に身を倒した。

三年前に婚姻を無効にした二十八歳の自分が今、ブライオニーを自分のものにしたのだ。

ブライオニーはショックを受けていた。

レオは幻覚に襲われ、よくわからない数学の概念をぶつぶつとつぶやいていた。腹が立ち、不安に駆られていたせいで、彼がこれ以上治療を拒むつもりならば、ほんとうにキニーネを尻から入れてやるつもりでいた。

そのときに彼に名前を呼ばれたのだった。それも何度も。ブライオニー、愛するブライオニー。何が問題なんだ、ブライオニー？　意識がまだ混濁していてレオが質問に反応しないことがわかると、彼がくり返し口に出す自分の名前は心痛む甘い音楽となり、叙情詩となり、呪文となった。

キスを提案するのはとても理にかなったことに思われた。マラリアに襲われる直前にキスしたばかりだったのだから。それがあんなに激しい欲望へとつながるとは予想できなかった。

彼の首に腕をまわしたと思ったら、次の瞬間には組み敷かれていた。そして、あっというまに彼が深々となかにいて、彼の呼吸が悦びに乱れた。

今の状態でレオにその行為ができたことがショックだったわけではない。そうではなく、自分がそれを許したことがショックだったのだ。あの短く激しい交わりでこれほどに強い悦びを——たとえ完全に満たされなくても——得たということが。

おまけに自分がそれをもっとほしがっているということが。

6

キニーネがレオの具合をみじめなほどに悪くしていた。ひどい吐き気と闘っているか、それに完全に負けているかのどちらかだった。そのほかのときは体が弱るあまり、指を一本動かすことすらできなかった。ブライオニーは彼のそばを離れなかった。勇敢にもおちついた態度で、彼自身が嫌悪してしまうような吐しゃ物を処理してくれていた。

「こんなことにどうして耐えられるんだ？」一度レオが訊いたことがあった。

「もっとひどいものも目にしてきたから」とブライオニーは答えた。それだけのことだった。

レオが自分の口のなかの味に耐えられなくなると、ブライオニーが口をゆすぐためのメンソールとチモールの溶液を作ってくれた。栄養のために蜂蜜水をくれ、歯磨きや着替えもさせてくれた。

「どうしてそんなによくしてくれる？」別のときに、疲弊しきって目も開けられないまま、レオは訊いた。ブライオニーはギルギットからチトラールまでの荒れた地域を旅するあいだにロープがすれたり、岩でこすれたりした彼の手に軟膏を塗っていた。節々やたこや指のあいだに甘いにおいの蜜ろうを塗りこんでくれる彼女の手はなめらかで温かかった。

「あなたが病人で、わたしが医者だからよ」

もちろん、こうして行き届いた世話をしてくれているのは医者としての義務感以上の気持ちがあるからだという答えが聞きたかったのだ。そうでないことはよくわかっていたのだが。

結婚生活も最後のひと月となったころ、むしゃくしゃして公式を書いた紙を捨ててしまい、それを探して書斎のゴミ箱をあさっているときに、丸めて捨てられていた手紙を見つけた。ブライオニーの帝王切開手術が成功したおかげで自分も子供も命が助かったと感謝する若い女からの手紙で、そこには、これまで読んだなかでもっとも心を動かされる文章がつづられていた。

ブライオニーが第一級の医者であることを疑ったことはなかった。医者として献身的に治療にあたっていることも。彼女の一番の関心が患者ではなく病気にあることもわかっているつもりだった。医者としての彼女をつき動かしているのが、患者への同情よりも、自然界の危険な病原菌に打ち克ちたいという思いのほうだということも。

しかし、その日の午後、レオはその手紙の前に立ち尽くしていた。苦心して書いたらしい子供の字のような大きな字が、心の目にゆっくりと焼きついた。しまいには、自分の妻が打ち解けないのが、超然としているというよりは、感情の欠如によるものだと認めざるを得なくなっていた。肉体的にも精神的にも、ほかの人間との触れ合いに拒否反応を示す人間のみが、こんな心に響く感謝の手紙を捨てることができるのだ。

「すまない」とレオは言った。

「すまなく思うべきね」ブライオニーは親指の腹で彼の手やてのひらや、さらには手首の上のほうまで、円を描くようにマッサージした。レオはそれをやめてほしくないと思った。

「医者に病気の徴候を隠しておくなんて、どういうつもりだったの?」

「隠すつもりじゃなかった」

もう一度きみをぼくにくれ。きちんと愛を交わさせてくれ。きみがぼくに与えてくれたような悦びをきみにも与えさせてくれ。あの甘く強烈な悦びを。

「どういうつもりだったかはわかるわ」ブライオニーは彼の手を放した。「それについてはもう触れないことにしましょう」


レオがマラリアに襲われてから二日後、ラバを連ねた一行がロワリ・パスから降りてきた。レオとブライオニーが旅の最初の日の終わりに泊まった場所——それ以降そこにとどまることになった場所——はチトラール川から離れ、山岳地帯へと登っていく分岐点だった。チトラール谷をとり囲む山道の多くが冬は通行できなくなるため、その地域の商いはもっと暖かい季節に行なわれるのがつねだった。

ブライオニーはレオのテントから首を突きだし、やってきたラバの一行が隊商であることを見てとると、なかに顔を戻した。イムランとその息子ハーミッドが商人たちにお茶をふるまった。しばらく歓談したあと、隊商は北へ、おそらくはチトラールの市へと向かった。

「イムランと話をしなければ」とレオが言った。

ブライオニーは驚いてレオを見た。眠っているとばかり思っていたからだ。おまけにイムランにはすでにその日の早い時間に会っていた。そのときふたりは必要な物資について話をし、レオは荷役人たちへの支払いに必要なルピーをイムランに渡していた。「ほかに何かほしいものは？」

「いや、いい。商人たちがどんな知らせを運んできたか知りたいだけだ」レオは目を閉じたままで言った。

ブライオニーはイムランをつかまえ、いっしょにテントに戻った。

「スワートで何か変わったことは？」レオは単刀直入に訊いた。

「スワートじゃなく、ディールから来た連中です。ディールでは、アッパー・スワート谷に偉大なる導師《ファキア》が現われたと噂になっているそうです。奇跡を起こす人間で、英国人を追い払うだろうと言われています」ガイドは首を振った。「いつも奇跡を起こす人間というのばかりだ」

レオはうなずき、礼を言ってガイドを下がらせた。

「スワートの情勢がわかるってどうして知ったの?」ブライオニーはなかば驚いて訊いた。

「あの人たち、何語を話していたの?」

「パシュトー語だ。ことばがわかるわけじゃないが、スワートはスワートだからね」

チトラールの住民の多くはコワール族で、コワール語を話した。しかし、北西の辺境地帯、南チトラールの住民たちの多くはパターン族、もしくはパシュトゥン族だった。

ブライオニーはさらに驚きを深くした。「でも、どうしてスワートのことについて話していたことがわたしたちに関係あるってわかったの? 穀物のできについて話していたかもしれないじゃない」

「〝ファキア〟とくり返し言っていた。それに〝サーカール〟とも何度か言った。〝サーカール〟は決まってインド政府を示すことばだからね。少なくとも訊いておこうと思ったんだ」

ブライオニーはうなずいた。インド北西部の辺境地帯は不安定な地域だった。一八九五年にチトラールで戦闘が起こったこともあった。チトラールの王位継承権をめぐってつねならぬ大きな争いが起こったときに、内乱を鎮圧するために送りこまれた四百人の英国駐留軍に対し、さまざまな不満分子が包囲戦を行なったのである。

さらには、今年六月、トチ谷で英国人の将校とその護衛が昼日なかに襲撃される事件が起こった。そこは非常に辺鄙な地域——外国の力のおよばないワジリスタンの無法な高地にあるペシャワールからもさらに数百マイル南西にある地域——だったため、ブレイバーン夫妻もブライオニーも、自分たちのところまで危険がおよぶかもしれないとは思ってもみなかったのだった。しかしその事件は、今の平和が容易に破られるものであるという警告にはなった。

ブライオニーはレオの鞍袋から地図をとりだし、膝の上に広げた。これからの進路が赤い線で示されている。ロワリ・パスの頂上に達したら、ディールはすぐそこだ。ディールの町を出てすぐに——地図では正確な距離ははかれなかったが、十二から十五マイルほどで——パンコラ川にぶつかる。そこからパンコラ川に沿ってサドと記されている村まで行き、村で川から離れて南東へ進み、スワート川の川岸にあるチャクダラまで行くことになっていた。スワート川はこの地域ではもっとも重要な川のひとつで、スワート谷には人口が集中していた。チャクダラではスワート谷はおおまかに東から西へ走っていたが、チャクダラからはまっすぐ南へ向かうことになっていた。川を渡ってすぐにスワート谷からは離れることになる。

「スワート谷はここからどのぐらい？　百五十マイルぐらい？」

「そんなものだ。スワート川を渡る場所はロウアー・スワート谷になる。アッパー・スワート谷はもっとずっと上流だ。アマンダラ・パスを越えたあたりになる」

ブライオニーは地図をたたんで彼の鞍袋に戻した。ずいぶんと先の状況について、今頭を悩ませることはない。おまけに辺境地帯では昔から宗教的な指導者が外部の力に断固として反抗してきたものだ。火を噴く導師すらも珍しくはなかった。そのほとんどが信者の期待をあおるだけに終わったが。アッパー・スワート谷に現われた巡礼のファキアも、こぶしを突き上げて説教を行ない、信徒を興奮させる導師にすぎないのだろう。

ブライオニーは英国支配から自由になりたいと願う現地の人々には同情を禁じ得なかった。つまるところ、イギリス人たちも、ローマ人に反抗した偉大なる女王、ボアディケアに敬意を払っている。それでも、この噂の導師がそれを成し遂げる人物だとはどうしても思えなかった。

「何か食べられそう？」とブライオニーはレオに訊いた。

レオは首を振った。食べ物と聞いただけで真っ青になっている。

「だったら、もう少し眠って」とブライオニーは言った。

レオは目を閉じた。ブライオニーはベッドのそばに置いた椅子に腰を下ろし、彼を見守った。しばらくして彼が眠りに落ちたと見ると、てのひらで頬にさわった。あまりにやせてしまって、顔を見るだけで胸の痛む思いだったが、見ずにいられなかった。恋しい思いも止められなかった。

親指でまつげの先を軽くかすめる。人差し指と中指で耳をつまんだ。ひんやりとやわらかな感触だった。キニーネの最初の一服で熱は下がっていた。小指で彼の喉をなぞり、強くあてて脈を探った。

彼の鼓動も速くなっているとブライオニーが気づいたときには手をつかまれ、口に持っていかれていた。ブライオニーは手を引っこめたが、てのひらの中央にはキスの刻印が残った。

レオがまた眠りに落ちてしばらくたつまで、その刻印は燃えていた。

マラリアにかかって五日目、レオは午後になって浅い眠りから覚めた。キニーネによる治療は辛かったが、効き目はあった。体はまだ弱っていたが、マラリアの症状はなくなり、順調に回復に向かっていた。

ブライオニーは食べかけのビスケットを手に持ってレオの簡易ベッドのそばに置いた椅子に腰をかけていた。その手は深緑色のウールのスカートの上に置かれていて、スカートには顎まできっちりとボタンをとめた白と緑のストライプのブラウスがたくしこまれている。

かわいらしい、完璧な顎をしている。彼女が口にキスを許してくれないときには、我慢してそこにキスをしたものだった。下顎から上顎へ、顔の輪郭に沿ってキスを這わせ、繊細な耳たぶを噛む。しかし、それもすぐに禁じられることになった。次の晩には、編んだ髪をほどかないでくれと頼まれた。翌朝ほつれた髪を直すのが大変だからと言って。そのせいで病院に遅れるわけにはいかないのだから。

今日、ブライオニーの髪はまんなかで分けられ、ガラスのようになめらかに、ニスのようにつややかに後ろで束ねられていた。彼女はテントの床に置いた水筒を手にとろうと左に身をかがめた。白髪がレオの目にはいった。彼女の髪——新たなショックが襲ってくる。

彼女の髪が白くなったのはあなたのせいよ。

そうキャリスタが言っていた。

キャリスタの言うことを信じるの？

ふたりの目が合った。熱が体を駆け抜ける。彼女のなかに深々とはいったのに、彼女は抵抗しなかった。

ブライオニーはふいに顔をそむけた。「昼食を持ってきたわ」と言う。「羊肉のスープと鶏のビリヤーニ（香辛料で味付けした肉とライス）よ。サイーフ・カーンがあなたのために病人用のプディングも作ってくれた」

レオは身を起こして食事をした。ブライオニーは病人に必要なものを正確にわかっており、四日にわたったキニーネによる治療は前日に終わっていた。胃の逆流はおさまり、レオは空腹だった。

レオはブライオニーの視線を感じた。重さと感触がわかるような視線だった。レオが皿から目を上げるたびに、彼女はちがうところに視線を向けた。が、その目はつねに彼へと戻ってきた。まっすぐ見つめたり、横目で見たりしながら、ブライオニーはこっそり彼を隅々まで観察していた。

「あなたのブーツ、底に刻印があったわ」しばらくしてブライオニーが口を開いた。「ベルリン製だった」

かつてレオは着る物の好みのうるさい人間だった。品質がいいだけでは満足できなかった。所有する衣服のすべてが芸術品でなくてはならなかった。少なくとも、非の打ちどころのない職人の作品でなくては。ところが婚姻が無効とされて以降は、かつての半分も気にしなくなっていた。ベルリンで新しいブーツが必要になったときにも、ロンドンのブーツ職人に注文の手紙を送るかわりに、昔の自分なら幻滅するようなできあいのブーツを買い求めたのだった。

「ベルリンで何をしていたの?」ブライオニーは羊肉のスープのおかわりを差しだしながら

訊いた。

レオはスープを受けとった。「ありがとう。大学で講義をしていた」

ブライオニーは彼の皿にビリヤーニのおかわりも盛った。「あなたはミュンヘンにいるってキャリスタは言っていた。バイエルンのどこかにワイン畑を買って引退するつもりでいるって」

「そのときぼくは二十五歳だった。バイエルンみたいな古臭い場所に引退するにはちょっと早すぎるんじゃないか」

「しばらくすると気が変わってアメリカに行くことにしたとも言っていたわ。ワイオミングで牧場を引き継ぐって」

「末っ子にとってはあり得なくもない将来設計ではあるな。ただ、ぼくがアメリカに行ったのはそこの若者たちに道を誤らせるためさ。ワイオミングから東へ何千マイルも離れたニュージャージーのプリンストン大学に行ったんだ」

ブライオニーは咳払いをした。「わたしもドイツにいたわ。外科医の上級訓練を受けるためにブレスラウ大学に。アメリカにもいた。ペンシルヴェニアの女子医大で講義を受け持っていたの」

「ああ、知ってる」

レオは婚姻の無効が認められると、ケンブリッジに移った。昔からケンブリッジが大好きでケンブリッジ大学の数学の正教授になるつもりでいた。かの輝かしきアイザック・ニュートンがかつて占めていた地位だ。現職の教授はその地位についてほぼ五十年になろうとしていた。当時その才能がいたるところで喝采を受けていたレオにとっては、次の教授職に任命されるこの上ないチャンスだった。

しかしその年の秋にはベルリンにいた。一年後はプリンストン大学に。そしてそれから三学期後にはインドにいた。

婚姻が無効とされても、彼女を気遣うことはやめられなかった。彼女がたったひとり外国にいても、ほかには誰も気にしないのか？　場所を移すごとにどんどん家から離れていくというのに？　何かあったとしても、家族は何千マイルも離れた場所にいるというのに？

レオはばかなことをと自分をあざけった。彼女のほうはまるで気にもかけてくれていないというのに。しかしそんなことは関係なかった。

選択肢が与えられるたびに、レオは彼女と同じ国にいられる招待状を受け入れた。そうすれば、彼女が助けを必要とするときに七つの海を越えて駆けつけなくてもすむ。

「ギルギットでの気球探検旅行に同行すると決めたときには、わたしがレーにいると思ったの？」

レオは水を飲んでうなずいた。ふたりの目がまた合った。
きみはぼくにとって心の月だった。きみの機嫌によってぼくの心の潮流が変わったものさ。
それは誇張だったかもしれないが、嘘ではなかった。

昼食を終えると、ふたりは今後の旅程について短く打ち合わせた。レオは翌日すぐにでも旅をつづけたがったが、ブライオニーはキニーネの治療を終えてから二日は休息が必要だと言い張り、それについて医者の指示に従わないと、どういうことになるか恐ろしい警告を発した。

レオがその日の午後を過ごすなぐさみに、ブライオニーは雑誌の〈コーンヒル〉の古い号を渡した――彼がチトラールの駐屯地で一泊した際に持ってきた雑誌だ。それから、自分は散歩に出かけると告げ、彼にはベッドで雑誌を読む以上の激しい活動を禁じた。

「散歩にはイムランを連れていくんだ」とレオは言った。

ブライオニーは一瞬わけがわからないという顔をした。女が家を出ることがまれで、連れをともなわずには絶対に出かけない場所にいることを忘れてしまったかのように。チトラール周辺はそういう意味ではとくに保守的な地域だった。「そうね、もちろん」

彼女が充分遠くへ出かけたとみなすと、レオは起き上がり、テントから出てふたりの荷役人に折りたたみ式のテーブルと椅子をしつらえさせた。まだ寝巻きとして使っている白いコットンのクルタ・パジャマ――インド式のチュニックとズボン――といういでたちだった。しかし誰の助けも借りずにテントから出ただけで、すでにいつもの自分をとり戻していた。

空気は山岳地帯らしく澄みきっており、物の輪郭はくっきりと、色はより鮮明に見えた。稲田の緑は単なる緑ではなく、鮮やかな緑で、ひたすら日の光と水を求めているように見えた。山腹も単なる岩の集まりではなく、谷の厳しい自然に今にも浸食されそうな豊かな細い土地を守るための防壁に見えた。

西に傾いた日の光を顔に受け、そよ風に髪を乱されながら、レオは椅子に腰を下ろしてノートを開いた。

婚姻が無効とされてから、ほぼ二年ものあいだ論文は書いていなかった。教えたり、学者仲間として連絡をとり合っているほかの数学者の仕事を検証したりはしていたが、彼自身は何も産みだしていなかった。新しい公理にとりかかっても、意味のない副次的なものばかりが浮かび、以前産みだしたものを力なくなぞっているにすぎなかった。

自分が若々しい才能に恵まれていることを当然と思えないのは、失敗に終わった結婚と同じぐらいみじめなことだった。登山やサファリ旅行など、名声もさることながら、自分自身たのしみたいと思っている若い男がするような冒険旅行を数々行なうあいまに、優雅にさして苦労もなく発表した最初の論文を真似ようと思っても無理だった。

一時間後、レオはノートを脇に押しやり、携帯用のチェス・セットをとってきた。これもチトラールの駐屯地で手に入れたものだ。ひとりで対局したが、予想どおり引き分けだった。レオはチェスの駒を再度並べた。

白のキング側のポーン、黒のキング側のポーン、白のキング側のビショップ、と動かす。序盤の定跡だ。さっきはその手を使わなかった。黒のキング側のポーンで白のキング側のビショップをとる。こういうオーソドックスな手も悪くない。

レオはテーブルに肘をつき、親指と人差し指のあいだに顎を載せ、次の手を考えていた。

「医者の指示にもう従わないの？」日は山の陰に隠れていたが、ブライオニーの頰が散歩したせいでバラ色になっているのは見てとれた。「いいえ、立たないで」

「ベッドで起き上がっているのと椅子にすわっているのとでは体力的にさしてちがわないよ」レオは弁解した。それから、近くにいた荷役人に彼女のために椅子を持ってくるよう命令した。

「まあ、すぐに自分で自分を負かしたほうがいいわね。サイーフ・カーンに夕食を早めにしてほしいってお願いしておいたから。あなたにはまだ休息が必要よ」

「自分を負かすのが大変でね」

「そう、だったら、わたしが負かしてあげる」ブライオニーはなにげなくそう言うと椅子に腰を下ろした。

レオは笑った。笑うつもりはなかったのだが。

「チェスでは無敵だって言いたいの？」

レオは両手を上げてみせた。無敵だと自分で思っているのではなく、十一歳のころから負けたことがなかったのだ。

「そんなに自分が強いと思っているなら、わたしが白をとるわ」

つまり先攻ということだ。これまででもっとも小さなハンデ。誰かとチェスをする場合、ふつうは重要な駒をいくつも落としてやらなければならなかった。ブライオニーはレオがはじめたゲームをつづけた。まずは白のキング側のナイトを動かす。ナイトを使う序盤の手だ。それにレオはキング側のナイトの前にあるポーンで応じた。「きみがチェスをするとは知らなかったな」

ブライオニーはキング側のルークの前のポーンを進めた。「わたしについてはたぶん知らないことがたくさんあるでしょうね」

レオはキング側のナイトの前にあるポーンをさらに一歩進めた。「だったら、教えてくれるべきだな。そうじゃないとわかりようがない」

ブライオニーはキング側のナイトでｅ４、ｆ４、ｇ４、ｈ４ときれいに並んでいたポーンを四つ飛ばした。レオのキング側のナイトも戦いに加わった。ブライオニーのナイトはすぐにもとの位置に戻り、彼のキング側のナイトの前にあったポーンをとった。彼は彼女のキングの前のポーンをとった。

「何も教えてくれるつもりはないわけか？」

「あなたが何を知らないのかわからないから」

ふたりは盤の中央で主導権を握ろうとやり合った。ブライオニーはレオが思ったよりもずっとすばらしいチェスのプレイヤーだった。レオはキング側のナイトを彼女の領地に深くはいりこませ、キング側のルークをとった。

「たとえば、われわれの婚姻無効の申し立てが教会裁判所に提出されたあとで、ぼくの名づけ親がきみを訪ねていったことは知っている」レオは話しはじめた。「たぶん、婚姻を無効にしないよう、わいろをちらつかせたんじゃないかな。ただ、じっさい何をきみに差しだしたかは知らない」

ブライオニーはキング側のナイトとクイーン側のビショップを敵の領地まで進めた。「病院に新しい病棟を建てるということだったわ。医学学校の土地と建物も寄付するって」

レオはキングで敵のクイーン側のビショップをとり、何も言わなかった。そんな誘惑を受けても、病院や学校への寄付を断わることに罪悪感を覚えてすらも、彼女は夫を捨てることにしたわけだ。

ブライオニーはキング側のナイトをもとに戻した。「あなたの番よ」

レオは目を細くした。彼女のキング側のナイトはこちらのキングに王手をかけながらクイーンもとれる位置にいる。どうして気づかなかった？　キングを守る以外に選択肢はない。レオは守りを固めた。

ブライオニーは彼のクイーンをとった。「あなたの名づけ親って、ほんとうはじつの親なんでしょう？」

レオは盤から目を上げた。彼女の目は氷河の下層部のような深緑色で、肌は雪におおわれた湖のように透明だった。

「そうさ」とレオ。それを知っている人はほとんどいない。しかし、五人目の息子のほんとうの父親が誰かということを気にする人も少なかった。「気になるかい？」

「別に。あなたは？」

「はじめて知ったときは気になったさ。今はどうでもいいが」

「いつ知ったの？」

ブライオニーの目はチェス盤から離れなかったが、彼女が興味津々でいることはわかった。

ごくふつうの人のようで、彼女にしては珍しい態度だった。なんの屈託もない男女がチェス盤をはさんですわり、互いについてや、自分たちにとって大事な人や物について話しているといった態度。

「十四のときに母から聞いた」

「それはちょっと早かったわね」

「こういうことを聞かされるのにちょうどいい年というのがあるのかな」

「それでどう思ったの？」

「あまりいい気はしなかった。相手が誰であれ、じつの母がほかの男と情事を持ったと思うと気恥ずかしかったからね。おまけにその情事がまだつづいていると聞かされて屈辱のあまり死にそうになったよ。父の情熱は数学に向けられていた。母の情熱も同じようにセックスとは関係ない植物とかシェイクスピアの悲劇とかに向けられるべきだと思ったんだ。そう、定期的にセックスしてくれる相手じゃなくて」

ブライオニーの口がゆがんだ。「お父様はご存じだったの？」

「知っていた。父が不当なあつかいを受けている気がしたものさ。みないい友達で、誰もがすべてを知っているし、ぼくが真実を知ったからといって何も変わらないと母は請け合ってくれたけどね。知らなかったのはぼくだけだったから、そう聞いてますます自分が道化に思えたよ」

ブライオニーは目を上げて彼を見つめた。顔には笑みと呼んでもいいような表情が浮かんでいる。「それでどうしたの？」

「それで、すばらしいことが起こった。その夏家に帰ってみたら、何も変わっていないことがわかった。父はぼくに会えたことを喜んでくれた。父とふたり、毎日図書室に何時間もこもり、最新の論文を読んでユークリッド幾何学の不足点について語り合い、幾何学への新たなとり組みの基本とすべき原理のリストを作った」

レオがようやく勇気を振りしぼり、自分の血肉を分けた息子でない人間が同じ屋根の下で暮らしていることがいやではないかと伯爵に尋ねると、ワイデン卿はほほ笑んでこう答えた。

「おまえが知っておくべきことは、おまえこそが私が昔から望んでいた息子だということだけだ」

あとになって、名づけ親に怒りを感じなくなったころ、ふたりでノルウェイのフィヨルドに出かけた際に、レオは伯爵との会話を話して聞かせた。サー・ロバートは物憂げにため息をついた。実務家でしかない人間が多少なりとも感傷的なところを見せたわけだ。「それについては昔からワイデン卿がうらやましくてたまらなかった。世間の目から見れば、きみが彼の息子であり、私の息子ではないということがね」

結局のところ、関係する誰もが愛情と尊敬に不足がなかった。レオはサー・ロバートとも父とも親しく育った。じっさい、父に親しむあまり、若気のいたりで父にそむいたマシュウを伯爵が勘当し、マシュウの肩を持ったウィルが同じ憂き目に遭ったときにも、長いことレオは父のワイデン卿の兄たちへの仕打ちが正しいことを疑ってみることさえしなかったのだった。

ブライオニーはため息をついた。「わかっていても、変わらずあなたを愛してらしたのね」

レオのビショップがクイーンを倒したブライオニーのナイトをとった。「きみがお父さんと口をきかないのはそのせいかい？　お父さんがきみを充分愛してくれないから？」

ブライオニーはまったく表情を変えなかったが、心が震えているのは感じられた。彼女の答えは、彼のキング側のナイトに対し、クイーンを犠牲にすることだった。

レオは彼女のクイーン側のナイトの前にあるポーンをとった。クイーンをとられてからは、積極的にキングを攻める戦略だったが、キングを追うにあたっては、ブライオニーも負けず劣らず大胆不敵だった。

ブライオニーはクイーンを使って彼のキングに王手をかけた。「気をつけて」

レオはキングを安全なところに逃がした。「何を気をつけるんだ？」

ブライオニーは彼のキング側のビショップに迫った。「このままだと負けるわよ」

レオは彼女のクイーン側のナイトをとった。「きみが?」

「いいえ、あなたが」ブライオニーはクイーンを盤の端から端へ動かした。「王手」

レオはすぐには理解できなかった。無理やり演算を覚えさせられようとしている平凡な学生が、わからないながら必死にとり組むように、盤をじっと見つめた。やがてショックに襲われた。ほんとうに王手だった。気づかないうちに詰められていた自分のキングに逃げ場はなかった。

唇をまたゆがめ、彼女は立ち上がった。「サイーフ・カーンに用意ができしだい、夕食を出してくれって言ってくるわね」

レオは彼女の後ろ姿を見送った。「どうしてこれまでいっしょにチェスをしたことがなかったんだ?」とつぶやく。

その質問は彼女に対してというよりも、川や空に対して発せられたものだったが、ブライオニーは足を止めて振り向いた。その横顔が一瞬、紫の山の影を背景に完璧な線を描いた。髪が風にあおられてひと房落ち、唇にあたる。彼女は何も答えずにそのまま立ち去った。

「チェスは誰に教わったんだい?」その晩、イギリス風のアプリコットのプディングにバラ油とカルダモンを加えたデザートを前にレオは訊いた。そのときまでは食べるのに忙しかったのだ。回復途中の食欲がおびただしい量の食べ物に反応していた。

「キャリスタのお母様よ」とブライオニーは答えた。

あたりは暗くなりつつあった。ランタンの明かりがブライオニーの頬と髪に銅色の光を投げかけている。見るたびにショックを新たにしていた彼女の白髪にはもはやたじろがなくなっていたが、完璧な調和を乱すその白髪に慣れることはけっしてなさそうだった。

「トディ？」キャリスタの母で、キャリスタを出産する際に命を落とした二番目のジェオフリー・アスキス夫人の名は、レディ・エマ・トディと墓石に刻まれていた。しかし、マーズデンの兄弟はみな彼女をトディと呼んでいた。

ブライオニーは驚いてプディングから顔を上げた。「覚えているの？　彼女が亡くなったとき、あなたはまだ三つだったわ」

「葬儀は覚えている。最初の記憶のひとつだな。黒い服を着た人ばかりで、兄たちはみな泣いていた」

ブライオニーが登場する最初の記憶のひとつでもあった。時を経て曖昧模糊《あいまいもこ》となった記憶のなかで驚くほどはっきりと刻まれた印象。彼女は泣いていない唯一の子供でもあった。彼自身でさえ、混乱して泣いていたというのに。

「彼女について覚えているのはそれだけ？」

ブライオニーがほっとしているのか、がっかりしているのか、その声からはわからなかった。

「ぼくが覚えているのはそれだけだが、兄たちの記憶にはもっと残っている。彼女が子供たちを招いて開いた仮装パーティーのことをよく聞かされたものさ。兄たちはみな円卓の騎士の扮装をして出かけた。ぼく以外は。ぼくは揺籠《ゆりかご》に入れられた聖杯だった」

五人兄弟の末っ子のレオは、幼いころ、なんにつけても冗談の種だった。

「そのパーティーなら覚えているわ」とブライオニー。

声がいつもとちがった。みずから距離を置こうとする声ではない。表情もいつもよりやわらかく、物思わしげに見えた。彼女がそんな表情をするのを見るのははじめてだった。

「何を覚えているんだい?」

ブライオニーはしばらく考えをめぐらした。「白いヴェルヴェットのドレス、とんがり帽子、ベルのついたベルト。わたしはたぶん、プリンセスだったのね」

「円卓の騎士たちがきみに求愛したのか?」

「ええ。でもそれはわたしがお菓子やおもちゃのはいったバスケットを持っていて、みんなに配ったからよ」口の端がわずかに上がった。「円卓の騎士たちはわたしのまわりをとり囲んでいたわ」

自分が覚えているよりも前の時代の話を彼女から聞かされるのは妙な感じだった。彼女が幼いころの話をするということだけでも、珍しいことだった。レオが少年のころ、彼女はずっと年上に見えた。生まれたときから大人に近かったとは言わないまでも、子供らしいはにかみや傷つきやすさとは無縁に見えたものだ。

ブライオニーはプディングをつついた。「トディについて、お兄さんたちはほかに何を覚えているって?」知りたくてたまらないというような口調だ。

「すばらしいピクニックをいくつも計画してくれたそうだ。ただ、一番記憶に残っているのは、どうやら大惨事になったピクニックみたいだけどね。川に落ちたウィルが濡れた服を脱いで裸であたりを駆けまわったとか。きっとあとでむちで打たれただろうな」

「それってわたしの六歳の誕生日のときよ」ブライオニーが言った。「大惨事でもなんでもなかったわ。ウィルが真っ裸で走りまわってるのを見てあなたのお母さんはチキンを喉につまらせたけど、ほかはみなそこまでの反応は大袈裟《おおげさ》だと思ってた。ウィルが連れ去られたあとは、午後じゅうずっとゲームをして過ごしたのよ」

レオはクモの巣の張ったほこりっぽい屋根裏に昇ってぎしぎし言う昔のトランクを開けている気分になった。開けてみたら、なかから輝きを少しも失っていない宝石が見つかったというわけだ。

「当時のこと、ほかには何か聞いていない？」ブライオニーは知りたくてたまらないのだ。その口調は、かつて彼女のことを遠まわしに尋ねていた自分の口調を思い出させた——それで、キャリスタのお姉さんは、まだ人の体を切ってまわってるのかな？

ほかにも聞いていることはあった。彼女と婚約したことを兄たちに報告したときには、とんでもなくからかわれたものだ。マシュウはパリから電報をよこし、チャーリーもはるかギルギットから同じことを言ってきた。なんてことだ、彼女は聖母マリアでおまえは神の子イエスだったんだぞ。

「トディがもよおした最初のキリスト降誕劇のこととか」とレオは言った。

「ふうん。わたしは最後の降誕劇のほうをよく覚えているわ。トディがどこかからラクダを借りてきたのよ。でも、ラクダは厩舎係に何を食べさせられても気にしなかった。それで——教会じゅうに堆肥《たいひ》のもとをまき散らしたものだから、そのにおいにご婦人がたが気を失うことになったわ。そのことは覚えてない？」

「ああ」レオにはトディについての記憶はなかった。

「それこそほんとうの大惨事だったわ。父はそんなばかなことをしたトディにひどく腹を立てた。でもあとになって、それについてわたしたち、散々泣いてから大笑いしすぎて、また泣きだすことになったわ」

レオは驚いてブライオニーを見つめた。夫と妻としていっしょに暮らしているころ、彼女の持ち物のなかにトディの形見はただのひとつもなかった。今の継母に対するのと同じだけ、トディとも距離を置いていたのだろうと推測するのが理にかなっているように思われたものだ。彼女がトディの葬儀で涙ひとつこぼさず、無表情でいたことともつじつまが合う。

ブライオニーの頰をひと粒の涙がこぼれ落ちた。レオはショックを受け、呆然とした。彼女が涙を流せることも知らなかったのだ。

ぎょっとしたのはブライオニー自身も同じだった。「ごめんなさい」そう言ってあたふたとナプキンを探した。「ごめんなさい。いったいわたし、どうしちゃったのかしら」

レオはハンカチを差しだした。ぎごちなくブライオニーは目を拭いた。しかし、涙は止まらなかった。長いあいだレオは身動きしなかった。やがて彼女をひとりにしておいてやろうと思って立ち上がった。が、立ち去るかわりにテーブルをまわりこみ、彼女を立たせた。

前にも彼女を腕に抱いたことはあった。結婚生活の最初のころまでは。しかし彼女のかたくなな無反応によってそうすることもなくなったのだった。レオは大きく息を吸うと、彼女を腕のなかに引き入れた。

ブライオニーは身をこわばらせた。レオは反射的に身を離しそうになったが、そうせず、腕の力を強くした。

「大丈夫だ」と耳もとでささやく。「大丈夫だ。泣いてもいいんだ。ときに神は完璧な人間をお作りになる。それでもきみが悲しみに打ちひしがれてどうしていけない？」

「わたしは泣いたりしないわ」くぐもった声で彼女は言った。「泣いたことなんかない」

「ああ、知ってるさ」レオは答えた。「でもいいんだ。大泣きでもすすり泣きでも、きみは自由にしていいんだ」

求めていた許可を得たとでもいうように、静かな涙が身を震わせてのすすり泣きになった。腕に抱いたブライオニーはやせていた。前よりもやせ、きゃしゃになっていた。レオは膝をすりむいた姪に対するようにブライオニーの背中を撫で、髪にキスをした。しばらくして、ブライオニーはゆったりと彼に身をあずけた。驚くほど柔軟でやわらかい体だった。すすり泣いていたのが、しゃくりあげるようになっている。

「言わなかったことがある」レオが口を開いた。「まだきみと結婚しているころ、ぼくは母の古い友人を訪ねたんだ。その日たまたまその人の妹が訪ねてきていてね。その妹さんとトディがフィニシング・スクールの同級生だったことがわかった。ぼくが誰と結婚したのかわかると、その人はきみにこう伝えてほしいと言った。トディがきみのことを世界一すばらしい子供だと思っていたと」

まだ夫婦ではあったが、彼女の寝室のドアにはすでにかんぬきがかけられていたころだった。そのせいでレオはそんな褒めことばを伝える気分にはなれなかった。それどころか、かわいそうにトディはだまされていたのだと思った。ブライオニーは彼女のことを思い出すこともほとんどないようだったからだ。

ブライオニーは顔を上げた。「そうなの？」

「レディ・グリスウォルドが言ったそのままさ。山から降りたら、電報を打って、昔トディからもらった手紙が見つかったかどうかたしかめてみるよ。きみにあげたいそうだ」

ブライオニーはまた顔をうつむけた。「わたしのためにそんな面倒なことをしてくれなくていいのよ」

レオは彼女を放した。「面倒じゃないさ」

ブライオニーはその場にしばらく立っていた。やがて身を寄せて彼の頬にキスをした。肌に触れるか触れないかのかすめるようなキスだった。「ありがとう。おやすみなさい」

「おやすみ」レオはランプの明かりの届かない暗がりに向かって言った。後ろで彼女の足音がじょじょに聞こえなくなっていった。


トディが来る前、ブライオニーの記憶に残っているのは、ソーンウッド・メナーのがらんとした部屋がもたらすぼんやりとした灰色の印象だった。何年も不妊だったあげく、生まれたのが女の子だったことに失望したブライオニーの母親は、娘が二歳になる前にひどい肺炎を起こして亡くなった。やもめ生活を街で送ることを好みながら、子供は田舎で育ったほうがいいと信じる父親は、ほとんど家にはいなかった。

しかしトディがやってきてからは、ブライオニーの世界は鮮やかな色に満ちたものとなった。誰に聞いても、二十二歳の生き生きとした新たなミセス・アスキスと内気で人見知りの四歳の継娘はすぐさま友情で結ばれたということだった。出会った瞬間から、トディに残された三年のあいだ、ふたりはけっして離れることがなかった。

領内や近くの丘をふたりで散策しながら、トディがその地域の植物相について論文を書くのに必要な落ち葉や花びらや種を集めることもあった。ピクニックや子供のパーティーや借り集めゲームなどももよおした。天気が散歩や乗馬に向かないときには、いっしょに温めてスパイスをきかせたりんごジュースを飲んだり、チェスをしたり、百科事典をでたらめに開いて雑学で頭を満たしたりした。

トディとはふたりで計画していたことがたくさんあった。赤ちゃんができたことはとてもめでたいことだった。しかし、そのトディがお産のときに亡くなってしまう――生気とエネルギーに満ち、好奇心と思いやりでいっぱいの明るくほほ笑むトディが。

それはこの世の終わりだった。

トディの葬儀の三カ月後、ブライオニーのばあやが死んだ。トディが亡くなって六カ月でブライオニーの父はまた再婚した。しかし、婚約から結婚式までのあいだに三番目のミセス・アスキスは不運に見舞われた。息子のひとりが脊髄性小児麻痺にかかり、もうひとりが結核にかかったのだ。

結婚式が終わるとすぐに彼女は田舎の家にやってきて、継娘と乳母と新たに雇われたばあやの監督を家庭教師にまかせた。それから五年間、ドイツのサナトリウムとロンドンの病院を行ったり来たりに忙しかった継母とブライオニーが顔を合わせることはなかった。

継母が雇った家庭教師のミス・ブランソンは母を失ったふたりの女の子よりも、六人もの不良少年の監督をするほうが性に合っているような人だった。ミス・ブランソンは司祭と結婚して司祭館の独裁者になるまで、厳しい命令と規律でふたりの生活をしばった。

そのあとに家庭教師になったミス・ラウンドツリーという人は、ぼんやりとはしているがやさしい老人で、ミス・ブランソンよりはずっとましだった。そのころにはブライオニーの父と継母とそのふたりの病気の息子も、年に何日かは田舎の家で過ごすようになっていた。ようやく家族がいっしょにいられるようになったのだ。

キャリスタは突然増えた家族を魚が水に慣れるように受け入れた。しかしブライオニーにとっては遅すぎた。そのころにはかたくなに他人に心を開かなくなっていたのだ。自分も含め、人間に関しては、驚くほど複雑で美しいしくみを持つ生存機械としての興味しか抱かなかった。中身は肉体の奇跡にまったく値しないというわけだ。時期が来ると、彼女は後ろ髪を引かれることもなく家をあとにし、ほかのことにはあまり注意を向けず、ただひたすら勉学にいそしみ、人間味のない冷ややかな態度で医術に専念した。

そうして自分がかつて華やかさや親しさや愛情を求める人間だったことを忘れてしまったのだ。

7

レオは翌日風呂の用意を頼んだ。体の衛生状態が中世に戻ったかのようになっていたからだ。バスタブは風呂用のテントにしつらえられた。レオは服を脱ぎ、湯気の立つ湯に身を沈めると、その気持ちよさに目を閉じた。何分かして誰かがテントにはいってきて背後に立った。最初は荷役人のひとりが追加の湯を持ってきたのだと思った。が、背後からバケツを置く音が聞こえてこなかった。

振り返りかけたところで、テントの入口に立っているのがブライオニーであることがわかった。片手に布のバッグ、もう一方の手に椅子を持っている。

「どうしてここへ？」

「体を洗うのを手伝おうと思って」と彼女は答えた。

レオは信じられないという目で彼女を見た。旅に同行している女中はイスラム教徒ではなくヒンドゥー教徒だった。おそらく、説得すれば風呂の手伝いもさせられるはずだ。女中が手伝ってくれなくても、旅の従者は少なからずいる。そのうちの誰でも、言いつければ、背中をこすり、湯をかけ、タオルを手渡してくれるぐらいはできるだろう。彼女がみずからしてくれる必要はないのだ。

「裸なんだが」とレオは言った。

衣服を洗濯するために定期的に着替えをしていたここ数日、ブライオニーがレオの裸を見ることは少なくなかった。

「そうでしょうね。バスタブにつかっているんだから」

ブライオニーは片袖のボタンをはずし、袖をきっちりと一インチずつ折りたたんで肘のずっと上のほうまでまくり上げた。それからもう一方の袖も同じようにした。

レオは女が服を脱ぐ光景に容易に心を動かされたりする人間ではなかったが、ブライオニーに関してはすべてがちがった。手袋を脱ぐのを見ただけで鼓動が速くなったものだ。ワイデンのタウンハウスの図書室では、女の体の構造を知らないわけでもないのに、ほかの女だったら堅苦しいとしか言えない襟もとに魅惑されたのだった。そのころは彼女の胸のふくらみはもちろん、肩も見たことがなかった。その肩をブライオニーは百科事典のページを繰りながら、まるで自分の体の凹凸をよく知らないとでもいうように親指でなぞっていた。

「頭を後ろに倒して」とブライオニーは言った。

　レオはそのことばに従った。ブライオニーは湯を彼の髪にかけ、カスティーリャの固形石鹸を使って、指先でそっと頭皮をこするようにして頭を洗った。それが終わると、髪を湯ですすいだ。すすいだ湯はバスタブの縁の下に置いたバケツにたまった。

　ブライオニーはバスタブの横に置いた椅子に腰を下ろす前に彼の髪をタオルで拭いた。持ってきた布のバッグからスポンジをとりだすと、それを湯にひたして湿らせ、石鹸をつける。手術の準備をする外科医さながらの丁寧さだった。

　彼女の手は濡れ、額には汗が光った。愛らしく、なめらかな濡れた肌。レオの呼吸が少し浅くなる。ブライオニーは彼の左の肩からはじめて指先まで洗った。それから場所を変え、右腕を洗った。目はバスタブの中央には向けないようにしている。湯は石鹸のせいでわずかに不透明になっていたが、彼の反応を隠すほどではなかった。

　テントのなかは暖かく、バスタブの湯のせいでぼんやりと霧がかかったようになっていた。ブライオニーの顔も湿って赤くなっている。レオは歯の後ろをなめた。彼女の歯をなめたかった。彼女の前歯にはわずかにすきまのあいたところがあり、彼女の父親のタウンハウスではじめてともに夕食の席についた晩から、それをなめたくてたまらなかったものだ。

　レオは片手を上げ、彼女のブラウスの一番上のボタンをはずした。ブライオニーは椅子を倒して即座に立ち上がった。

「そんなことしないで」

そう言うと、背後にまわり、スポンジで背中を洗って流した。それから脇に戻ると、わずかに水面から顔を出している膝頭を軽く叩き、足をバスタブの縁に上げてほしいと合図した。

ブライオニーの立っている場所から、目が見えないのでもないかぎり、男の下腹部で何が起こっているのか気づかずにいるのは不可能なはずだ。彼女はこういう反応を引き起こさずにこの体を洗えると本気で思っていたのか？

スポンジは足の先から付け根へと登ってきた。やわらかく若干ざらついた感触だった。ブライオニーは手慣れていた。すばやくしっかりした洗いかたで、のらりくらりとなぶるようなこともなかった。

それでも、こわばりは増す一方だった。スポンジがその部分をかすめ、レオはかすれた声をあげた。それが聞こえなかったかのように、ブライオニーはもう一方の側に移り、もう一方の膝を軽く叩いた。それからまたほぼ脚の付け根まで洗った。

〝いたぶり女〟の称号を捧げようかと思ったが、それは厳しすぎると思い直した。ブライオニーは男の激しい反応を無視しながら、ちゃんと体を洗おうと精一杯のことをしてくれているだけなのだ。

ブライオニーは胸と腹もスポンジでこすった。終わったと思ったが、ブライオニーはさらに袖を上までまくり上げ、膝をついた。それから水のなかに沈んでいる下腹部に手を伸ばした。レオは息を呑んだ。スポンジが陰嚢《いんのう》にあたる。その下や脇の特別敏感な肌の上を軽くなめらかにスポンジは動いた。レオは唾を呑みこんだ。再度呑みこむ。

スポンジが上に動き、固くこわばったものの先端をかすめると、また下へ動いた。それからまた上へ。その感覚はまるで、彼女が電気を発しているかのようだった。もしくは火薬に火をつけているか。

やがて彼に触れているのがスポンジではなく、彼女の手になった。魚の尾がかすめたような感触。しかし、約三年半の長きにわたる飢餓《きが》状態のあとでは、それでも刺激が強すぎるほどだった。その瞬間がやってきて、レオは腰をひねり、顔をゆがめた。喉からは抑えようもなく悦びの声がもれた。

目を開けると、ブライオニーはバスタブの足もとに何歩か離れて立っていた。腕をぴたりと脇に下ろしている。スポンジは水面近くに浮かんでいた。

「スポンジを放してしまって手探りしていたんだね」とレオは言った。偶然の出来事以外の何物でもないとしか思えなかった。

ブライオニーはしばらく答えなかった。やがて「すすぎましょうか?」と言った。

そうしてもらう以外になかった。レオは立ち上がった。彼女は彼の体に目を走らせたが、すぐに目をそらしてすすぐために持ってきた湯のはいったバケツのところに急いだ。湯が体にかけられる。体に残った石鹸が洗い流されると、ブライオニーはタオルを差しだした。

「服を着るといいわ」

たとえ偶然であったとしても、男の裸をくまなく見てその男をオルガスムへと導いたあとで、何事もなかったかのように？

「きみは結婚しているころ、ぼくが寝巻きを脱ぐのを拒んだ人とほんとうに同じ人間か？」

「男は服を着ないでベッドにはいるべきと神様がお思いなら、寝巻きなんてものがこの世に現われるわけはなかったわ」すでにテントから出ながら彼女は言った。「それに、いずれにしても、たまに寝巻きを脱ぐこともあったじゃない」

時とともにふたりの夫婦関係がさらにぎこちないものになったころ、レオは寝る時間に妻のもとを訪れるのをやめた。そのかわり、真夜中に彼女がぐっすり眠っているときにやってきて、愛の行為をするようになった。

何日か、ふたりの関係は不思議と穏やかなものになったように思われた。レオが笑みを浮かべることが増え、夕食の席でのことば数も増えた。ブライオニーに向ける視線が彼女の息を奪い、顔を赤らめさせるようなものになった。

そしてその数日間、ブライオニーのほうは驚くほど鮮明にエロティックな夢を見ているのだと思っていた。ある晩目を覚まして、自分が裸で彼の肩に足を載せ、貫かれているのを知るまでは。

止めることはできなかった。彼のことも、自分自身のことも。悲しげな声をもらし、あえぎ、どうしようもなくうめくしかできなかった。

翌日、彼にやめてくれと頼んだ。あんなふうに、されるがままになって生きることはできない。しかしもちろん、そうは言わなかった。夜の眠りが自分にとってどれほど重要か理由を並べ立てただけだった。夫としての権利はいつ行使してくれてもかまわない。ただ、眠っているときはやめてくれと言った。

ブライオニーがまくしたてているあいだ、レオはひどく静かに聞いていた。それから何も答えずに部屋を出ていった。その晩、彼女は彼の唇と舌によってもたらされたクライマックスに悲鳴をあげて目を覚ました。いつか同じことを自分にもしてくれと耳もとでささやきながら彼がはいってきたときにはもちろん、ひたすら身を震わせるしかできなかった。

翌日、ブライオニーはまたレオに話をした。今度は前よりもきつい口調で。困ったことに、気がつけば脚を大きく開いたままベッドの端から身を折り曲げ、床に足をついて身を震わせている自分がいたからだ。あまりに激しい悦びに自分を抑えきれなくなりそうだった。

毎夜の夜這いをやめてほしいという要望は、伝えるたびに敵意を増した視線に出迎えられた。そして悦びはじょじょに中毒のようになっていった。ブライオニーは悦びを恐れ、レオを恐れた。いつかきっときみのほうからセックスを懇願するようになると彼に言われてからはとくに。それがほんとうになりそうだったからだ。

夜ごとの行為はつづいた。その晩何をされるだろうかと恐れてブライオニーが眠れなくなるまで。自分が何をさせられるかも怖かった。やがて、眠りが不足し、注意が散漫になるあまり、あやうく患者の命を奪いそうになってしまった。

その晩ブライオニーは帰宅すると部屋のドアすべてにかんぬきをかけた。同じ屋根の下で暮らすあいだ、二度と彼を部屋には入れなかった。

レオが寝ているブライオニーのもとを訪れるようになったのは、殉教者を食い殺すライオンの役割を演じるのにうんざりしたからだ。辱《はずかし》めていると感じさせられることなく彼女を抱きしめ、彼女に触れたかった。

それ以上の行為におよぶつもりはなかったのだが、そばに身を横たえたときに、彼女が寝返りを打ち、ぴたりと体を寄せてきた。いつもひどくこわばっているその体がそのときはべリーダンサーのようにしなやかだった。レオは自分を抑えきれなかった。服を脱ぎ、彼女の服を脱がせ、愛の行為におよんだ。するとブライオニーは腕を巻きつけてきて、はじめてきつく彼を抱きしめた。眠ってはいたが、彼の名前も呼んだ。

レオ、とブライオニーは言った。レオ、レオ、レオ。彼はダムが決壊するように彼女のなかに自分を放った。

これほどまでに彼女にとらわれていることが怖かった。体が粉々になるほどの悦びの瞬間には、怒りや絶望をすべて忘れることができた。しかしその甘さはいくら味わっても足りなかった。ブライオニーを、真夜中の妻を味わいつくすことなどできなかった。

もしかしたらこれがふたりにとって新たなはじまりとなるかもしれない。カラメルのように甘く芸術的な愛を交わし、メレンゲのような官能とふわふわしたキスと愛撫で彼女を雲の上へと押し上げるのだ。

ふたりが持つことのなかった甘い新婚生活、狂ったように肉欲に溺れる日々がほしかった。ほしくてたまらなかった。一年、ひと月、いや、たとえ一週間でもそうした日々を過ごせたなら、彼女を変え、ふたりの気質を再度調和させ、夫婦生活を愛情あふれた価値あるものにできるはずだ。

それなのに、ブライオニーは夫を完全に追放した。夫婦のあいだはどんどん遠くなり、結婚生活は酢に入れた真珠のように溶けてなくなってしまった。

　天の川がきらびやかに流れるヒンドゥー・クシュの夏の夜空はきわめて壮麗だった。さまざまな輝きの無数の小さな星は、泥棒でも手が届かないダイヤモンドと言えた。

　ブライオニーはテントのフラップを開けたままにしておいた。星空のもとで寝るのが一番だが、そうして寝るのも悪くなかった。眠ればの話だが。いつもなら寝心地が気にならない簡易ベッドが背中に岩のように感じられた。苛立ちを覚えるほどそよとも吹かない風のせいで、暑くもあった。チトラール谷はルンブール谷にあるバラングルの村よりもゆうに三千五百フィートは標高が低く、気候もずっと暖かだった。ネグリジェの襟が喉にこすれた。長いフランネルの袖のなかで腕が汗だくになっている。

　ブライオニーは望んではならないものを望んでいた。けっして得られないものを。

　レオがほしかった。

　彼の体を洗ったのは、それを言い訳にして彼の体に触れ、うずく自分の欲望をなだめる自分なりのやりかただった。レオは体重が減り、病み上がりではあったが、何カ月も日々厳しい活動を強《し》いられて鍛えられた体は損なわれていなかった。固くしまったしなやかな体、たくましい肩、溝のついた腹筋、長く筋肉質で形のよい脚。

さらに肌の感触もなんとも言えずすばらしかった。スポンジを彼の二の腕にあて、自分の手首を産毛の上にすべらせたときには、驚きのあまり手を引っこめてしまいそうになった。男の肌の感触が女とどれほどちがうものか、忘れていたのだ。

もしくは、これまでほんとうには知らなかったのかもしれない。

スポンジを放してしまって手探りしていたんだね。

ちがう、彼の肌に触れるためにわざと放したのだ。それでも、臆病すぎて、彼をつかむことができなかった。あまりにぶしつけなことに思えたから。しまいにようやくかすめるのが精一杯だった。そんな愛撫とも言えない愛撫に対する彼の反応はまさに大きすぎるほどだった。

しかし、そのせいで自分も動揺し、興奮を覚えた。そのことを思い出すだけでその後ずっと興奮を抑えられずにいた。レオと顔を合わせまいと苦心したにもかかわらず。そして今、彼がそばにいないことに肉体的な痛みを感じていた。彼に触れてほしくて肌が過敏になっている。看病であまり睡眠をとっていなかったためにすでに感じていた頭痛が欲求不満のためにどくどくと脈打つほどになっていた。体のある部分も同様だった。生物として不可避のものが最悪のタイミングで能力を発揮しているというわけだ。

ブライオニーは身を起こし、髪に指を入れ、頭皮に爪を食いこませた。何分かしてから、ベッドを降り、テントの外へ出た。

頭上の空は満天の星で、ワルツを踊っているあいだに装飾過多の舞踏会用ドレスから真珠や水晶がぼろぼろ落ちるように、星が降ってこないのが不思議なぐらいだった。山々はどっしりとした影に見える。真夜中の不気味な静けさはこの世のものとは思えないほどで、鳥たちはまどろみ、夜行性の動物は音もなく見えない獲物を追っているのだろう。

ブライオニーはレオのテントまで三十フィートほど歩き、彼の様子を見ようとテントのなかにはいった。レオは眠っていた。静かに一定の調子で呼吸しながら。ブライオニーは膝をつき、彼の脈をとった――異常なし。熱もなかった。若く丈夫な人だから、明日の朝にはもとの健康状態に戻るだろう。

ブライオニーはシーツを引き上げてやった。さて、これでよし。あとは自分のテントに戻ってまた眠ろうとするだけ。

しかし彼女は動かなかった。その場にとどまったまま、安らかな寝息に耳を傾けていた。そしてまた彼に触れた。

手を肩に置く。肩の輪郭に沿って喉へ、顎へとすべらせる。レオは風呂の前にひげを剃っていたが、すでにてのひらにはざらついた感触があった。手が震えだす――全身も震えた。震えるほどの恐怖に襲われるのも当然のことだったが、彼に惹かれる気持ちはそうした恐怖に打ち克つほどに強かった。

ブライオニーは身をかがめて彼にキスをした。首や頬や耳にも。彼はまだ風呂で使ったカスティーリャの石鹸のにおいがした。はるかイベリアで作られたオリーブオイルのにおい。彼の感触とにおいと自分がこれからやろうとしていることのとんでもなさに頭がくらくらした。

ブライオニーはネグリジェの襟もとのボタンをはずし、頭から脱いだ。レオがずっと同じ国々にいたとわかったことで、心に妙な変化が生じていた。同じ難破船から逃れた者同士という気がしたのだ。とはいえ、それでもこれから自分がやろうとしていることの愚かさ加減が減るわけではない。しかしばかげたことはそれ自体が引力を持ち、はずみを呼ぶ。銃と大砲を持った入植者がやりを投げる原住民を打ち負かすといったばかげたことへの抵抗感が失われたように、それによって良識がつぶされてしまうのだ。

心は痛んだ。しかし永遠にも近い時間抑圧されてきたものから解き放たれて、肌の感触はすばらしくなっていた。「レオ」彼にというよりも、ひとりつぶやくように彼女は言った。どうしていつもあなたなの、レオ？

さっき慎重に引き上げたシーツを引きはがす。彼の上半身は裸だった。胸はなめらかで張りがあった。その中央に指を走らせる。喉もとからへそまで。それから唇を肌に寄せ、指で触れたあとをキスでなぞった。

手をさらに下に動かす。彼が熱く固くなっていることには驚かなかった。もはや逃れられないように思われた。

ブライオニーがベッドに乗り、注意深く両手両足で身を支えながら上にまたがっても、レオはまどろみつづけていた。彼の胸に乳首をこすりつけるようにしたときも、彼を自分のなかに入れたときにも。

自分の産毛がすべる感じは慣れないものだった。退廃的な感覚。シーツがまくれてむきだしになった簡易ベッドの布の表面に膝が沈みこむ。ほんの少し動いただけで官能の海に溺れそうになる。思わずつぶやきがもれた。エロスの祭壇で祈りを捧げる小さな声だ。何が望み? 肉体的には望み得るだけ親密な行為の最中に、ひどく孤独でまったくのひとりぼっちだと感じたくないのはたしかでしょう?

やがて祈りは通じ、長くつづくクライマックスがやってきた。ブライオニーは身を震わせ、耐えがたいほどの悦びに声をあげた。「レオ、レオ」あえぐ。「レオ」

突然そこに彼が加わった。両手で彼女の太腿をつかみ、腰を浮かす。息が乱れ、あえぐようになった。たくましく毛深い肌が押しつけられる。ブライオニーはなすすべもなく再度クライマックスに達した。全身が激しい悦びにわしづかみにされる。

やがてふいに勇気がくじけた。彼の手が彼女がしたのと同じように体の中央を下へと動きはじめたのだ。

「ブライオニー」レオは小声で言った。「ブライオニー」

8

ブライオニーが婚姻の無効を申し立てたいと言ってきた日、レオは彼女に贈り物を買っていた——W・ワトソン・アンド・サンズの顕微鏡。回転するスライドホルダーやふたつのサブステージのコンデンサ、付属のカメラ・ルシダまでついた堂々たる装置で、愛のキューピッドの金の矢さながらに光る、磨きこまれた真鍮《しんちゆう》のすばらしい仕上げの一品だった。

なぜ贈り物を？　理由はひとつもなかった。彼女に新しい顕微鏡が要るものかどうかすらわからなかった。それでも、男という種族は折りに触れ、胸に希望の炎を燃やしてぴかぴか光る美しいものを家に持ち帰るものなのだ。

顕微鏡とその無数の付属品はきれいなマホガニーのケースにはいっていた。レオはそのケースを書斎の机の上に置き、自分のためにグラスにブランデーを注ごうと書斎の奥に向かった。

「ちょっといいかしら？　話さなきゃならないことがあるの」

レオはぎょっとして振り向いた。ブライオニーが書斎の入口に立っていた。青いシルクのそろいのジャケットとスカートを身につけている。病院へ通うときのいつものいでたちだ。ただ、夕方までまだ間があるころで、長らくその時間に家で彼女を見かけることはなかった。

「もちろん」レオは言った。「何か飲み物を作ろうか?」

ブライオニーは断わり、机の前の椅子に腰を下ろした。「あなたもおすわりにならない?」

レオは机の奥の椅子に、彼女と向き合うようにすわった。ブライオニーは身をこわばらせ、青白い顔で唇を引き結んでいる。目もとには深いくまがあり、妙な薬品のにおいをただよわせている。消毒液ではなく、アンモニアのいやな刺激臭だ。それでも、彼は彼女のそばにいてことばを交わせることに、これまでになくうれしい気持ちでいた。

ブライオニーは指を組み合わせて手を机の上に載せると、話しはじめた。

最初の一文以外は、オクスフォード英語辞典からやみくもに選んだことばを聞いているかのように、すべてのことばが耳をただ通り抜けていった。彼女の口の動きや形を変える唇を凝視し、発せられたことばに鼓膜が震えるのを感じはしても、彼女が自分を崖から突き落とそうとしているということ以外は何ひとつ理解できなかった。

ある時点でレオは机を離れ、窓際で時計のふたを開けた。心の平静な部分が、彼女が嘘を固めてふたりの結婚を終わらせるべきだと、どのぐらいの時間をかけて弁舌をふるうものか、確認したがったからだ。しかし、エトルリア語が読めないのと同じぐらい、文字盤の数字も読めなかった。レオは時計をただじっと見つめた。婚約の贈り物として彼女からもらった時計を。〝愛とは忍耐である。愛とは思いやりである〟ということばがふたの内側に刻まれた時計を。

忍耐も思いやりも感じなかった。ブライオニーが話し終えたら、二階に引きずっていくつもりだった。夫がどれほど残虐非道な人間か、ベッドの支柱にでも訴えればいい。

やがて彼女が話し終えると、レオは彼女に目を戻した。期待するようなまなざしが返ってきた。「この件について力を貸してもらえるわね？」

そう言って彼女は立ち上がった。片手を机の上に、もう一方の手を顕微鏡のはいったケースの上に載せている。

レオは机に戻り、彼女の手の下からケースを引きだすと、彼女の目の前で留め具を開けて顕微鏡を組み立てた。組み立て終えると、一歩下がった。そう、たしかにとても上等に見える。一生物だと太鼓判を押された顕微鏡だった。

机の反対側から、ブライオニーはぽかんとした目を顕微鏡に向け、その目を彼へと上げた。湿った夏の緑を思わせる目。「ねえ、この件について力を貸してもらえるわね？」

そこでレオははっと気がついた。彼女にはその価値はない。顕微鏡を受けとるに値しない。

その落ち着き払った態度を乱してやろうとする努力に値しない。結婚の尊さや厳粛さにも値しない。

「もちろんさ」レオは答えた。「どんなことでも協力するから安心してくれ」

じっと目を凝らせば、肩の輪郭や腕の形は見分けられた。ブライオニーが身を凍りつかせて上にまたがっている。浜に打ち上げられた人魚ほども裸で、星明かりのなか、ぼんやりと青く光るなめらかな肌が暗闇に浮かんでいた。満ち潮のような髪が胸のふくらみと顔の半分を隠している。

彼女の体をここまで見たのははじめてだった。たとえそれが影とぼんやりした輪郭であったとしても。ベルグラヴィアの鎧戸を閉めた涼しい寝室で眠っている彼女のもとへ通ったときには、体を隅々まで探索したものだった。形（膝頭のでっぱりや背骨の隆起）や手ざわり（かかとと肘の若干のざらつきや二の腕やすねの産毛）や味（乳首のねっとりとした甘さや脚のあいだの若干スパイスのきいた刺激的な味）はわかっていたが、目で見たことはなかった。

レオは広げた手を彼女の下腹部にあてた。ピグマリオンの乙女像が命を得たかのように、体は温かく、ぴくりとも動かなかった。もう一方の手を彼女の背中にまわし、体を引き寄せる。

ブライオニーは抗ったが、形だけ抗っただけだった。彼はさほど力を入れなかったのだから。近くに引き寄せると、レオは顎にキスをした。ブライオニーは口にキスをされるのではないかと恐れるように顔をそむけた。そこでレオは耳にそっとキスをした。ブライオニーは悦びのあまり小さくあえぐような声をあげた。

彼女の耳、肩、二の腕。レオは両手を背中に下ろし、やわらかく丸い尻にてのひらをあてた。なかにはいったままの彼がまた固くなる。ブライオニーは声をもらした。純粋な欲望と悦びに満ちたなんともいえず美しい声だ。

簡易ベッドは狭かったので、レオはゆっくりと体の位置を変え、彼女を下に組み敷いた。それから喉、鎖骨、胸とキスをした。彼女の腰が動き、レオは官能の海に溺れそうになった。ブライオニーの指が彼の手首をおどおどとつかんだ。一瞬押し返されるのではないかとレオは恐怖に駆られた。が、その手は腕へと登り、最後には首の後ろにまわされた。

レオの心臓はゆっくりともとに戻った。彼女を気遣いながら一定の調子で体を動かす。しかしブライオニーの動きはひどくエロティックで、すぐにレオはまたも欲望に吞みこまれそうになった。どうしようもなく夢中になりながらも彼女を悦ばせようとどうにか自分を抑える。

しかしブライオニーがきつくしがみついてきて、わなわなと震えだすと——そう、もう抑えることはできなかった。長く高い波が岸辺に打ちつけ、熱烈な崇拝者はエクスタシーの波に呑みこまれた。

レオは激しく突き、彼女を自分のものだと主張し、しるしをつけ、満たし、支配し、隷属し、奪い、与えた。

主として、そして奴隷として。

ブライオニーは正気に返るとすぐにベッドを出た。ネグリジェを拾い上げ、急いでそれを頭からかぶる。

「いっしょにいてくれ」とレオが言った。

「いないほうがいいわ」

「じゃあ、ぼくは利用されただけなのか？」声におもしろがるような響きがあった。彼女がそういうことのできる人間ではないことをよくわかっているのだ。

ブライオニーがネグリジェの袖を見つけて腕を入れるのに三十秒ほどかかった。そのころにはレオはベッドから出て、ランタンに明かりを入れていた。

「まだ行かないでくれ」

「もう遅いわ」

「きみが来たとき、すでに遅い時間だったさ」ベッドでレオはパジャマの下だけを穿《は》いて寝ていたが、今はクルタも身につけていた。しかしクルタの上の三つのボタンは開いていて、ランタンの揺れる明かりがむきだしになった喉と胸の肌を輝かせている。

「すわってくれ」

ブライオニーは首を横に振った。

レオは親指で彼女の頬をなぞった。「病み上がりのぼくを立たせたままでいるつもりかい？」

医者として見れば、彼は充分健康をとり戻しており、何時間でも立っていられるはずだった。朝になればロワリ・パスを登ることにもなっていた。それでも、その体はまだあまりにやせていた。彼が自分に許しているよりももっとずっと休息が必要なことはたしかに思えた。

渋々ブライオニーはベッドの端に腰を下ろした。レオはその横にすわり、腕を彼女の肩にまわした。「なあ、噛みついたりしないよ」と言う。「なめるかもしれないが、噛みつきはしない」

「なめてほしくもないわ」

「きみがなめてほしい場所だけなめるよ。それでどうだい？」

「だめよ。こんなことは二度と起こらないんだから」

「へえ。だったら、今回はどうしてこんなことになったんだ？」レオはブライオニーの目の端に軽くキスをした。「きみも譫妄《せんもう》状態におちいったのかい？」

もちろんそうだ。原始的な衝動と無分別な行動を呼ぶ譫妄状態。「ごめんなさい。二度とこんなことにはならないわ」

「なってほしいね」レオは低くはあるが荒々しい声で言った。

ブライオニーは首を振った。

「どうして？」

「まちがいだったからよ」

「われわれの結婚がまちがいだったように？」声から温かみが多少失われた。

ブライオニーは唾を呑んだ。「そのとおり」

レオは立ち上がった。背筋を伸ばすとテントの天井に頭がつきそうだった。「トディが亡くなったときにきみの心は石に変わったのかい？」と背を向けたままで訊いた。

彼女のけっして石でない心は激しく痛んだ。「お願いだから、何も知らないくせに勝手に憶測しないで」

「きみの言うとおりさ。ぼくはきみの心については何も知らない。知られまいときみが骨を折ってきたからね。でもきみも科学を学んだ人間だ。ときに間接的な観察であってもたしかな証拠となり得ることは理解しているはずだ」

「なんの話をしているの？」

「ぼくが目にしたことさ。きみが感情を持たない人間だというまぎれもない証拠だ」

その夜の汗ばむほどの暑さはどこかへ行ってしまった。床についた爪先が冷たくなった。

「婚姻の無効に関することを言いたいなら――」

「ちがう」レオは髪を手で梳《す》いた。「もう忘れてしまっているんだろうが、ずっと前、きみはベティー・ヤングという女から手紙を受けとった。きみが帝王切開で赤ん坊をとり上げた人だ。その手紙のなかで彼女はこう書いていた。いつか赤ん坊が大きくなったら、一番助けが必要なときに、神が女医の姿をした天使をおつかわしになったと語って聞かせるつもりだと」

ブライオニーはふいに震えだした。「その手紙なら覚えているわ」

「驚いたよ。丸めて捨ててあるのを見つけたからね」

「受けとったお礼の手紙を全部とっておくわけじゃないわ」

「とっておく手紙があるとしたら、その手紙こそとっておくべきだと思うけどね」レオは振り向いて彼女と向かい合った。「それとも、トディを亡くしたことがあまりに辛くて、母親を出産で亡くさない子供を見るのが耐えられないとか？」

ブライオニーは立ち上がった。平手打ちの大きな音がテントのなかに響きわたった。ショックのなか、ずきずきと痛む手を見下ろしてはじめて、自分が彼を平手打ちしたことに気がついた。「わたしのことを二度とそんなふうに言わないで」とうなるような声で言った。「考えることもしないで」

レオは指の背で頬をこすった。顔には険しい表情が浮かんでいる。「どうしていけない？理にかなった結論を導きだしてどうしていけないんだ？」

「その結論がまちがっているからよ」

レオの唇があざけるように薄くなった。「だったら、説明してくれ。きみのほうが理由はよくわかっているんだろうから。どうしてあの手紙をゴミ箱に捨てた？」

その日はブライオニーにとってすばらしい一日だった。レオが病院に出発の挨拶《あいさつ》に来たのだが——彼は結婚式前の一週間、パリで講義を行なう予定だった——同僚の医師ははじめて彼に会う人も多く、みな彼女の魅力的で美しい婚約者を見て啞然としたのだった。ブライオニーの心はなんとも言えない幸福感に浮き立った。

そして今、病院外で帝王切開手術を成功させ、輝かしいその日をさらにすばらしいものにできた。帝王切開手術をした状況は異例だった。ある貴婦人のメイドが結婚するために仕事を辞めたのだが、六週間後、夫が仕事中の事故で亡くなり、女主人のもとへと戻ってきたのだった。家政婦はメイドは結婚していたので、子供は私生児ではないとくり返し強調した。道徳的に許されない婚外の出産の場合、ブライオニーが粗雑な手術をするのではないかと恐れでもするように。

子宮からとりだした赤ん坊は乳を求めて大声で泣いた。いっしょに来ていた看護師はすでに赤ん坊を湯で洗って布でくるみ、赤ん坊は元気だと報告してきていた。ブライオニーは縫合した糸の端を切り、血まみれの手袋を脱いだ。

彼女は帝王切開手術によってできた傷にどんな手当が必要か書かれた小冊子を持ってきていた。手術の助手が道具を洗ってしまっているあいだ、その小冊子を家政婦に渡してもっとも重要な点を説明し、今後三週間、毎日病院から看護師がヤング夫人と赤ん坊の様子を見に来ると言って家政婦を安心させた。

手術は屋敷の地下にある使用人たちの広間に置かれたテーブルの上で行なわれた。家政婦が小冊子に目を通しはじめたところで、屋敷と厩舎のあいだにある小さな庭に向かって開いている天井近くの狭い窓から教養ある女の声が聞こえてきた。

「いらしたわね」

次にブライオニーの耳に彼の声が飛びこんできた。「使用人たちが半休の日だって言ってたじゃないか。使用人の広間に人影が見えるぞ」

いいえ、レオのはずはない。今ごろはパリに向かっているはず。それに彼は情事を持ったためにどこかの女の家の裏口に姿を現わすような人じゃない。

「ほんとうに？」女の声。「家のなかには誰もいないけど」

「たぶん、こんなことはしないほうがいいんじゃないかな」

しかしその声はレオの声にとてもよく似ていた。

「あら、もういらしてしまったんだから」

ドアが閉まった。足音が家のなかを横切って正面へと向かっている。それから階上《うえ》へと。

「先生？」家政婦が呼びかけてきた。

ブライオニーは目の見えない人のように彼女のほうに体を向けた。「何かおっしゃった？」

「先生と助手のかたがたにお茶をお出ししましょうかと訊いたんです」

「ミス・シンプソンとミセス・マードックにはお願いします。わたしは結構よ」ブライオニーは答えた。「お借りできるお化粧室はあるかしら？」

家政婦は化粧室への行きかたを説明した。ブライオニーは地下から階段を昇り、緑のベールを張ったドアを通り抜けると、玄関ホールから階上へ上がる正面の階段を見つけた。音を立てないように階段を昇ったが、心のなかでは狂ったようにこうくり返していた。レオのはずはない。レオのはずはない。まさかレオのはずはない。

彼がこんなことをするはずはない。

ほんとうにそう？

邸宅の主人と女主人の主寝室はふつう三階にある。ブライオニーは踊り場に足を踏みだし、さらに音を立てないように廊下を渡った。

「そうか、今もドアは開けっ放しがいいんだね」と男が言った。

ブライオニーは飛び上がった。ドアがすぐ左にあったからだ。あと二歩近づいたら、開いたドアから見えるのは——

彼女は手で口をおおった。大きなベッドに全裸の女が横たわっている。

「それに今でもあなたより服を脱ぐのが速いわ」と女は言い、まつげをばたつかせた。

「称賛に値する速さだな」と男が応じた。

その男がレオだとは思えなかった。思いたくなかったが、男が何か言うたびに身が震えた。

男が動いた。部屋の奥の鏡に男の顔が映った。ブライオニーは口を開けたが、悲鳴は出てこなかった。一瞬、世界が大きく揺らいだ気がした。次の瞬間には、一歩ごとに身を震わせながら、幽霊のような速さで音も立てずに階段を降りていた。

トディのことを忘れたことはなかった。まばゆいほどの幸せに包まれていたあの三年の月日を忘れたことは一度もなかった。自分で信じこもうとしていたのとは反対に、失ったものをしかたないことと受け入れてはいなかったのだ。別の代母が妖精のように現われてくれることをずっと待っていた。トディは妖精のように現われた代母であり、友人であり、誠実な仲間だった。孤独をなくしてくれ、人生に魔法を吹きこんでくれた妖精。

レオも同じ魔法を持っていた。どんな集まりに姿を現わしても、人々に興奮をもたらす魔法を。話せば聞くほうは熱心に耳を傾ける。トディに対して子供たちがそうだったように。ほほ笑めば、若い女たちが文字どおり気を失う――ロンドンで彼が最初に参加した舞踏会ではふたりが気を失った。

しかし何よりも重要なことに、レオはその魔法をブライオニーにも向けてくれたのだった。まだふたりの関係が良好だったころ、彼女が彼だけでなく、世間一般にとっても真に重要な人間だとでもいうように、おおいなる関心と注意を払ってくれた。そして世間一般もそれに気がついた。彼女のようなはぐれ者をどうあつかっていいかよくわからなかった社交界は、レオが何がしかの価値を見出したということで、態度を目に見えてやわらげた。

一方、ブライオニーのほうはレオを長く待ち望んでいたトディの後継者とみなした。幸せを保証してくれる新たな存在。単調なものになりがちな人生を一新してくれる存在。笑いと華やかさをとり戻してくれ、新たな黄金時代へと導いてくれる存在。だからこそ彼を愛したのだった。思春期の無条件の情熱と幼年期の信頼をもって。

輝かしく美しいわたしのレオ。

それが結局は破滅的な欠陥を持つ人間だったわけだ。

思い返してみれば、怒りに駆られなかったのは奇妙なことだった。その日も、それからの一週間も。結婚式の日、祭壇に並ぶ前に彼の姿をふたたび目にしたときにはじめて怒りが湧いてきた。それまでは恥しか感じなかった。あまりに恥ずかしくてその日はまっすぐ家に帰ってベッドにはいり、上掛けを頭からかぶってべそをかいた。鏡に映る自分の姿も見られなかった。どこの家の応接間でも、自分がいかに無知でだまされやすいかが噂になっているとしか思えなかった。

そのうち怒りが恥にとってかわった。そしてその怒りはみじめさに変わった。それでも恥ずかしいという気持ちはつねにそこにあり、心の奥底に暗く悲しい澱《おり》となって積み重なった。そのせいでブライオニーは口を閉ざして何があったのか語ろうとしなかった。その恥ずかしさと直面することができなかったからだ。

もしくは、彼の裏切りに対する心の痛みと。

「会ったこともない人からの手紙にあなたがほんとうに関心を抱いたはずはないわ」ブライ

オニーは言った。「知りたいのは、わたしがあなたと夫婦でいたくないと思った理由のほうでしょう」

レオは雨の色に似たグレーの目で彼女をじっと見つめた。「たしかにね。理由は?」

「あなたがまだ青二才にすぎないと気づいたからよ。自分のことしか考えず、わたしが大嫌いな浮ついたことばかりで頭がいっぱいの人だと。こんな愚かな選択をして恥ずかしいと思ったの。ロンドンにはわたしの夫にふさわしい男が大勢いるのに、わたしはへらへらした利己的な男を選ばざるを得なかったって」

レオはひどく静かになった。息すらしていないように見えた。

ブライオニーはため息をついた。「これでわかったでしょう。おやすみなさい」

9

ブライオニーは目覚めていたが、レオが同じテントのなかにいると気づくまでに丸々五分もかかった。はっと身を起こす。テントのフラップのすきまから射す光の感じから言って、夜が明けてしばらくたつまで寝すごしたようだ。

「ぼくに隠していることが何かあるだろう」レオは静かに言った。

彼はテントの隅にある椅子に腰を下ろし、脚を組んでいた。テントのなかはかなり薄暗かったが、目が血走っているのはわかる。手にはお茶のはいったマグカップを持っていたが、カップからは湯気が立っていなかった。

「ここにいつからいるの？」

「わからない。一時間ぐらい前だろう、たぶん」レオはお茶をひと口飲んだ。「そろそろ起きる時間だと言いに来たんだが、もう少し寝かせてやろうと思ったんだ。昨晩はあまりよく眠れなかっただろうから」

「大丈夫よ。外に出てくださったら、仕度して出発できるわ」

「外へは出ない」レオは穏やかに言った。「何を隠しているのか教えてくれるまではどこへも行かない」

「どうしてわたしが何かを隠してるって思うの？」

「ぼくは青二才ではないからさ。自分のことしか考えない人間でもない。浮ついてもいない。利己的であってもなくても、へらへらした男でないのはたしかだ」

「ご自分のこと買いかぶっているのね」

「きみに蛇蝎《だかつ》のごとく嫌われている以外は、とくに人に嫌われていると考える理由はないからね。それにプロポーズしてきたのはきみのほうだ。ぼくが一生をともに過ごしたいと思った男から、いっしょにいるのに耐えられない男に格下げされたのはどうしてだ？」

「数週間のあいだに多くのことがわかることもあるわ」

「数週間？　きみは婚約期間のことを言っているのか？」

ブライオニーはこめかみをこすった。すでに多くを語りすぎている。

「あのころもきみは働いていた」レオは言った。「会えるのは日曜日だけだった。それから、きみの家族を交えて夕食をともにするのが週に一度。たしか、結婚式の仕度をたしかめるためにウィルといっしょに訪ねたことが一度あった。おまけに結婚式の前の週は丸一週間ぼくは留守にしていた。たとえぼくがほんとうに性根の腐ったやつだとしても、きみがそれに気づく暇はなかったはずだ」

レオは眉をひそめた。「誰かに噂を聞いたのか？」

「わたし、人が噂話をしに来るような人間に見えて？」

レオのまなざしは揺るがなかった。「だったらなんなんだ？」

ブライオニーはベッドから降りた。「出てって」

「出ていかないと言ったはずだ。きみがその気なら、ここにいつまでもいっしょにいてもいいんだ」

「用を足したいの」

「話してくれたら、いくらでも用を足せばいいさ」レオの意志は固かった。「犯罪者であっても、きちんと罪を言い渡されてから、追及されるものだ。きみはぼくを裁き、有罪と決めつけ、罰をくだした。ぼくに自己弁護の機会すら与えずに。もう少しましなあつかいを受けてもいいはずだ。少なくとも真実ぐらいは教えてくれ。それとも、きみのことをほんとうに無情で気まぐれな人間と思うしかないのか？」

ブライオニーはまた怒りに駆られた。怒りに押されて恥の思いが薄れるほどに。それに、どうしてわたしが恥じなければならないの？　何も悪いことはしていないのに。ふたりが幸せになる機会をつぶしたのは彼のほうだ。

ブライオニーはこぶしを握った。「いいえ。わたしのことを無情で気まぐれなんて思わないで」

突然レオは不安を覚えた。パンドラの箱を開けてしまったかのように。なかに閉じこめてあった厄災は一度放ってしまったら、二度ともとには戻せないのだ。

しかしもう遅すぎた。今はブライオニーも真実を教えるつもりだ。目が怒りに燃えている。声に重みと、復讐者に特有の冷酷な響きが加わった。

「わたしの性格の欠点をつぶさに表わしているとあなたが確信した手紙の一件だけど、差し出し人のご婦人はベティー・ヤングといって、ミセス・ヘドリーという人の使用人だったわ。ベティー・ヤングの赤ちゃんをとりあげたのはミセス・ヘドリーの家でだった。使用人たちが半休をとるとされていた日の」

レオの頭のなかで轟音が鳴った。

「きっと覚えているでしょう？　でも、あなたはああいうことを街じゅうでしていたかもしれないし、ミセス・ヘドリーは数ある相手のひとりだったのかもしれないわね」

レオは黙ったまま首を振った。ちがう、街じゅうでああいうことをしてまわっていたわけではない。それにその日のことはよく覚えていた。

ヘドリー夫人とはカイロで出会った。カサブランカからナイルまでの北アフリカ探検旅行を終えたばかりのときだった。若くして未亡人となったヘドリー夫人は英国大使館で働く兄の家の女主人を務めていた。エジプトにレオが二週間いるあいだ、ふたりはともにすばらしい時を過ごしたのだった。

数年たって、レオがパリに出発する日にふたりはロンドンではったり再会した。彼女がカイロから戻ってきているとレオは知らなかった。兄がようやく結婚したので、彼女は暑い熱帯の気候から嬉々として逃れてきたのだった。が、レオがもうすぐ結婚することは知らなかった。

それから三カ月後、ふたりは最後にセント・ジェイムズ公園の優美なつり橋の上で会った。今度はレオが呼びだしたのだった。

「訊きたいことがあるんだ」彼はヘドリー夫人に言った。近くには誰もいなかったが、声をひそめて。「四月のことはほんとうに誰にも言ってないかい?」

「もちろんよ」ヘドリー夫人はそう訊かれて侮辱されたというように眉をひそめた。「そんなふうにあなたを困った目に遭わせようなんて思わないもの。それにあのころにはわたしもすでにミスター・エイブラハムとお会いしてたし。あれから二週間してお付き合いがはじまったの。彼が現われるまでわたしは未亡人としてひたすら彼を待ちつづけていたと、彼には思ってもらいたいわ」

「でも、きみの使用人たちは——あの日、家にいたんだろう」

「あなたが誰かもわからなかったはずよ。帰るときも名刺を置いていったわけじゃないし。それに、使用人たちは忙殺されていたわ。メイドがあの日の午後、使用人の広間で赤ちゃんを産んだの」

レオは秘密をもらしたのではないかと問いただしたことを詫び、ヘドリー夫人は謝罪を受け入れた。レオはエイブラハム氏との仲がうまくいくよう祈り、ふたりは友好的に別れた。ヘドリー夫人はボンド・ストリートへショッピングに、レオはベルグラヴィアの誰もいない家へと。数カ月後、自分と赤ん坊の命を救ってくれたことをブライオニーに感謝するベティー・ヤングの手紙を読んだときには、その手紙の差しだし人とジュヌヴィエーヴ・ヘドリーのメイドが同一人物だとは夢にも思わなかったのだった。

わかってしかるべきだったのだ。ふたりが不幸な結末を迎えることになった裏には、こういう暗い事実があったのだとわかってしかるべきだった。

レオは黙ったまま身動きひとつせずにいた。彫りの深い顔立ちは影となり、目は黒くまっすぐな眉の下に落ちくぼんでいる。

ブライオニーはまた震えていた。自分がむきだしになり、引き裂かれて開かれてしまったかのようで、深く恥じ入る思いに駆られていた。アッパー・バークリー・ストリートのあの家での出来事からすぐの日々に感じていたのと変わらないほどの恥ずかしさだった。

「何を見たんだ？」しばらくしてようやくレオが口を開いた。

「鏡に映ったあなたの顔」

「行為におよんでいるときの？」

「いいえ、それはまだ」彼がヘドリー夫人のベッドに近づいていっているときだった。まだなかにははいっていなかったが、ベッドの脇にはいた。シャツもまだ身につけていて、ズボンつりはきっちりと肩にかかっていた。

「どうして止めなかった？」

「止める？」あのときから今までのあいだ、あそこに自分がいたことを知らしめることができたとは思いもしなかった。炎を上げて沈みゆく船を止めることなど誰にもできない。できるかぎり急いで逃げだすしかないのだ。「幻想が粉々になってしまって、そんな心理状態じゃなかったんだと思う」

レオは片手で顔を撫でた。ブライオニーにふたたび向けた目はうつろだった。「どうして結婚式を中止しなかった?」

ブライオニーは目をしばたたいた。それは何度も自問したことだった。そこがつねに、この件における正当な怒りの純粋さに、自分自身の弱さが複雑に入り混じりはじめるところでもあった。

結婚式を中止しなかった理由は、レオを得ることは生涯で一度の大きな栄誉であり、自分と同じ社会階級の女たちを永遠にうらやましがらせることになるからだった。結婚式直前の婚約破棄がどんな影響をもたらすか怖くもあった。自分に彼を赦すだけの度量の広さがあるとも思っていた。すでに彼のことは赦していると。

虚栄心、臆病さ、妄想——それまで自分でも知らなかった自分の性格の欠点が危機に瀕して急に表に現われたのだ。

「あなたを赦せると思ったの」ブライオニーは答えた。人間の心というものはどこまでもみずからをだませるものだ。

ただ、生まれてこのかた彼女は誰のことも赦したことがなかった。心がガラスでできていて、壊れることはあっても、伸び縮みすることはなかったのだ。

「それで、いつぼくを赦せないと気づいた?」とレオは訊いた。小さくかすれた声だ。

ブライオニーは顔をそむけた。結婚して数時間のうちに、彼を赦してなどいないことに気づいたのだった。レオに触れられるたびに全身に嫌悪感が走るほどに。しかしそのころには結婚式は終わっていて、あと戻りするには遅すぎた。

恥、自己嫌悪、苛立ち。自分のなかで渦巻くそういった感情にレオはすっかり呑みこまれそうになっていた。

ブライオニーはまた簡易ベッドに腰を下ろしていた。顔は真っ白な骨ほども血の気を失っている。「彼女はあなたの愛人だったの?」

レオは首を振った。「ちがう。ぼくが十九のころ、カイロで二週間ほど恋人同士だったことがあるんだ。フランスへ行く予定だった日、きみの病院を出てから文具店に寄ったんだが、そこで彼女と偶然再会した」

「それで、彼女が魅力的に見えた。そうなのね」

ヘドリー夫人は愛想よくお祝いを述べたのだったが、文具店を出ると、浮ついたウィンクをくれ、立派な既婚者になる前に最後にお遊びをしたくないかと訊いてきた。

レオは断わった。結婚前の最後の女になりたいと言ってきたほかの女たちを拒絶したのと同じように。

「魅力的とはほど遠かった」

「でもいっしょに行ったのね」

議論の余地のない真実だ。結局、ヘドリー夫人といっしょに彼女の家へ行ったのはたしかなのだから。

「尻ごみする気持ちがあった」

「わたしに関して？」

「きみに関して」

「それが言い訳？」

「言い訳じゃない。事実さ」

「都合がよすぎると思わない？　尻ごみしてたら、昔の恋人と鉢合わせした」

「そういうことじゃない」

「だったらどういうこと？」

どういうことだったのだ？

「たぶん——たぶん、その——」レオは深く息を吸った。ことばにつまるなど、生まれてはじめてのことだった。「たぶん、頭の片隅にはいつも疑問があったんだと思う。決断を急ぎすぎたんじゃないかという疑問が。きみとぼくはまだ互いによく知り合ってもいなかった。互いにぴったりの相手と思いたがってはいたが、じっさいにはそうじゃないかもしれないと思ったんだ」

ブライオニーは自分のネグリジェの裾をじっと見つめた。「それで？」

「それで、きみに挨拶するために病院へ行った。病院を見ておくのもおもしろいんじゃないかと思ったから。でも、病院に行くのははじめてで、なんだかおちつかない気分になった。病院にいるきみを見て、心がざわめいたんだ」

おそらく、悪いときに行ったのだ。食中毒のようなものが蔓延《まんえん》していて、患者たちは病院のロビーで吐きまくっており、不運な掃除人がモップで床をきれいにするのが間に合わないほどだった。

ブライオニーの冷静さを見て安心してもよかったはずだ。彼女は春の花園でも歩くようにロビーを歩きまわっていた。しかし、その姿は、彼女のことを何も知らないという思いを強くさせただけだった。同僚に婚約者を紹介するときの勝ち誇ったわが物顔も気になった。社交慣れした若い女ならありがちの態度だったかもしれないが、そうした見栄を超越しているはずの彼女がまさかそんな顔をするとは思わなかったのだ。

「わたしの何があなたの心をざわめかせたの？」

「以前は好ましいと思っていたきみの超然とした態度さ。まさかきみにあるとは思わなかった虚栄心も」

ブライオニーは指を組み合わせた。「そう」

レオは消えてしまいたくなった。存在することをやめたくなった。どんな言い訳も薄弱でばかばかしかった。口に出して言うとよけいに屈辱的だった。しかしもはや選択肢はない。彼女に対してそのぐらいはしなくては。

「文具店への道すがら、ぼくは突然疑問に呑みこまれた。きみと結婚すると決めたのはみんなが言うように常軌を逸していることではないのか？　ほんとうに自分の子供をあきらめる人生でいいのか？　互いに語り合うことが何もなくなって数年で夫婦生活に終止符を打つことにはならないか？」

レオは自分の手をじっと見つめた。「そして結婚式は一週間後に迫っていた」

外でイムランがバスタブにもっと注意するよう荷役人に呼びかけていた。川は朗らかな音を立てている。女中は寺の歌らしきものを小さく口ずさんでいる。

「意識を失うまで酒を飲んでもよかった。ウィルにすべてを打ち明けてもよかった。しかし、ミセス・ヘドリーがそこにいて、おたのしみを望んでいた。それで疑問から気をそらすのに彼女を選んだというわけさ」

皮肉なことだ。ふたりがいっしょになれば不幸になるのではないかという恐れからしたことが、結局は不幸の大きな原因になったとは。

「こんなことを言ってもなぐさめにはならないかもしれないが、彼女の家にはいる前からぼくは後悔に襲われていた。事を終えたあとは、自分がありとあらゆる類いの愚か者だという気がした。パリから戻ってきたときには、きみとの生活を美しいものにすると決心していた。なぜならぼくが望んでいたのはきみだけだったのだから」突然喉に何かがつかえてことばを発するのがむずかしくなった。「どうやら遅すぎたようだが」

ブライオニーは何も言わなかった。

「これもあまりなぐさめにはならないかもしれないが、きみと結婚してからほかの誰かと寝たことはない」

ブライオニーは両手を広げて膝の上に置いた。「よければ、そろそろ着替えたいんだけど」

レオは隅の椅子から立ち上がった。「もちろんさ。すまなかった」

テントのフラップのところでレオは振り向いた。「きみの言うとおりだ。ぼくは青二才だった。でも、きみを傷つけるつもりはなかったんだ。やってしまったことは――こんな卑しむべきやりかたでやってしまったことは――申し訳ないと思っている。赦してくれ」

しかし彼女がけっして赦してくれないであろうことは彼自身すでによくわかっていた。

10

標高一万フィートのロワリ・パスへつづく険しい坂道はくねくねと蛇行していて、Uターンのようなカーブも何度もあった。ロワリ・パスは、両側をさらに数千フィートも高い、雪をいただく山の絶壁に囲まれた狭い道だった。峠まで来て、たどってきた道を見下ろし、ブライオニーは不注意な女神が数知れず落としたヘアピンのようだと思った。山々は波立つ海のように地平線へ向けて青くぎざぎざに連なっている。

ブライオニーは外套をさらにきつく体に巻きつけた。峠は寒いとレオに警告されていたが、思っていた以上の寒さだった。

「さあ、これを飲んで」

ブライオニーは「ありがとう」と小声で言って差しだされた熱いお茶を受けとった。彼がどうやって料理人を先に登らせておいたのか、見当もつかなかったが――そのおかげでこうして誰もが熱いお茶を飲めた――彼はそういったことにはすぐれた手腕を発揮する人間のようだった。

一陣の風が吹いた。手袋をした手に熱いお茶を持ってはいたが、体が震えた。レオが自分の外套を脱いで肩にはおらせてくれる。ブライオニーは彼の声が遠のくまで待ってから、外套もなくラバの隊列のそばに立ち、身振り手振りを交えて語る荷役人の話にじっと耳を傾けている彼の姿を見ようと首をめぐらした。

泣きだしたかった。

頭のなかだけであれこれ想像していたころには、彼のしたことはもっとずっとひどく思えたものだ。あの出来事も邪悪な習慣のひとつにすぎず、彼は婚約中はもとより、結婚後もロンドンじゅうで情事を持ち、浮気をくり返していると思っていたのだ。

そういうことではなかったのに。

レオのしたことは嫌悪すべきことで正しいことではなかった。こちらから婚約を破棄したとしてももっともだったはずだ。でもわたしは婚約を破棄せず、彼と結婚した。結婚の誓いは単なるきらびやかな紙吹雪にすぎず、はかなくきらめいて翌日にはゴミとして掃き集められてしまうものなのだろうか？　彼につれなくしたり、部屋にかんぬきをかけたりするよりも、もっとほかにすべきことがあったのではないか？

まだ結婚しているころにこのおぞましくも必要な会話を交わしていたならば、ともに関係を修復できたのでは？

ブライオニーにはわからなかった。

今や未来永劫《えいごう》わからないこととなってしまった。


峡谷の斜面は黒い岩がむきだしになっていた。雨季が過ぎたばかりで、大雨が険しい斜面から土も植物も流してしまっていたのだ。はるか下の崖のふもとに目をやっても、岩だらけの不毛の地があるだけで、これだけ荒々しい地形を作った水の痕跡はどこにも見えなかった。

一行が通っている小道は崖そのものに削りこまれていた。片側には外側に傾斜する険しい崖がそびえたっており、もう片側は約百五十フィートもすとんと落ちていた。そのあいだにある小道は絶壁から下へ落ちなくても、歩くだけで足をひねりそうなほどごつごつと荒れていた。

ラバを一頭失って一時間もたっていなかった。かわいそうな動物はもがきながら落ちていき、丸一日に思えるほども時間がたってから、小麦の袋が爆発したような音と人間の悲鳴に聞こえる声をあげて地面に叩きつけられた。

それから恐ろしいことに、ラバは骨を折りながらまだ生きていて、苦痛に足をばたつかせた。ブライオニーはどうしてやることもできず、口に手をあてて立っているしかなかった。

銃声が響きわたった。怖いほどの正確さでラバの目のあいだに血の点が現われた。ラバは一度大きく身をそらしたと思うとぐったりした。

ブライオニーが振り向くと、レオは後装式のライフルから使用ずみの薬莢《やっきょう》をとりだしているところだった。彼がその若さながら射撃の名手であることを、ブライオニーもぼんやりとではあるが知っていた。狩猟が大好きで自分の息子のいなかった彼の名づけ親が、どこへ行くにもレオをともなったからだ。しかし、じっさいにレオが銃器をあつかうところはこれまで見たことがなかった。今この瞬間まで、彼が二丁のライフルを携えていることにさえ気がついていなかった。

一発の銃弾のとてつもない正確さには驚かされた。わたしの夫はこういう人だったのだ。知っている彼は応接間の人気者で、ときおり数学の細かい難解な問題について理解不能な論文を書く人にすぎなかった。

ラバの不運な死に直面して物を見る目が変わったのかもしれない。道がより険しいものになったからかもしれない。また前へ進みはじめると、行く手は身の毛がよだつほどに危険なものに見えた。二年前、包囲されたチトラールを救うために、一万六千人の男たちがまさにこの道を北へ向かって進軍したのだとブライオニーはみずからに言い聞かせようとした。郵便配達人も手紙や小包を携えて定期的にこの道を通るのだと。しかし、踏んだ足場がぐらつくたびに、はるか下のごつごつした地面に叩きつけられたラバの悲鳴ばかりが頭に鳴り響き、目のあいだに打ちこまれた銃弾が思い出された。

崖の縁に沿ってつづく小道が突然大きく曲がった。すでに狭かった道幅がカーブではほんの十八インチほどになっている。なお悪いことに、平らだったことのない小道は絶壁のほうへ、ブライオニーが思うに、四十五度ほども傾いていた。

ブライオニーは足を止めた。心の桶に残った勇気をかき集めるために底をさらわなければならなかったのだ。頭では、行く手をふさいでいるように見える張りだした岩の向こうまで道がつづいていて、レオもガイドたちも無事その岩をまわりこんだことはわかっていた。しかし、どう見ても道がつづいているようには思えない。こんなふうに傾いた道を見ても震えないほど、経験豊富な登山家でもなかった。傾いた道で足をすべらせ、とがった歯のような岩を持つ谷の口のなかへと簡単に落ちてしまいそうな気がした。

レオがふたたび姿を見せ、彼女のほうへ戻ってきた。「大丈夫か?」

ブライオニー同様、彼もこの狭い道は徒歩で通ることを選んでいた。しかしブライオニーが綱渡りでもするように爪先立って歩いているのに対し、彼はパレードに参加しているかのように苦もなく歩いていた。

ブライオニーは習慣からうなずいたが、やがてゆっくりと首を横に振った。

それ以上ことばを発することなく、レオは手を差しだした。ブライオニーは一瞬ためらったが、すぐにその手をつかんだ。恐怖は即座に半減した。

レオに手をとられて、ブライオニーは張りだした岩をまわりこむように絶壁に刻みこまれた傾いた道を無事に通り過ぎた。岩をまわりこんでからもつないだ手は放さなかった。背骨がうずくような狭い道がつづいていたからだ。小道がまたふつうのけもの道程度になり、一歩まちがえただけで落下をまぬがれないということがなくなるまで、レオは手をつないだまま導いてくれた。

ブライオニーはそこにあってくれるだけで地面にキスしてもいいとまで思った。レオの手を放すと、手袋を脱ぎ、緊張のあまり麻痺したようになっていた指を動かした。目を上げると、レオがその手をじっと見つめていた。

ふたりの目が合った。

「最近は道もずっとよくなっていると聞いたんだが」とレオは言った。

「ほんとうにそうね」とブライオニー。

レオは小声で笑った。

「ありがとう」とブライオニーは付け加えた。

レオは一瞬笑みを浮かべた。胸に深く突き刺さるような甘い笑みだった。「きみの手をとるのは少しも大変じゃないさ」

アッパー・ディールは禁欲的な場所だった。山々のふもとに小さな建物がへばりつくように建っている。ときおりヒンドゥー・クシュを襲う地震によって崩れて粉々になった岩が、雨季の出水によって流され、あたり一面に散らばっている。それでも険しい岩山のあいだに隠れるようにして小さな平地が点在し、この緑豊かな時期、高原の花園と言ってもいいような様相を呈している。斜面も鮮やかな紫の花を咲かせるアスターにおおわれていた。

「あなたが元気になったから、これからはもっと物事がスムーズに進むわ」午後のお茶を飲みながらブライオニーが言った。目は一面のアスターに向けられていたが、心を占めているのはまだヒンドゥー・ラージの反対側で起こった夜の出来事と朝の告白だった。

「ぼくが病気のあいだ、誰か問題を起こしたのか?」

ブライオニーは首を振った。イムランとハーミッドが荷役人たちの手綱をしめていてくれた。しかし荷役人たちがガイドに口答えしたり、文句を言ったり、怠けたりすることはあった。そのときばかりは、寄せ集めの荷役人たちが喜んで働くように仕向け、すべてが正しい時期に正しいやりかたで為されるよう、彼らの仕事を指揮するレオの能力をありがたいと思ったのだった。

ブライオニーはレオをちらりと見やった。顔色はよくなっていたが、まだ疲れた顔だ。遅く出発したにもかかわらず、すでにかなりの距離を進んできており、暗くなる前にもう少し進む予定でいた。ブライオニーは彼に膝枕をしてやって、眠る様子を見守りたい気分になった。

「荷役人たちのことはどうやって管理しているの？」

こんなふうにごくふつうの会話を交わすのは奇妙だった。空が落ちてきてもおかしくないほどのことがあったあとに。それでも、妙なことに彼といっしょにいたくてたまらない気分だった。まるで彼が五十フィート以上離れた場所にいたことなどこれまでなかったかのように。

レオは肩をすくめた。「たぶん、経験だな。ぼくの大伯父のシルヴァートンのことは覚えてるかい？」

ブライオニーはしばし考えをめぐらした。「胸一面に勲章をつけて結婚式に参列していたお年寄りの兵士のこと？」

「英国ベンガル・フュージリア連隊の大佐だった人物だ。彼に戦争の話をしてほしいと頼むと、よく、軍隊というものは胃で成り立っていると話してくれたものさ。つまり、戦争は戦術や戦略よりも、物資の供給がいかにうまくいくかによって勝つものだそうだ。だから、名づけ親とサファリに行くときには、いつもぼくが旅程の作成や物資の調達を一手に引き受けていた」レオはかすかに笑みを浮かべて言った。「五人兄弟の末っ子がようやく何かをとりしきる立場に立てて有頂天になったってわけさ」

ブライオニーははっと気づいたことがあって頭がくらくらし、口がきけなくなった。頭がくらくらしたのは、そのことをずっと前にわかってしかるべきだったからだ。ふたりの家の家事をとりしきっていたのは彼だった。

ブライオニー自身は家事の煩雑なしくみをほとんど知らなかった。けれども、短い結婚生活のあいだ、家は魔法のようにうまく運営されていた。服も靴も完璧な形で維持されており、毎日病院へ出かける準備ができたころに玄関先で馬車が待っていた。料理人と相談したこともないのに、毎晩夕食のメニューには何かしら自分の好物が含まれていた。ブライオニーは料理人がどんな人間かも知らなかったのだ。

彼をベッドから追いだしてからも同様だった。

しかし、彼が家を出ていってからは、夕食は重すぎるメニューとなり、御者はときに半分酔っぱらった状態でやってくるようになった。家政婦はメイドとメイドにちょっかいを出す連中のことで絶えず文句を言い、処理しなければならない手紙が山を成すようになった。当時は茫然自失となるあまり、家のなかのことがさまざまな形で崩れていくのを、自分自身の壊れた人生のさらなる徴候にすぎないと思っていたのだ。
ほんとうは結婚しているあいだ、彼がとてもよく面倒を見てくれていたのに、自分はそれを知ることも、それに感謝することもなかったのだ。

彼女の小柄で魅力的な体が上に乗っている。その唇に名を呼ばれる。きつくつかんだ手に感じるやわらかくしなやかな尻。自分はベッドから体を持ち上げ、狂おしい悦びに包まれ、彼女のなかに自分を解き放つ。

遠くを物思わしげに眺めながらお茶を飲んでいる以上の刺激的な動作を何もしていない、きちんと衣服を身につけた女を見て、こんなことを考えるとは驚きだ。

何度となく思ったことだが、彼女と出会ったばかりだったなら。これまで見ず知らずだったふたりがともに旅をしているのならよかったのに。こんなふうにみだらで美しい物思いが心をふたつに引き裂くものではなく、彼女の冷ややかな美しさと隠された情熱の魔法にゆっくりと落ちていくあいだのたのしい暇つぶしならよかったのに。

話すことも数多くあり、彼女を殻から引っ張りだす方法もたくさんあったことだろう。彼女のはじめての笑みやはじめての笑い声を息を殺して待つことにもなっただろう。彼女への興味は尽きず、比喩的にもじっさいにも彼女を裸にしたくてたまらなかったはずだ。

はじめて手を握り、はじめてキスをし、はじめて裸の彼女を見る。はじめてふたりがひとつになる。

はじめて互いに愛を告白する。

しかし、ふたりが出会ったのはずっと昔のことだ。まだ子供だった遠い日。ふたりにチャンスは訪れ、そして去っていった。行く手に待ちかまえているのはうんざりするような道行きと最後のお別れだけだ。

「あれは誰?」とブライオニーが訊いた。

レオは彼女がさし示した方向へ目を向けた。ターバンを巻き、マスケット銃をかついだ男たちが遠くからこちらへ向かってくる。

「ディールのカーンの兵士たちだ」レオは答えた。「街道の平和を守っている」

ディールのカーンはインド政府のためにチトラールへ向かう街道の治安維持を請け負っていた。街道沿いに兵士たちを常駐させることで力を誇示する目的もあった。というのも、カーンが英国側についていることを臣民たちはよく思っていなかったからだ。それどころか、山塞《さんさい》の中心部にいたるまで望まない影響をもたらしている遠い異国のあやつり人形になっていることで、臣民たちはカーンを軽蔑しきっているように思われた。

レオは兵士たちにお茶を提供するよう合図し、「スワートの状況を訊いてきてくれ」とイムランに指示した。

兵士たちがまた街道へと引き上げると、イムランが戻ってきて耳にしたことの概要を報告した。奇跡の男の名声はレオがはじめてその噂を聞いてから一週間のあいだにディールでうなぎ昇りに高まっていた。人々は食事の席でその導師について噂し、お茶の席では彼の反乱が成功するかどうか議論を交わしていた。

レオにはその導師がペテン師にすぎないとは思えなかった。そういう意味では、ペテン師やとるに足らない殉教者候補の多くについては、百五十マイルも離れたこんな山岳地帯でその動向を人々が熱心に噂することはなかった。

「心配したほうがいい？」ブライオニーはレオに訊いた。

「今のところは大丈夫だ。状況の変化には目を光らせておこう。危険が迫っているという確証を得たら、その確証がどんなものであっても、それ以上進むのをやめて危険が去るのを待とう」

ブライオニーはうなずき、お茶のケーキに手を伸ばした。

その様子をレオは見守っていた。

青光りする漆黒の髪がエレボスのケープのように広がっている。物乞いの寄付金箱ほどもむきだしで、咲き誇るアスターのようにみずみずしくやわらかい肌。そのアスターのカーペットの上に彼女を寝かせたい。その口は温かく、体は甘くしなやかだ。過去もなく、未来もない。恥や後悔に穢されることのない輝かしい永遠の瞬間があるのみだ。

ブライオニーが彼の視線に気がついた。その頬に血が昇る。レオは火がくすぶっている焼け跡となった。

「食べて」ブライオニーはケーキをひときれ彼の手に押しつけた。「もっと食べなくちゃ」

11

「インドにはまだ長くいるつもり？」ブライオニーは彼のクイーン側のルークをとりながら言った。

レオは彼女のキング側のビショップをとり去ってそれに応じた。「いや、たぶん。ケンブリッジに戻るつもりだ」

ふたりはディール川とパンコラ川の合流地点にいた。長い一日だったが、夕食のあとにブライオニーがテーブルに残っているのを見て、レオがチェスを一局やらないかと尋ねた。ブライオニーは愉快な驚きを感じた。一度負けるとたいていの男は二度と勝負を挑んでこないものだからだ。彼女は即座に同意した。

目を上げると、レオはシャツ姿で、足を投げだして折りたたみ式の椅子にすわっている。足を投げだしながらも、背筋はまっすぐに伸びている。ふたりを暖かくとりまくランタンの金色の光は端で薄れ、その先は壁のように厚い暗闇となっていた。さらにその先の外の闇からは、川の流れる音と皿を洗う音、ラバが餌を食べる音、荷役人たちが寝仕度をする音だけが聞こえてきた。

「すでにケンブリッジに家を持っているって話ね」

「名づけ親が何年か前にくれたんだ。ぼくたちの結婚前にね。その家に住んだことはまだない。リジーがガートンに通っているころにウィルとリジーが使っていたよ。彼らもロンドンに戻ったから、今はまた空き家のはずだ」

「どんな感じなの?」

「家のこと? ロンドンのぼくたちの家よりも小さいが、もっときれいだ。カム川の土手につながる芝生が裏にあって、たくさんの桜の木が植えてある。春に桜が満開になると、美しい眺めだよ」

「うれしそうね」

「またケンブリッジに戻るのは悪くない。長く離れすぎたからね。ただ、また別の家の家具調度を整えるかと思うとあまり気は進まない」

それも感謝してしかるべきことだった。家の家具調度を一から整えること。その大変な仕事も彼がすべてやってくれたのだった。

「もう世界をまたにかけた冒険旅行はしないの?」

「若き日の放浪もいつかは終わらないとね」レオは考えこみながらクイーン側のビショップの上に指を置いたが、ビショップではなくナイトを動かした。「ケンブリッジで皺くちゃの老教授になって、演台に昇るのもやっとになったら、インドの辺境のことを思い返すだろうな――ここへぼくを導いた奇妙な成り行きのことを。それから、ここがぼくの若き日の放浪生活が終わりを告げた場所だと思い出すんだ」

レオの目はチェス盤に向けられていた。ブライオニーは彼をじっと見つめた。ランタンの光が髪に反射して踊っている。コーヒー色の髪は深く濃い色で、日なたにいるとき以外は黒く見えた。鼻梁は引きしまっていて、口の形もいい。

「昔からケンブリッジの教授になりたかったの？」ブライオニーはポーンを前に動かした。訊きたいことはたくさんあった。彼について知らないことが多すぎる。

「単なる教授じゃなく、数学の正教授さ」彼はてのひらに顎を載せた。「そう言えばきみに感心してもらえると思ってね」

ブライオニーの心臓が一瞬止まった。「つまり、なりたいと思ったのは最近なのね」

「いや、昔からだ」

ブライオニーは目をぱちくりさせた。「でも、たしか……」

ランタンの炎が揺れた。光と影がレオの彫りの深い頬骨で踊った。その顔はあきらめと言ってもいいような静寂をまとっている。ブライオニーの心は痛んだ。

レオはかすかな笑みを浮かべた。「数学の正教授には十一歳のころからなりたいと思っていた。それで当時、そう聞けばきみが感心するんじゃないかと思ったわけさ」

ブライオニーは当惑して高い声を出した。「あなたが十一歳のころ、あなたの将来の職業についてわたしがどう思うかどうして気になるわけ？」

「気になったさ。十二歳のときも、十三歳のときも、十四歳、十五歳、十六歳、十七歳になってからも」レオはクイーン側のナイトをまた少し進めた。

「いったいそれはどういう意味？」

「別に」レオは言った。「ただ、ぼくがきみにとって何者でもなかったころ、きみがぼくの名前も知らず、顔だってほとんど知らないころから、ぼくがきみを愛していたというだけのことだ」

ブライオニーはことばの意味をまったく理解できずにレオを見つめた。心のなかで彼の存在はあまりに大きく、空想の対象だったこともあまりに長かったため、彼が何者でもなかったことがあるなどとは理解しがたかったのだ。

石橋の上でとなりにすわっているやせた少年。端をしばったハンカチのすきまから、小さく赤いさくらんぼがのぞいている。さくらんぼは朝の空気のようにひんやりしていて甘酸っぱかった。

「魚は食いついた？」

「ううん」

「お父さんが医学の勉強を許さなかったらどうするか、考えたことある？」

「許すわよ。じゃなかったら、地獄へ落ちるといい」

「きみはへんな女の子だね。もっとさくらんぼ要る？」

「うん、ありがとう」

ブライオニーは首を振った。この光景はどこから湧いてきたの？　思春期のころの記憶はとぼしかった。ソーンウッドと家族をあとに残して家を出る日を辛抱強く待ちつづけた、長くぼんやりとした単調な日々。

ようやく医学学校へ向けて出発した日、列車の駅へ行く途中で馬車が停まった。幼い少年が窓のところへ来て、野生の花を束ねたものをくれる。

「チューリッヒでの幸運を祈ってる」

「ありがとう」ブライオニーは少年が誰かはっきりわからず、当惑して礼を言った。

馬車が再度動きだしたときにキャリスタに向かって言った。「あれがマーズデン家の末っ子？　おかしな子ね」

あの花はどうしたのだったろう？　まったく記憶になかった。音楽。明るい光。レディ・ワイデンの田舎の邸宅でのクリスマス舞踏会。チューリッヒの医学学校からいやいや帰宅し、渋々参加した舞踏会。十五歳の彼が舞踏会の最初のカドリールのパートナーだった。すでに背丈は同じぐらいになっている。

「オクタヴィアスね？」

「クウェンティンだよ」

「ごめんなさい」

「気にしないで。ところで、きみはきれいだね。今夜集まっているご婦人のなかで一番きれいだと思うな」

まだほんの赤ん坊に思えたあのころから、彼はわたしを愛していたのだ。

「あなたは子供だったわ」ショックから立ち直れないまま、ブライオニーはゆっくりと言った。

「きみにつり合うように早く大人になりたいと思うほどには大きかったさ」

「それでも、あなたがミセス・ヘドリーとしたことの罪が軽くなるわけじゃない」

「ああ」レオは静かに同意した。「何もかもよけい最悪になるだけだ」

失ったすべてを暗示するように、ブライオニーはゆっくりと沈黙した。

「言ってくれさえすれば……」と小声でつぶやく。燃える船から逃げだすようにあんなに急いで結婚生活を放棄したりしなかったのに。

「こっちも同じことが言える」レオが答えた。「きみが言ってくれさえすれば」

ブライオニーの目に自分が年老いた医者になっている姿が浮かんだ。関節炎のせいでメスも握れず、しょぼついた目でははしかや水ぼうそうぐらいしか診断できない。老いた医者は同じく老いた教授のそばでお茶を飲んでいるかもしれない。はるか昔の若き日に情熱に駆られてしたばかげたことを笑い合い、彼のかさかさに乾き、肝斑《かんぱん》の浮きでた手を握ってカム川のほとりへと散歩に出かけるのだ。

結婚しているころに、彼とともに老いることを考えもしなかったとはなんと皮肉なことだろう。それでも、婚姻を無効にして何年かたった今、国を追われた人間が望郷の思いに駆られるように、それを考えずにはいられなかった。

ブライオニーはパンコラ谷もチトラール谷と変わらないだろうと想像していた。広く平らで、人も多く住む地域だと。しかしパンコラ谷は峡谷とまでは言わなくも、単なる水路と言っていいほどだった。人々の住まいはパンコラ川に流れこむもっと小さな川や小川によって肥沃な土壌を得ている左右の小さな峡谷に集中しているようだった。

それでも、途中にも村はあり、通り過ぎるすべての村で、レオはスワートの状況についてガイドに訊きに行かせた。噂はスラム街にはびこる病原菌さながらに無数に出まわっていた。ガイドが話をした男たちはみな、このあたりで尊敬をこめてマッド・ファキアと呼ばれる導師の武勇伝について知っていた。

マッド・ファキアは銃弾に倒れることはない。輝かしく聖なる戦いをはじめる際には、天軍を呼び寄せて自由に動かすことができる。すべてのイギリス人は新月になる前に追い払われることだろう。

噂をどう解釈していいか、ブライオニーにはまったくわからなかった。そこには多少の真実が含まれているのだろうか？　それとも、すべてがまったくの作り話なのか？　ディールの人々はたきつけられるというよりは、おもしろがっているようだった。しかし、マッド・ファキアの奇跡とイギリス人を排斥するという仰々しい約束が人々を興奮させているのはたしかだ。

結局、噂はほとんどを無視することにした。これほどに突飛でこっけいな噂に悩まされずとも、すでに心はひどく動揺していた。

進む足どりは速くなっていた。まもなくスワート川に到達するだろう。そしてそこからボンベイ行きの列車が出るノウシェラへ。ボンベイから次のP&Oの汽船に乗ってインドを出立する。

ブライオニーはレオに別れを告げたくなかった。自分が何を望んでいるのか自分でもわからなかった。このまま旅が永遠につづけばいいと思っているのかもしれない。日常生活から離れ、過去や未来とも切り離されたこの異空間がつづけばいいと。

これまでドイツやアメリカやインドに滞在することで、すでに日常生活からは切り離された状態にあった。さらに遠くへ行く中継地として一旦寄る以外、イギリスに帰ったことはない。逃れ得ないものから逃がれようとしていたのだ。

ケンブリッジに戻ると決心しているレオがうらやましかった。自分には新婦人病院に戻って以前の暮らしをつづけることはできない。海外で暮らすあいだ、安心と心の平穏を求めていたのだが、まだどちらも得られてはいなかった。

土地の標高が下がるにつれ、気温は高くなっていった。午後など暑すぎて不快になることもあった。レオはそれに応じて、人間も動物ももっと休息できるように進む速度を調整した。

ブライオニーにとっても、りんごの果樹園の木陰で何分か休憩して、重ね着している体の熱を冷ます機会があるのはありがたかった。コルセットやペティコートは暖かい日のないイングランドでは重宝《ちょうほう》するが、この亜大陸では五つ足の椅子ほどもばかばかしい代物だった。

新しい帽子でなんどか顔をあおぐ。レオが今朝また持ちだしてきた帽子だ。南に行くほど

陽射しが厳しくなるのはたしかだから、かぶっていかないかと言って。ブライオニーはありがたく受けとった。

「きみは気候の影響を受けない人だと思っていたよ」とレオが言った。彼女のすぐそばの木陰にすわっている。頭上の枝には小さなりんごが成っているが、とても薄い緑色でほとんど白に近い色をしていた。

「わたしもそう思っていたわ。でも、気温が華氏七十度を越えない気候なら影響を受けないということだったみたい。あなたはこの暑さは気にならないの？」

「あまり」レオは淡青灰色の空を振りあおいだ。「雨の降らない日がなく、温度計が華氏六十五度以上を示すことのない、物憂い故国イギリスに戻ってこれからの一生を過ごす前に、陽射しに満ちた異国で最後の栄光の日々をたのしんでいるせいじゃないかな」

彼の旅の衣装はパッツーでできていた。カシミールの手織りのウールで、山岳地帯で過ごすにはぴったりだが、流行の先端を行くとはとうてい言えなかった。髪の毛もあまりきっちりと撫でつけられてはいない。ブーツはかなりの罰を受けたような状態だ。顔にも何カ月にもおよぶ旅とその後の病気、さらなる旅によって蓄積された疲労が現われている。目の下にはくまができ、目の端にはカラスの足跡ができはじめていた。おまけに、まわりを緑に囲まれた夏真っ盛りの気候なのに、雪におおわれた冬を思わせる静寂で厳粛な雰囲気が彼を包んでいた。

あの華やかで天使に愛された若者とはこれまでになくほど遠く見えた。そしてこの上なく美しかった。

谷の対岸の端で、ひとりの男がヒマラヤスギの森へつづく隠れた道を登らせようとヤギの群れを追い立てていた。このあたりの山や尾根はまだごつごつした岩だらけではあったが、これまで通ってきた山々に比べれば、それほど険しくも恐ろしくもなかった。ブライオニーは鳴き声をあげながら坂道を登るヤギが張りだした岩の向こうへ姿を消すまで眺めていた。

「ケンブリッジにはまっすぐ帰るの？」レオには目を向けずに訊いた。

「いや」

「あら」ブライオニーはまだレオには目を向けなかった。「どうして？」

まっすぐ帰るとすると、あと少なくとも三週間はブライオニーとともに旅をすることになる。レオには耐えられなかった。彼女の姿を目にし、彼女を失ったのが自分の過ちのせいだと思い知らされるとなれば、愛も釘や鋲のように心に刺さった。呼吸すらも身に刺さるようで、脈打つたびに心は鋭い痛みにさいなまれた。

「まずデリーに行く必要がある。ギルギットから荷物が届くのを待つために。インドを発つ前にチャーリーと子供たちにもう一度会いたいしね」

レオとブライオニーにとって、ノウシェラに到着するのはそこでお別れということだった。

「そう、チャーリーによろしく言って。デリーにいるころ、二度訪ねてきてくれたんだけど、二度とも留守をしていて」

かわいそうな、まじめなチャーリー。

「今度はロンドンにずっととどまる可能性はあるのかい？　それとも、二週間もしたら上海に出発するとか？」

ブライオニーは乗馬用のスカートを引っ張った。地味な色の厚手の生地でできたスカートで、馬に乗っていないときに邪魔にならないよう、両側の余分に長い部分をボタンやバックルでつまみ上げるようになっている。

「上海はひどい気候よ。サンフランシスコのほうがずっとましね。もしくは、ニュージーランドか――きれいなところだって話だわ」

レオは心の痛みに目が見えなくなりそうだった。自分はこれだけのことを彼女にしてしまったのだ。かつて彼女はロンドンじゅうでもっとも優秀な医者のひとりだったのに、今はテントひとつとトランクふたつだけで生活する放浪者になりはてた。

「ブライオニー、そろそろ身をおちつけるころあいだよ。逃げつづけていてはいけない」

「身をおちつけられるかどうかわからない」

「やってみてくれ。しばらくロンドンにとどまるんだ。お父さんも喜ぶはずだ」

ブライオニーは顔を上げた。信じられないという表情が浮かんでいる。「どうしてそんなふうに思ったの？　父はわたしが父に無関心なのと同じぐらいわたしに関心はないわ」

「きみはお父さんに無関心なわけじゃない。怒っているんだ。それにお父さんだってきみに関心がないわけじゃない。きみのことをどうしていいかわからないだけだ」

「わたしのことをどうにかしてくれる必要はなかったわ。ただ、そこにいてくれればよかったのよ。本はどこにいても書けたでしょうから」

「しかし、お父さんはそこにいてくれなかった。妻の死を悼《いた》むやもめとして、かつて幸せだった場所から逃げたわけだ。でも、わからないかな、戻ってきたときには、きみが望むものをすべて与えてくれたじゃないか」

「どういうこと？」ブライオニーはぽかんとして彼を見つめた。

レオは氷山をマッチで溶かそうとしている気分になりつつあった。「きみの医学学校行きを許したとわかって、近所の人間はみな、きみのお父さんはおかしくなってしまったんだと思った。きみは伯爵の孫娘だからね。伯爵の孫娘が死体を切り刻んだり、ちゃんと紹介されたわけじゃない見知らぬ男の体に触れたりするなどあり得ないことだから」

ブライオニーは即座に否定した。「医学学校に行かせてくれたのは、行くのを許さなければ、成人して遺産を自由にできるようになったらすぐにわたしが家を出てしまうとわかっていたからよ」

「きみが成人するまでにはあと四年もあった。二十一歳になったら、十七歳のときに望んだことを望まなくなることもよくあることだ。たいていの父親はその可能性にかけて、医学学校へ行くのは禁じるものだ。しかしきみのお父さんは許した」

「あなたの思いちがいよ」ブライオニーは頑固だった。心が固く閉ざされてしまっているのだ。「父はいつも自分にとって一番都合のいいことをするの。わたしが医学学校へ行くのを許したのは、当時の状況ではそれが何よりも好都合だったからよ。わたしの意志が固いことを見てとって、しつこく懇願されたくないと思ったの」

レオはなぜか泣きたくなった。ジェオフリー・アスキスには、ことばに出したことはなかったが、親近感を抱いていた。ブライオニーを失望させた者同士として。彼女はなんであれ、そうした失望からは立ち直れない人なのだ。

好意も一度失われてしまったら、二度ととり戻せない。

「だったら、一度戻ってお父さんが回復したら、すぐに汽船の切符を買ってイングランドから出ていくわけかい？」

「たぶん」

ブライオニーはさまざまな意味で強い人ではあったが、もろいところもあった。ときどき殻に閉じこもることもあれば、逃げだすこともあった。しかし、赦すことや忘れることはけっしてしない。

レオはまた雲ひとつない空を振りあおいだ。「雨が降るそうだ」と彼は言った。

「そうなの?」

「イムランによると、早ければ今夜にも。ただ、この先に宿泊所があるから、ぼくたちは濡れずにすむ」

レオは目をそむけていたが、肩を落とし、顎を引きしめている姿には悲しみが見てとれた。理由はわからないものの、父との亀裂を彼が気にしてくれていることにブライオニーは心を動かされた。ほかに気遣ってくれる人はいなかった。キャリスタでさえ、ずっと前に父を受け入れ、前に進んでいた。

しかし、レオは最初から妻と妻の父とのあいだを近づけようと努めていた。家に父と継母を呼んで食事をしたり、田舎からときおり送られてくる父の手紙をブライオニーは読むこともしなかったが、その手紙に返事を書いたりしていた。

レオには数多くの長所があったのに、それにわたしはこれまで気づきもしなかったのだ。ふいにブライオニーは彼を見ているのに耐えられなくなった。太陽を長く直視できないのと同じで。

彼がつねにそばにいて、自分からよりよいものを引きだしてくれるといいのにと思った。自分では引きだせないものを。チェスのゲームもあと千回もしたかった。ともに老い、互いのくもった目をのぞき、歯がなくなってしぼんだ唇で互いの頰にキスをしたかった。

「スワートの問題については心配してないだろう?」とレオが唐突に訊いた。

ブライオニーは彼が買ってくれた帽子を撫でながら言った。「ええ。それについては少しも心配してないわ」

12

宿泊所に到着するころに、旧約聖書に出てくるような厚い黒雲が谷にかかった。ディールのおもな雨季は冬に訪れる。予測できない夏の雨にあたらなければいいとレオは思っていたが、夏の雨の前触れに見舞われたようだ。

パンコラ川のこの地域には木が少なかった。谷の上の斜面は緑におおわれていたが、下のほうはほとんど木が生えておらず、茶色の土がむきだしになっている。やせた不毛な土地のせいか、もしくは森林伐採の結果かもしれなかった。

雨が降れば、道の状況も悪くなるにちがいない。しかし少なくとも今夜は宿泊所に泊まるので、テントを飛ばされるとか、小規模の土石流に流されるとか、荒れ模様の天気のせいで不愉快な思いをすることはなさそうだった。

宿泊所は大英帝国の郵便業務に携わる男たちの休息所として建てられ、維持されている、少数の部屋からなる簡素な建物だった。宿泊所を利用したい旅行者はひと部屋につき一ルピーと、別に食費を払うのが決まりだった。

カシミールでは十四マイルごとに宿泊所があった。レオが泊まった宿泊所のなかには、鶏係《ムルギ・ワラ》が管理する鶏小屋や、牛飼い《ゴワラ》に世話をされている何頭かの牛、旅行者の食事を用意したり、用事を言いつかったりする家令《カンサマ》がいるところもあった。この宿泊所には住みこみの使用人や家畜はいなかったが、その他の点ではほぼ標準的な宿泊所だった。建物は一階建ての石造りで、中央にホールがあり、その他の部分がバスルームつきの個室になっていた。建物をぐるりととり囲む広いベランダが荷役人たちに雨よけの寝場所を提供している。

サイーフ・カーンがチキンカレーと蒸した野菜とチャパティを作ってくれた。レオとブライオニーは白漆喰《しっくい》の壁の小さなホールで食事をとった。テーブルとぐらぐらする椅子以外には、旅行者が名前を記入し、宿泊所の状態について感想を書きとめるための帳面が載ったスタンドがあるだけの部屋だ。

夕食後、ブライオニーはチェスをしようと提案した。レオは同意したが、これまでにもどれだけともにチェスができたかしれないと考えると、チェス盤を見ただけで棍棒でなぐられたような気分になった。それ以外にも、自分があれほどに愚かでなければ、どれだけのものを失わずにすんだことだろう。

ブライオニーは手を考えるのが速かった。勝つための戦術が見えているのだ。レオにはうらやましがるしかなかったが、直感で駒を進める彼女に比べ、自分のより戦略的な手が格好悪く、無様《ぶざま》に思えてしかたなかった。

今宵の彼女の手はいつもよりも雑だった。とはいえ、これまでの対局でも、彼女は重要な駒をみな敵にとらせ、ポーン三つで王手をかけてくるような戦術をとった。

「右の脇が甘いな」レオが言った。「罠かな？　それとも、気づいていないのか？」

「もちろん、罠よ」とブライオニーは答えた。

彼女はてのひらに顎を載せていた。長いまつげが目にミステリアスな影を落としている。そのまつげが上がり、レオの鼓動は何度か止まった。というのも、彼女の目が欲望に満ちていたからだ。

レオは彼女のキング側のビショップの前にあるポーンをとった。「いいさ、罠だろうとそうでなかろうと、きみは代償を払うことになる」

ブライオニーはクイーン側のルークの前のポーンをまた動かした。「お好きにどうぞ。全部とるといいわ」

彼女が誘うような話しかたをするのは聞いたことがなかった。今も別に誘うような話しかたをしているわけではない。しかし、長くじっと見つめながらそう言われると、レオは誘われた気分になった。それに抗うための薄い防壁のなかで欲望が荒れ狂った。

レオは彼女のクイーン側のルークの前のポーンを盤から退《しりぞ》けた。「ほかにどんな手を使う?」

ブライオニーはキング側のルークをつまみ上げ、それを下ろし、ポーンを手にとって下ろし、クイーンを手にとって下ろした。それからようやくまた目を上げた。目には珍しく狼狽《ろうばい》の色が浮かんでいる。「わたしにロンドンにとどまってほしいって言ったわね」

「きみもまた自分の家と呼べる場所を持つべきだと思うんだ」レオは用心深く言った。

「何かでその気にさせてくれるつもりはあるの?」

ぼくが何かでその気にさせる?「何かってどんな?」

「ケンブリッジはロンドンからたった一時間よ。たぶん、男女混合のチェス・クラブを見つけて、ふたりでときどき対局することもできるわ」

「無理だな」レオは即座に答えた。

その答えにブライオニーは面食らったようだった。そういった提案が歓迎されると思っていたにちがいない。

「だったら、手紙を使ってゲームをするのは?」前よりもためらいがちに彼女は言った。「そうすれば、じっさいに会う手間が省けるし、同時に十以上のゲームをすることもできる」

手紙を介したチェスのゲームぐらい、受け入れるのはさしたることでもないとは思えた。

チェスの手を記号表示した紙をときおりやりとりするぐらい、まるで害はないはずだ。

ただ、ふたりの場合、それで終わらない可能性があった。

ポストへ行き、彼女の手紙以外のすべてを放りだす自分の姿が目に浮かんだ。それをチェスの盤をいくつも置いた書斎に持っていき、ドアを閉める。まわりに誰もいないのをたしかめると、盤の前で彼女がそれぞれのゲームについて書いてきた手をたのしみ、それからひと晩かけて自分の手を考える——こっちではうまくナイトを押しこみ、あっちの盤では思いきってルークを差しはさむ。ビショップを暴れさせる盤があってもいい。

すべてのゲームについて手を決めてそれを記録し、返事の準備が万端となってつかのま大きな満足感にひたる。そして、愛を交わすかわりにこんなばかげたことをしている自分に打ちひしがれる。その行為のむなしさに。

「だめだ」

ブライオニーは当惑顔になった。「どうして?」

「できない」

「手紙を書けないっていうの?」

「きみの友人にはなれない」

ブライオニーはふいに立ち上がった。レオも立った。「すまない、ブライオニー」

ブライオニーは首を振った。下唇をきつく噛んでいる。「わたしがまちがっていたの。たぶん——たぶん、あなたが二度目のチャンスを望んでいるんじゃないかと思ったから」

わたしが誰かに再度のチャンスを与えることはない——その日の午後、ブライオニーはそう宣言したも同様だった。今こう言わせているのは彼女の肉体的な欲望なのだ。その欲情が冷め、またふたりのあいだに避けがたい摩擦が生じたら、彼女はまた殻に閉じこもってしまうにちがいない。

「結婚していたころはそうだったろうな」

何が問題かわかっていたら、地面に伏して詫び、償《つぐな》おうとしたことだろう。償いのしるしに睾丸《こうがん》をよこせと言われたら、みずからメスを手渡していたかもしれない。

「手遅れでもないよりはましじゃないの？」

「そうはいかないこともある。ぼくたちの場合もそうだ」

ブライオニーはレオに二歩近づいた。手を伸ばし、髪をつかむ。レオは身を凍りつかせた。が、ブライオニーはそこでやめなかった。指で彼の耳を愛撫する。それから頬に手をあてがい、親指で下唇をこすった。

「わたしたち、あなたの言うとおりだったかもしれない。でも、人は変わったり成長したりするものだわ」

前に交わした会話からレオが学ぶことがあったとすれば、それはブライオニーが変わっていないということだった。相変わらず頑として他人を赦さない人間。

レオは彼女の手をつかんで戻した。

ブライオニーはそれにキスで応えた。欲望と当惑に満ちた熱いキス。ああ、なんてことだ。潮が満ちるように興奮に襲われる。彼は固くなり、強烈な飢えに襲われた。彼女がほしかった。彼女のなかに身をうずめ、すべてを忘れたかった。

レオは彼女を引き離した。「ブライオニー、頼むよ。だめだ」

あの晩彼女が愛を交わしに来なかったなら、今彼女が身を差しだしてくれているのは赦してくれたからこそだと信じ、欲望に屈したことだろう。しかし彼女は辛い記憶が心のなかでとぐろを巻いている状態で愛を交わしに来たのだった。その記憶は、何年も体に巣食っていたあげく、表に現われて激しく攻撃してくるマラリアの寄生虫のようなものだ。

ブライオニーの顔がゆがんだ。「長年にわたってわたしを愛してきたとあれだけ言っていたのに、それも結局たいしたことじゃなかったみたいね」

心に突き立てられたナイフがまわされる。

「ときに愛だけでは足りないことがある」レオは言った。「きみときみのお父さんのことを考えみてくれ」

ブライオニーはトディ以外のかつて愛した人すべてを、心の隅に追いやったり、無視したり、完全にいなかったものにしたりしてきたのだった。

「父が何か関係あるの？」

「きみが放っておかれたというだけでお父さんを赦せないとしたら、じっさいにきみを傷つけたぼくをどうして赦せるというんだ？」

ブライオニーは彼から目をそむけ、むきだしの壁を見つめた。丸々一分ものあいだ、口を開こうとしなかった。「何が言いたいの？」

「ぼくたちがともに新しい生活を築くのは不可能だよ。きみが求めているのは聖人だ、ブライオニー。トディのように、きみに対して過ちを犯すことがなく、きみを怒らせることも遠ざけることもなく、きみの信頼を揺るがすこともない人間だ」

ブライオニーはレオに目を戻した。冷たく暗いまなざしだった。「わたしには人を愛することができないと言いたいのね」

そんなことを言いたいわけではなかった。しかし、言うだけのことを言えば、考えはおのずと明らかになるはずだ。

「ぼくもきみも愛というものをとても重くとらえている。その重みにきみは耐えられないと思うな」

正直に言えば、自分も耐えられそうになかった。

「それで、そうではないと証明するチャンスを作ろうとは思わないのね？」

「線路が崖で切れているとわかっている列車に乗るかい？　もしくはすでに水もれしている汽船に乗るか？」

「わかったわ」ブライオニーは冷たい声で言った。「時間を無駄にさせて悪かったわ。そろそろ終わりにしましょうか？」


その後まもなく嵐となり、夜のあいだ吹き荒れた。夜が明けるころ、ようやく風はおさまったが、雨脚は弱まらなかった。

ブライオニーはせっかちな人間ではなかったが、その朝はじっとしていられなかった。檻《おり》に入れられたオオカミのように部屋のなかを行ったり来たりし、精神病院の入院患者だったなら要注意とされるような、調子の狂った攻撃的なやりかたで鎧戸を開けたり閉めたりした。誰も聞いている者がいないと確信できると、後頭部を壁に打ちつけだした。みじめな思いとともに苛立ちも感じながら。

もう一日早く雨にあたっていたら、自然のおかげでいっしょにいられる時間が延びると、内心大喜びだったろうと思うと、なんとも皮肉だった。しかし今はすぐにでも旅を終わらせたいと願うだけだ。献身的な執事が主人の銀器から曇りを拭い落とそうとするのと同じように、人生の汚点であるかのように自分を追い払おうと固く決意している男とは、必要以上に一秒たりともいっしょにいたくなかった。

昼を過ぎてしばらくたってようやく雨があがった。ブライオニーはすぐにも出発する準備ができていた。が、レオはまずはガイドを先にやって道の状態をたしかめさせたほうがいいと言い張った。

「山の斜面に生えている木では土砂《どしゃ》崩れを防ぎきれない。こんな嵐では、かなりの土砂が流されている可能性がある」とレオは言った。

ブライオニーはうなずき、踵を返して部屋へ戻った。

「ブライオニー」

彼女は足を止めたが、振り向かなかった。「はい？」

レオはしばらく黙ったままだった。「いや、なんでもない。気にしないでくれ」

雲が散り、灼熱の太陽が顔を出した。地面からかすかに湯気が上がる。レオが予測したよりもずっと早くガイドが戻ってきた。旅行者の一団もいっしょだった。ディールの兵士ではなく、マラカンドの駐屯地からの郵便を運ぶセポイと呼ばれるインド人傭兵で、チトラールの駐屯地への手紙や公文書がはいったかばんを携えていた。レオは彼らにお茶を出し、新たな情報を得ようとした。

チャクダラから南西に八マイル行ったところにあるマラカンドの駐屯地には三千人の駐屯兵がいて、マラカンド・パスとチャクダラのスワート川にかかる橋をおさえていた。最近、マラカンドの市場では噂が数多く飛び交っている。しかしセポイたちは昔からイスラム教徒と敵対するシーク教徒だったので、マッド・ファキアやその追随者に対する態度は、歓迎ではなく軽蔑に満ちていた。

「スワートの連中にマラカンドまで進軍させればいい」セポイの最年長の男が言った。「インド軍に蹴散らされるさ。そうすれば、しばらくは平和が保てる」

「将校たちは問題に気づいているのか？」とレオが訊いた。

気づいているとセポイたちは答えた。マラカンド当局は二日前の七月二十三日に警告を発した。軍隊は緊急時の訓練を行なった。とはいえ、じっさいに何かが起こると思っている人間はいない。警告でも、攻撃が行なわれる可能性はあることはあるが、低いと述べている。

スワートの人々は騒ぎをおさめるためにイギリス軍を招いた。彼らはチャクダラでイギリスが運営している小さな市民病院に満足しており、豊かな緑の農地を持つ谷で駐留軍に食料や物資を提供し、誰もが懐《ふところ》を温めていた。おそらくは正気でない誰かの助言に従ってそのすべてを投げだすなど、どうしてそんなばかげたことをしなければならない？

レオはうなずいた。あちこちでぽつぽつとささやかれる噂にはっきりした合理的な光をあてることができて満足だった。たとえシーク教徒のセポイの考えがかたよっていたとしても、噂の根源により近いところで得た情報にもとづいているのはたしかだったからだ。

それからセポイたちは暴動が起こる可能性について駐屯地全体がいかに楽観視しているかを語った。緊急時のための訓練はあったものの、兵士たちの日常生活はまったく変わっていない。チャクダラの駐留軍要塞でもマラカンドの駐屯地でも、将校たちは弾丸《たま》をこめていない拳銃以外武器も持たずに、宿営地から何マイルも離れた空き地で毎夕ポロに興じている。

セポイたちはイギリスの将校たちが平静でいることを評価するようにうなずきながら語ったが、レオの顔から笑みが消えつつあることには気づかなかった。道の状況については手短に語った——嵐のあとなので、不便で不快な状況ではある。お茶を飲み終えると、セポイたちはレオに礼を言い、旅をつづけた。

会話はすべてブライオニーの部屋の外のベランダで交わされたため、少し開けておいた鎧戸越しにブライオニーは会話を聞くことができた。今、その鎧戸が開け放たれた。

「じゃあ、出発する？」ブライオニーはもどかしさを隠しきれない様子で言った。「セポイたちも問題なく旅してきたわ。きっとわたしたちもどうにか行けるはずよ」

「今日はもう遅いよ、ブライオニー」

「ばかを言わないで」彼女は言い返した。「たっぷり四時間は時間があるわ。多少は進めるはずよ」

ブライオニーがそれほどに強い口調でものを言うことはまれだった。それどころか、レオがこれほどに苛立った様子の彼女を見るのもはじめてだった。しかし彼女は苛立ちをあらわにしており、彼の意見に従うつもりはこれっぽっちもないようだった。ブライオニーは出発したがっている。それも今すぐに。

何であれ、レオが言わんとすることは気に入らないという様子だ。

「出発すべきじゃないと思うね」

ブライオニーは眉をひそめた。「どういう意味？」

レオは大きく息を吸った。「セポイの反乱の話を何かで読んだことはあるかい？」

「もちろんあるわ。それとなんの関係があるというの？」

「そのときと状況が似ているからさ。あのときも反乱が起こる徴候がなかったわけじゃない。権力を持つ者たちがそんなことが起こるはずがないと思っていただけだ。自分たちに嬉々として仕えているはずの連中が賢い主人に反抗して蜂起《ほうき》するなどあり得ないとね。じっさい、主人はそれほど賢くなく、仕えている連中もそれほど嬉々としていたわけじゃなかったわけだが」

「そんなの四十年も前の話よ。今の状況とは比較できないわ」とブライオニーは言った。

「チトラールの包囲戦のときにマラカンドでも戦闘が起こった。マラカンドの駐屯地ができたのはそのあとの話だ。チトラールへの街道を通行できるようにしておくためにね。二年のあいだにスワートの連中がかつての敵意をすっかり忘れてしまったというのはあり得ないな」

「つまり、マラカンドとチャクダラの将校たちの専門的な意見を批判しようってわけ？」ブライオニーは辛辣《しんらつ》な口調で言った。

「差しでがましく聞こえるのはわかっているが、彼らが日々ポロに興じているのは確信があってのことじゃなく、単なる自己満足にすぎない気がするんだ。ぼくが反乱を企てている現地人だとしたら、敵が持ち場で居眠りしているとなれば、より活気づくだろうね」

ブライオニーは黙りこんだ。レオはさらに言った。「ここにとどまろう。安全だし、居心地も悪くない。それで、マラカンドからさらなる情報を持って現われる次の使者を待とう」

「でも、そんなことをしていたら、ここに丸々一週間も足止めを食うことにもなりかねないわ」

「歯止めがきかずふくれていく未知の危険に直面していることを思えば、一週間などさしたる遅れにはならないよ」

「いいえ」ブライオニーの手が鎧戸の端をつかんだ。節が白くなる。「絶対反対よ。危険があるとしたら、前線から離れれば離れるほどいいはずだもの。マラカンドの南まで行けば、アッパー・スワート谷の部族がどうするつもりでも、わたしたちにはあまり関係なくなるわ」

「それはうまく間に合って前線をあとにできればの話だろう。集中攻撃に巻きこまれる危険を冒すよりも中立地帯にとどまっていたほうが安全だ」

「集中攻撃のようなことがあったとしても――マラカンドの将校たちはないと思っているみたいだけど――ディールが中立地帯だとは思えないわね」

「ディールのカーンはわれわれから年に六万ルピーも受けとっている。彼もそれだけの収入を失わせることになるかもしれない反乱に加担するようなばかではないと思うね」

「カーンはとても賢い人物みたいだから、自分の財産のことを一番に考えるのはたしかでしょうね。でも、ファキアの狙いは一般の人々の興奮をあおることよ。ここにとどまることで、近隣の村々から集まった血気にはやる若者たちにとっての格好の標的にならないとは誰に言えて?」

レオは時期が悪かったことを呪った。「昨日の晩ぼくが言ったことのせいだったら――」

と弱々しく言った。「そうだとしたら、言ったことはすべて撤回するよ。今この瞬間、きみの無事以上に重要なものは何もない。ここにとどまってくれ。ぼくのことを好きにしていいから」

そう口にするやいなや、まちがったことを口走ってしまったことをレオは悟った。ブライオニーは怒って真っ赤になり、窓から一歩下がった。「なんて気高くていらっしゃるの。わたしの赦しがたい欲望にご自分の高潔さを犠牲にしようだなんて。でも、結構よ。あなたとのあいだには何も要らないわ。それにあなたはまちがっている。行く手に待ちかまえている危険は、これまでの道のりや、今ここをとりまいている危険となんら変わりないわ」

レオはため息をついた。これ以上言い争ってもどうしようもない——彼女はすでに心を決めている。選択肢はふたつあった。強硬な態度をとり、自分といっしょでなければ一歩も前には進めないのだとわからせるか、彼女の尊厳を失わせることなく、どうにかうまく言いくるめる方法を見つけるか。

自分の体を好きにしていいとことばに出す前に、口を閉じていられたなら、ひとつの手として誘惑することもできたはずだ。今となっては、銃器を使うことしか思いつけない。

「いいだろう、〝二十歩〟で決めよう」

ブライオニーは目をぱちくりさせた。「どういう意味？」

しかしレオはすでに窓辺から歩み去っていた。しばしの後、彼が宿泊所のなかにはいってくる音が聞こえた。ブライオニーはホールに行った。「なんて言ったの？」

レオは答えなかった。自分の部屋へ行くと、肩にライフルを背負って出てきた。手には鋼《はがね》のマグカップを持っている。拳銃の握りが上着のポケットから突きでていた。「いっしょに来てくれ」

ふたりは宿泊所から歩み出ると、興味津々で見守る荷役人たちのまなざしを受けながら、四分の一マイルほど歩いた。そこでレオは足を止め、鋼のマグカップを小さな木の小枝に結びつけた。そしてそこから少し離れた。

「二十歩以上離れたわ」レオが足を止めると、ブライオニーが言った。

「四十歩だ。木は自分で二十歩動けないからね」

そう言うと、レオはライフルの後尾から弾丸《たま》をつめ、銃身を持ち上げて弾丸を発射した。大きな金属音とともに弾丸はマグカップにあたった。

「きみの番だ」

「なんですって？」

「きみが危険に真っ向から突っこんでいくと言い張るなら、自分で自分の身を守れることを証明してみせてくれ。チャンスは三回だ。きみがマグカップに弾丸をあてることができたら、できるだけ迅速にマラカンドへ到達できるよう手配しよう。失敗したら、問題が解決するか、問題が起こらないとはっきりわかるまで、これ以上南にくだることはしない。使う銃器を選ぶんだ。ライフルか拳銃か」

「こんなのばかげてるわ。わたしは射撃の名手じゃないのよ」

「ああ、ばかげてるのは、ぼくがきみに今後の行動を決めるチャンスを与えていることだ。ぼくがまちがっていて、スワート谷で何も起こらなかったとしても、ぼくらは一週間退屈な時間を過ごすだけのことだ。きみがまちがっていて、状況がおかしなことになったら、ぼくらは命を失うことになる。一巻の終わりさ」

「たわごとはやめて。スワート谷にいる駐屯軍は前の暴動のときにもそこにいたのよ。この地域の人々について、わたしたちよりもずっと詳しいはずだわ。恐れることは何もないというのは専門家の判断よ。重んじるとしたら、あなたの直感よりも彼らの専門知識のほうにしたいわね」

「だったら、銃で決めよう。ほら、きみの拳銃だ」

たしかに彼女の拳銃だった。二銃身のレミントン製デリンジャー。自分がそんな拳銃を持っていることさえ忘れていた。ルンブール谷を出ることになり、荷役人の手を借りて荷造りしているときに、レオが自分の荷物のなかに入れたのだろう。

ブライオニーは拳銃を手にとった。怒りにまかせて狙いを定め、引き金を引く。拳銃は手のなかで跳ね、ぎょっとするほどの銃声が鳴り響いたが、鋼のマグカップにあたった音はしなかった。どこかで鈍《にぶ》い音がしただけだった。

ブライオニーは再度銃を発射した。やはり鋼のマグカップにあたった音はしなかった。

彼女が換えのカートリッジに手を伸ばすと、レオが言った。「言っておくがこれが最後という約束だ。きみは挑戦を受け入れ、条件も受け入れたんだ」

ブライオニーは銃身を上に向け、弾丸をこめた。「あなたも約束は守ってくれるのね?」

「もちろんだ」と彼は言った。

ひどい人。こんなのは公平な決めかたとは言えない。公平な機会を与えてやったと見せかけて、結局は彼の意思に従わせるための策略でしかない。

いいえ、ここにあなたといっしょに残るつもりはない。

暑いせいで帽子の後ろについたフラップの下に汗をかいていた。ブライオニーは帽子を脱いだ。むきだしのうなじに強い陽射しが照りつけるのを感じる。このあたりでは川は広く流れも速くなっていた。その上に一本のロープが渡されている。ロープにつり下げられた椅子に人が乗り、川を渡ってこちら側へ来ようとしている。その男はぎょっとした様子でブライオニーを見つめていた。

ブライオニーはゆっくりと拳銃を掲げ、マグカップに照準を合わせた。絶対にあてなければ。きっとあたる。ここに残りたいという彼の思いよりも、先を急ぎたいというわたしの思いのほうがずっと強い。ふたりに新たなはじまりがないのだとしたら、ふたりの物語は三年前に終わり、昨晩それにエピローグがついたのだ。そろそろ本を閉じるころあいだ。

ブライオニーは引き金を引いた。金属音が聞こえる前に、鋼のマグカップが大きく揺れるのがわかった。彼女は腕を脇に下ろし、激しい息遣いのまましばらくその場に立っていた。

助かった。

それから彼のほうを振り向いた。レオはまだ信じられないという目でマグカップを見つめている。

「〝できるだけ迅速に〟って言ったわよね？」ブライオニーは明るい声で言った。

ブライオニーは即座に出発できるものと思っていたが、レオはガイドたちとしばらく相談し、やがてガイドだけが出発した。

「ガイドたちはどこへ行ったの？」

「われわれの出発に向けて基本的な準備を整えに行った」レオはぶっきらぼうに言った。

「われわれは明日朝一番に出発してマラカンドを目指す」

「一日で？」

「何事もない状況で、常識的な旅をしているとしたら無理だな。しかしきみが前線を離れたいというなら、できるだけ急いでマラカンドに着かなければならないからね」

「マラカンドまではどのぐらい？」

「七十マイルかそこらだ」

「それで、換えの馬は何頭いるの？」

「二頭」

カシミールまでは六マイルごとに馬を換えた。ここでは同じ馬を二十五マイルも使わなければならない。

「荷役人たちはどうするの？」

「ガイドが戻ってくるまでここに残り、それから南下する。ぼくが彼らをマラカンドで待つ。きみの身のまわりのものについては心配しなくていい。あとでロンドンに送るから」

ブライオニーはうなずいた。「いいわ」

「長い一日になるから覚悟しておいてくれ。馬は足の速い馬じゃない。一時間に平均七マイル進めれば運がいいぐらいだ」

「わかった」

レオはため息をつき、彼女の腕に手を置いた。

「まだ決心を変えてくれていいんだ、ブライオニー」彼は言った。「運を試して進むよりも、ここで安全に待ったほうがいい」

「何も起こらないわよ。明日の晩、マラカンドには、疲れきってはいても無事到着するわ」

「無事到着しなかったら？」

ブライオニーの背筋に冷たいものが走った。この瞬間まで、マッド・ファキアや彼の行状にはなんの恐れも感じずにいられたのだったが、それはレオが安全のためにすべての責任を負っていてくれたからだ。今、その重荷が自分に渡された。何かまずいことになったら、責めはすべて自分が負わなければならない。

「わたしの射撃の腕前が役に立つことはもう証明したはずよ」ブライオニーは答えた。「賽《さい》は投げられたの。もう疑問を抱いたり異議を唱えたりはやめましょう」

レオは彼女のそばから離れた。「きみの言うとおりだといいな」と答える。「ほんとうにきみの言うとおりだといいんだが」

13

翌朝十一時にようやく木に青いスカーフを結びつけてあるところまでやってきた。旅程の第一段階の終わりという合図だ。予定より遅れつつあった。完璧な状況であっても、曲がりくねっていてふいに落ちくぼんでいたりする狭い道では、馬をそれなりのスピードで走らせるのも無理だっただろうが、二日前の嵐のせいで、よけいに歩みは遅くなった。かなりの場所で大雨が泥や岩や折れた木の幹や枝を道に押し流していて、そうした障害物を避けながら馬を歩かせなければならなかったのだ。

ハーミッドがふたりのために二頭の新しい馬を用意してくれ、近隣の村から食料を調達してくれていた。心強い知らせももたらしてくれた。ディールのカーンが臣民にマッド・ファキアの反乱計画に加担することを強く禁じたというのだ。ディールを通るあいだは安全が保証されたも同然だった。

ディールを出ればすぐにイギリスの駐屯地が見えてくるはずだ。ブライオニーは緊張の糸を多少ゆるめた。しつこいほどの悪路のせいで速く進めないでいることに、どれほど気を張りつめ、不安な思いでいたか、それまで気づいていなかった。

夕方前には、サドに到達した。とり立てて重要ではない村だが、そこで道がパンコラ谷を離れ、東南東へ大きく曲がるポイントだった。

サドからチャクダラまでは三十五マイルで、マラカンドまではさらに八マイル。ブライオニーは日没まで四時間と見積もった。夜の帳《とばり》が降りたら、歩みを遅くしなければならない。チャクダラに到着するのは深夜になることだろう。それはそれでかまわない。チャクダラに着けば危険はまったくなくなる。チャクダラからノウシェラへ行くのには一日もかからないはずだ。

「大丈夫かい？」とレオが訊いた。

パンコラを流れる小川のそばで休憩し、馬に水をやっているところで、ブライオニーは水辺にしゃがんでハンカチを濡らしていた。馬は大汗をかき、男は汗ばみ、女は上気するだけ。湿った涼しいイングランドならそれもあたっているだろう。インドでは女も馬のように大汗をかく。とくに三千フィートほどの標高で無慈悲な太陽のもと、真昼間に馬を走らせているご婦人は。

ブライオニーは目を上げてレオを見た。彼はふつう夕方にひげを剃るが、昨晩は剃っていなかった。彼女は生えかけたひげをじっと見つめていたいと思った。それが影となって引きしまった顎ややせた顔をやわらかく見せてくれている。ブライオニーは目をハンカチに戻した。「大丈夫よ、ありがとう。あなたは?」

「ぼくはこういう旅には慣れているからね」レオは言った。「陽射しがきつすぎるようになってきたかな?」

レオはとてもやさしかった。その態度だけを見れば、前の日に激しく言い争い、彼が南へ向かうこの危険な旅に断固として反対したとは想像もつかないほどだった。

ブライオニーはハンカチをしぼり、それで顔を拭いた。「このぐらいの陽射し、耐えられるわ」

立ち上がると、レオが水筒を手渡してくれた。「もっと暑くなったら、上着のボタンをひとつかふたつ開けるといい。きみは今日は男だ。自由を享受していい」

男と女よりも、ふたりとも男ということにして旅をしたほうが安全だとレオは考えた。現地人が着る衣服に身を包むほうがよかったが、ふたりともほどけないようにターバンを巻くことができなかった。そのため、ふたりとも西洋人でいるしかなかった。ブライオニーは彼の予備の服に身を包んでいた。彼のシャツと上着は彼女には大きすぎたが、ズボンには留め金がついていたため、うまく腰に引っかかっていた。

ブライオニーは口のなかを湿らせる程度に水を飲んだ。男の服で用を足すのは女の服のときよりもさらにむずかしかったからだ。できるだけ用を足さずにすませたほうがいい。彼女は水筒のキャップを閉めると、それをレオに返した。

鞍に乗るのにレオが手を貸してくれ、手綱を手渡してくれた。「きみとの別れはこんなふうになるはずじゃなかったのにな」

「いいえ、これでいいのよ」ブライオニーは言った。「だから、先を急ぎましょう」

嵐はロウアー・ディールを迂回したようだった。サドの南東で道はだいぶよくなり、四輪の乗り物も走らせられるほどに広く平らになった。道はくだりとなり、馬たちはスピードをあげた。

道にはブライオニーがふだん目にしていたよりも多くの旅人の姿があった。道の状態がよくなったことと、人口の多いスワート谷により近づいたせいだろうと彼女は考えた。二日前の出来事のせいで心にまだ雲がかかっていたために、北東に向かっている旅人に対し、南東に向かう旅人が十倍多いことに気づくまで、しばらく時間がかかった。

南東へ向かっているのはみな男で——この地では驚くにあたらない——誰もが徒歩だった。武器も携えていた——これも驚くにあたらない。流血のいさかいがあたりまえで、口論も頻繁な土地柄だったのだから。一瞬、みなマッド・ファキアの信奉者だろうかと考えたが、すぐにその考えを打ち消した。アッパー・スワート谷はこの男たちがやってきたのとは反対の方角にある。きっと男たちは結婚式やその他の祝祭行事に向かう途中なのだ。サドから二マイルほど言ったところで、少なくとも百人の男たちが武器を脇に置いて真剣に祈りを捧げているのに出くわした。さらに一マイル行ったところでは、巨大なバンヤン・ツリーの木陰で、五十人ほどの男がお茶を飲んでおしゃべりしていた。こちらの男たちはレオとブライオニーが馬で通り過ぎると目を上げたが、とくに関心は示さなかった。

しかし三十分後、ふたりは第三の集団に遭遇した。数にして六十人ほどの男たちで、道幅いっぱいに広がって歩いていた。近づいてくる馬の蹄《ひづめ》の音を聞いて男たちは足を止めて振り向いた。レオとブライオニーに目を向ける。ブライオニーがぎょっとしたことに、半分ほどの男――とくに若い男たち――が剣の柄《つか》に手をかけた。

ブライオニーはレオを呼ぼうと口を開きかけたが、突然麻痺したようになった喉から音は出てこなかった。が、声にならない願いを聞きつけたかのように、レオが馬の歩みを遅くし、ブライオニーに左側に寄れと合図した。

「左側から抜くことにする。ぴったりぼくの横に並んで、何があろうとも停まってはだめだ。わかったかい？」

ブライオニーはうなずいた。心臓が鼓動をやめたようになった。

「さあ、できるだけ速く馬を走らせるんだ」

ふたりは頑丈な荷役馬に可能なかぎりの速足で馬を走らせた。男たちは凝視をやめなかったが、馬が近づいてくると、道端の土手へと向きを変えた。レオは集団の端にいた男たちの手が届かないぎりぎりのところを通り過ぎた。

男たちを追い越しはしたものの、また息ができるようになる前に、金属が空気を切る音が連続して聞こえてきて、ブライオニーは肩越しに振り返った。ゆうに三十以上の剣が鞘《さや》から抜かれ、頭上に掲げられている。午後の陽射しが刃に反射して光った。

その力と敵意をあらわにした行為をレオも目にし、ブライオニーのほうに顔を向けた。彼の目に恐怖はなかったが、手はしっかりと拳銃を握っている。鼓動は戦争太鼓のように打ちはじめていた。

「みんな白い衣装だわ」とブライオニーは言った。「追い抜いたどの集団もみな白い装いだった」

レオは上着の下のホルスターに拳銃を戻した。「そうだな」

それ以上何も言う必要はなかった。男たちは共通の目的に向かっていたのだ。そしてそれはスワート総合クリケット大会ではなかった。

「ねえ――あと戻りはできないわよね？」

「ああ、もうあと戻りはできない」レオは答えた。「馬をもっと速く走らせるんだ」

ブライオニーの体は硬直していた。年長のガイドのイムランとの待ち合わせ場所に到達したときも体の硬直がひどく、レオに馬から引っ張り下ろしてもらい、手綱から指を一本ずつはがしてもらわなければならないほどだった。

ブライオニーはアプリコットの木にもたれて立った。そこは静かな村のはずれだった。太陽は山の向こうへ隠れた。踏みつけられたオレガノのにおいがただよう空気は、夕方になってひんやりとし、前に休憩で止まったときにはありがたく思ったことだろうが、今は体が震えた——もしくは、震えがひどくなった。村そのものも不安をさらに大きくした。村は防御を固めていたのだ。高い東側の塀には小さなすきまが開いていて、そこで物音ひとつ立てずに警備にあたっている人間の気配が感じられた。

すぐ横では、レオとイムランがささやき声で相談している。

「ディールのカーンが臣民にマッド・ファキアのもとへ行くのを禁じたと思っていたんだが」

「ここにいるのはディールの人間ではありません。バジャウルから来てるんです」イムランの日に焼けた顔に心配そうな表情が浮かんでいる。「あたしのような年寄りにまで自分たちに加わらないかと言ってきました。できるだけ急いでここを離れなくてはなりませんよ」

レオはまだ逃げる暇があるかどうか訊かなかった。ブライオニーもあえて訊かなかった。男たちは新しい馬に鞍をつけ、必要最低限のものを入れた鞍袋をつけかえた。それが終わると、レオはイムランに身の安全に気をつけるようにと言い、ガイドを北へと送り返した。

レオは振り向いてブライオニーに目を向けると、眉をひそめた。

「飲んだのかい？」

ブライオニーは馬から助け下ろされたときにレオから渡された水筒を見下ろした。飲んだのかしら？　記憶はなかった。水筒を持っていることさえ忘れていた。

レオは水筒をとると、ふたを開け、また彼女の手に戻した。「飲むんだ。ひと口以上飲まなきゃだめだ。もうすぐ暗くなるから、きみが用を足す必要に駆られても、誰にも見られやしない」

ブライオニーは何も考えられずに命令に従った。

「それからこれも食べるんだ」レオは彼女のてのひらにビスケットを押しつけた。

「おなかが空いてないわ」胃は何度も踏みつけられたような感じだった。

「神経は食べ物を望んでいないだろうが、体は欲している。これからまだ何時間も馬を走らせなければならない。体力を保つ必要がある」

ブライオニーはパニックに駆られて声をもらさずにいられなかった。何時間も。あとどのぐらい武装した男たちに出くわすのだろう？　このあたりは豊かな砂鉱床の谷が縦横に交差している地域で、肥沃な土壌から生き生きと生え育つ穀物は、もっと貧しい土壌を耕して暮らさなければならない農民たちが見たら驚くにちがいなかった。この耕作の容易な土壌の恩恵をどのぐらいの人が受けているのか、ブライオニーには想像するしかできなかった。

「ああ、なんてこと、レオ、ごめんなさい」ブライオニーは唐突に言った。「ほんとうにごめんなさい！」

「大丈夫だよ、ブライオニー」

大丈夫ではなかった。事態はとんでもなく悪い方向に動いていた。「ほんとうに、ほんとうにごめんなさい」

レオは手を伸ばし、彼女の顔を包んだ。「いいかい、ぼくたちは何も危害を加えられていない。これからもそうだ」

それでも、何が起こってもおかしくなかった。レオはとても美しかった。潮だまりの色をした目。ああ、考えるのも耐えられなかった。もしかして――

「愛してる」ブライオニーはやむにやまれぬ思いで言った。「愛してる。愛してる。愛――」

レオはブライオニーの襟をつかみ、鼻と鼻が触れ合うほどに彼女を引き寄せた。火花が散るようなその一瞬、ブライオニーはキスされるのだと思った。しかしレオはきっぱりと「黙るんだ、ブライオニー」とだけ言った。

ブライオニーは当惑とショックで目をしばたたいた。

「ぼくたちは死なない。いずれにしても今はまだ。だからほんとうに死にそうになったときにお別れはとっておくんだ。さあ、気をしっかり持って」

ブライオニーはさらにしばらくレオを見つめていた。自分でも信じられなかったが、どうやら軽いヒステリーを起こしていたらしく、そこからレオが引き戻してくれたようだった。

「そうね」かすれた声。「そうね」

ブライオニーがビスケットを食べているあいだ、レオはデリンジャーに弾丸《たま》をこめ、それを彼女のポケットにおさめた。ブライオニーはレオが予備のカートリッジをもう一方のポケットに入れるのに気づいたが、どうにかパニックの声をあげまいとした。それから彼のことばにじっと耳を傾けた。「次に男たちが道をふさいでいたら、ぼくがどちら側を通ろうとも、必ずその外側に馬を寄せるんだ。わかったかい？」

ブライオニーはうなずいた。

「よし、行こう」

道は登りからくだりに変わった。夜明けからずっと手綱を握っているせいでブライオニーの腕は痛んだ。臀部と太腿にもいやな感じに鋭い痛みがあった。しかしそうした不快さも、白い装いの男たちを見るたびに一瞬にして消え去った。幸い、男たちはたいてい五十人や百人の集団よりも三三五五の小人数で動いていたが、かなり大勢の集団が道の脇に立って盛んな議論を交わしている横を通り過ぎたことはあった。

道は東南東にほぼまっすぐつづいていた。夕暮れ時になって、中央に川の流れる広い谷にはいると、稲田ととうもろこし畑のあいだを通る道は南へと方向を変えた。この支流がスワート川に合流する地点にチャクダラの駐留軍の要塞があった。ここからはそれほど遠くない場所だ。

灰青色の夕闇が濃くなりつつあるなか、行く手にターバンを巻いた男が現われた。馬に乗って谷を横切ってくる。何分もたたないうちに交差することになりそうだ。レオは拳銃をとりだした。ブライオニーも唾を呑みこみ、ポケットから拳銃を引きだした。

しかし距離が縮まると、その男が白い装いをしていないだけでなく、軍服を着ていることがわかった。ソワール――イギリス軍に仕えるインド人の騎兵――だ。

すでに拳銃をしまっていたレオがソワールに挨拶した。どちらも手綱を引いて馬を停めた。

「マラカンドの駐屯地から来たんですか？」とレオが訊いた。

「チャクダラの要塞です。第十一ベンガル槍騎《そうき》連隊です」とソワールは答えた。英語はイタリア語のような速さで歌うように発せられたが、完全に理解できるものだった。ソワールは西を指さした。「あの丘のふもとです」

まさか連隊の司令官が個人的な休暇のために部下に馬を与えるとは思えなかったので、ブライオニーはそのソワールはなんらかの偵察に送りこまれたのだと推測した。

「要塞に戻ろうとしたところで、囲まれまして」ソワールはつづけた。「少なくとも百人はいたでしょうか。その連中にコンパスと双眼鏡と一ルピーと六アナを奪われました。すぐに要塞に戻って報告しなければなりません」

ブライオニーはソワールが指さした方向に不安な目を向けた。が、空と山の稜線がにじんだ藍色に溶け合っているのが見えるだけだった。山のてっぺんに生えた一本の松が、遠く沈みゆく太陽の最後の光に照らされ、見えない空へと突きだしている。

まだ元気で速い馬に乗ったソワールは先へと走り去った。東の空にはすでに一番星が出ている。宇宙という荒野にぽつんと置かれた前哨地のように、小さく孤立した星だ。

「怖いかい？」とレオが訊いた。

「おかしくなりそうなほどに」

レオは銀のフラスクを彼女に手渡した。ブライオニーはブレイバーン氏の特別なウィスキーの残りを飲み干してしまいそうなほどに大きくあおった。フラスクを返すと、レオが彼女の手をとった。ふたりとも乗馬用の手袋をはめていたが、それでも彼の手のぬくもりは充分感じられた。

「ぼくを信じるかい？」とレオが訊いた。

夜の訪れとともに顔に影が落ち、目鼻立ちは見分けにくくなっていたが、その目が澄んで輝いていることはわかった。ブライオニーが冷や汗をかき、怯えているのに対し、彼はおちついていた。

「ええ」とブライオニーは答えた。

レオはほほ笑んだ。心にすっとしみ入る笑みだった。「だったら、ぼくが大丈夫と言ったら、そのことばを信じてくれ」

服を着た女の腰に手を置いて、フリルやリボンのかわりにフラップのボタンが若干ゆるんだ自分の上着のポケットに触れるのは奇妙な感じだった。しかし、男の装いも傍《はた》から見たらそう見えるということにすぎない。上着とシャツの下にブライオニーはコルセットをつけていた。手を押しつけると、そのなめらかで固い感触がわかった。彼女は可能ならば、ズボンの下にペティコートも身につけたことだろう。

ソワールと遭遇して十分後、レオの馬が蹄鉄を失い、ふたりはブライオニーの頑丈で陽気な馬に同乗しなければならなくなった。馬はさらなる重荷が加わったことをあまり気にしていないように見えた。しかし、もともとあまり速くなかった馬――この種類の山の馬はスピードよりも持久性にすぐれているのだ――の足はさらに遅くなった。

ふたりはことばを交わさなかった。三日月と星は天空の飾りにすぎず、あまりに弱いその光はまったく役に立たなかった。ほぼ真っ暗に近い暗闇のなか、ブライオニーは道に全神経を集中させていた。

夜の空気は冷たい水と果樹園の熟れた果物とかすかに堆肥《たいひ》のにおいがした。ブライオニーの後ろで目を凝らし、耳をそばだて、彼女の体に腕をまわしているレオは、奇妙に楽観的な気分でいた。

楽観的な気分でいられるのは、堆肥のにおいが平穏な日常を思わせるせいだと考えることもできた。平和な田舎のにおいであるのはたしかだ。これまですでにかなりの距離を進んだからかもしれない。彼の計算では、そろそろチャクダラが見えてもいいころだった。しかしじっさい、何よりもブライオニーと背中と胸を合わせるほどに近くにいることが、楽観的でいられる一番の理由ではないかと思われた。

彼女の体の温かさ、呼吸とともに伸びたり縮んだりするのが固いコルセット越しにかすかに感じられる横隔膜、馬と一体になって動く上半身のしなやかさなどによって、そうして彼女を抱いていれば、結局はふたりとも大丈夫だと信じることが――多少ではあっても――容易になった。

「前を見て!」とレオがささやいた。

ブライオニーが前を見ると、遠く地平線のかなたにかすかに光るものが見えた。「あれがスワート川?」

「たぶん」

ブライオニーは胸の大きなつかえがとれる気がした。そう。

「よかった! きっとわたしたち、いっしょに――」

「シッ」

レオの声の何かがブライオニーの高揚感を抑えつけた。「どうしたの?」

「停まれ」

ブライオニーは手綱を引き、スワート川へ流れこむ急流の音越しに何が聞こえるのかわからないまま、耳を澄ました。

「あれが聞こえるかい?」

聞こえなかった。が、やがて突然聞こえてきた。人が動く音。大勢の人間が動いている。川のどちらかの側で土手を川岸へとくだってくるのだ。

「馬を走らせるんだ」

ブライオニーは馬の横腹に膝を押しつけた。ほとんど何も見えなかったので、馬は人が歩くほどのスピードになっていたが、今は走らせなければならない。ブライオニーは前方に目を凝らし、何も見分けがつかないほどに真っ暗な地面から道を見分けようとした。

「もっと急いで！」レオが耳もとで小声で言った。

その声が切迫している理由がわかった。土手を駆け降りて押し寄せてくる人波の第一群が道に達しようとしているのだ。白ずくめの男たちは黙ったまますばやく断固とした足どりでやってくる。

ブライオニーの恐怖を感じとったのか、もしくは道のくだりの傾斜が大きくなったのか、馬は重い荷物を乗せ、疲れているにもかかわらず、足を速めた。

ふたりは反乱軍の先頭に立つ男たちの脇を通り過ぎた。数ヤードしか離れていなかったので、襲ってくるのはまちがいなかった。空気を切り裂く音がした。ブライオニーは無意識に鞍に身を倒した。石が頭上を越えていった。別の石は届かず、背後の地面にどさりと落ちた。しかし別の石は何かにあたった。綱で後ろに引いていた別の馬が苦痛の声をあげた。横腹に石があたったのだ。しかし馬は走りつづけた。

ブライオニーは谷の両側の山々が後ろに下がっていく印象をぼんやりと受けた。谷が幅を広げている。

「もうすぐなの？」

「すぐだ」とだけレオは答えた。

雷のようにとどろく馬の蹄の音が耳を聾《ろう》し、ほかの音は何も聞こえなかった。しかし心の耳には、迫りくる群衆の音が聞こえていた。人々が密集するあまり、何千という袖と袖が触れ合って執拗にかすれた音を立てている。

また黒っぽく見える広いスワート川が意識された。ふたつの川の合流地点はまもなくだ。でも、駐留軍要塞はどこ？

「あそこだ！」

右手のずっと先に目をやると、川岸の丘の上にある要塞の輪郭が見えた。思ったよりもかなり小さかったが、形と高さから言って、要塞にはちがいない。

「どうやってあそこまで行くの？」

「わからない。橋につながっているはずだから、南側に入口があるにちがいない」

つまり、橋が見つかるまで丘の端をまわりこまなければならないということだ。ブライオニーの頭は働かなかった。そこで自分の運命は馬の頑丈さとレオの方向感覚の正しさにゆだねることにした。もっと右へ。まっすぐ。南へ少し曲がっているから気をつけて。

丘は眼前にそびえていた。もうすぐ安全な場所に届く。

そのときレオが声を発した。男がひどい痛みにうめくときの声だ。男たちに襲いかかられる。一番前にいる男たちの動きはすばやく、行く手をはばまれそうになる。それに、星明かりを受けてきらめいているのは剣だろうか？　ブライオニーの心臓は凍りついた。

「鐙《あぶみ》をぼくにくれ。こいつらには注意を払うな」

ブライオニーは鐙から足をはずし、死の危険にさらされていることを考えまいとした――死ぬ前に半分首をもがれるとか、内臓をすっかり抜かれるとか、血を二クォートも失うとか。そうしたことは頭から追い払い、勇ましい雌馬をなだめ、励ますために意味のない音節をぶつぶつとつぶやきながら、ただひたすら馬を走らせた。馬はまだりんご一個か角砂糖一個しかくれないふたりの見知らぬ人間を乗せて忠実に走っていた。

レオは馬の引き綱をくれと言い、それで馬の尻を思いきり叩いた。馬はいなないて勢いよく前に進んだ。レオはそれによって前にいる男たちを蹴散らそうとしている。ブライオニーはなんとか逃げきれるようにと祈りながら、必死で手綱を握っていた。

後ろでレオが体重を移動した。鐙の上に立ったのだ。ふいに上着の右肩が引っ張られる。

レオが体を支えるためにつかんでいるようだ。ブライオニーはすべてを気にしないようにし、道に注意を集中させた。

耳もとで金属がぶつかる音がした。レオのライフルが剣を受けとめたのだ。それからライフルの銃尾が誰かの側頭部を打つ音。打たれた相手が意識を失ったことは倒れる音が聞こえる前にわかった。ライフルが鋭い風切り音を立てて振られる。今度は鎖骨が折れる音がした。

レオに上着をつかまれているため、襟が首をしめつけた。口を大きく開けていたにもかかわらず、息ができなくなり、ブライオニーは必死であえいだ。目の端に見えるのは星だろうか？ ちがう、幻覚に降参するような無益なことをしてはならない。それだけはだめ。そうなったら、自分をけっして赦せないだろう。

レオが上着を放し、ブライオニーは絞首刑をまぬがれてほっとして息を吸った。今やレオは両手で戦っている。体重は思いきり右に傾き――傾きすぎている。馬から落ちてしまいそうなほどに。しかし落ちなかった。力強い脚が体を支えていた。

レオは攻撃をかわし、ライフルで相手を叩いたり突いたりしていた。ああ、男たちはあとどのぐらいいるの？ 襲いかかる声や苦痛のうめき、さまざまな骨が折れたりひび割れたりする音ばかりが聞こえるこのときがいつか終わるのだろうか？

やがてふいに開けた場所に出た。レオは激しい息遣いで鞍に腰を下ろした。

あたりには血のにおいがただよっている。「大丈夫？　けがをしたの？」ブライオニーは心配して呼びかけた。首をめぐらして様子を見ようとしたが、輪郭以外はほとんど見えなかった。

「道に注意を向けるんだ。スピードを落としてはだめだ」

レオはけがをしているのだ。「どこをけがしたの？　ひどいの？」

「いいから馬を走らせろ！」

その声の厳しさがブライオニーを怯えさせた。彼女は川までの残り数ヤードを馬を走らせ、丘を駆け登った。そして、最初は手入れの悪い茂みと思ったもつれた有刺鉄線を避けるために、ぎりぎりのところで馬の向きを変えた。

要塞の門はスワート川にかかるつり橋の影のなかに沈んでいた。近寄っていくと、門はなかから静かに開いた。ぼんやりと明かりに照らされた中庭が見える。ブライオニーは馬をうながして空き地の最後の数ヤードを走らせた。

ようやく安全な場所に着いた。

レオはふたりのセポイが駆け寄って馬から助け下ろしてくれるまで、自分がけがをしていることに気づいていなかった。馬から降りて自分の体を見下ろしてはじめて、血まみれであることを知った。ブライオニーはそれをひと目見てよろめき、身を支えるために鞍をつかんだ。

レオは弱々しくほほ笑んでみせた。「血を見て気を失うなんて言わないでくれよ」

「もちろん言わないわ」ブライオニーは言った。「あなたの血だから気を失うのよ。ばかね、どうして銃を発射しなかったの？」

「撃ち返されたくなかったからさ」彼女を剣から守るほうが銃弾から守るよりもましだったのだ。

「おふたかた」若いイギリス人の中尉が声をかけてきた。「どうなさったんです？」

ブライオニーは振り返って手を差しだした。「ミセス・クウェンティン・マーズデンです。夫がけがをしているんです。すぐにこちらの病院に連れていってください」

「ウェズリー中尉です」相手が女であることへの驚きから立ち直ってから将校は答えた。「ついてきてください。残念ながら軍医はマラカンドの南駐留地へ出かけていて留守ですが。病気の軍医長の代理を務めているんです。うちの病院の助手に御主人の治療ができるといいんですが」

「ご心配なく」レオはウェズリー中尉と握手しながら言った。「浅手ですから。ミセス・マーズデンが処置してくれます」

しかし、要塞の奥にある病院へと歩いたことで、傷が思ったほど浅手ではないことがわかった。差し迫った命の危険が去ったことで、左脇が焼けるように熱くなった。支えてくれるセポイにもたれていても、一歩進むごとに右脚に刺すような痛みが走った。

病院の助手は小柄で無口なシーク教徒で、名前はランジット・シンと言ったが、すでにふたりを待っていてくれた。レオは手術台の上に横になるよう指示された。ガラス瓶やら引きだしやら消毒液のにおいやらで満ちた場所で水を得た魚となったブライオニーは、はさみをくれと頼み、レオの服を切ってはがした。

左側には二カ所傷があった。ひとつは長いが比較的浅い傷で、二の腕全体に走っている。もうひとつは肋骨沿いに切られたもっと深い傷だった。しかしもっとも深手だったのは右の太腿だった。血まみれのウールのズボンをはぎとると、現われたひどい切り傷にブライオニーははっと息を呑んだ。

「あやうく大動脈に達するところだったわ」と彼女は言った。声が震えそうになっている。彼女はランジット・シンのほうを振り返った。「浸潤麻酔をするのにベータ・ユーカイン溶液が要るわ。それから、滅菌ずみの針と糸と手袋も」

そう言ってブライオニーが部屋の隅で手を洗っていると、病院の助手はウェズリー中尉に目を向けた。ウェズリー中尉はレオに目を向けた。「ミセス・マーズデンは医者なんです。

どうすればいいかちゃんとわかっていますから」レオはもどかしそうに言った。

それで説明はついた。ブライオニーがキャップに髪を押しこんでいるあいだ、ランジット・シンはほかに必要だと言われたものを用意しはじめた。

「ベータ・ユーカイン一に水千の割合ですね、奥様《メムサヒブ》？」

「それと塩化ナトリウムを八の割合で。組織の炎症を防ぐためよ」

ブライオニーは手袋をはめ、レオの傷をまずは消毒液で、それから石炭酸で洗った。鋭い痛みにレオは歯を食いしばった。傷の消毒が終わると、ブライオニーはランジット・シンが手渡してくれた注射器を軽く叩き、ベータ・ユーカイン溶液を太腿の傷の下の組織に注射した。

「麻酔はこれだけ？」ブライオニーが縫合針に手を伸ばしたのを見てレオが訊いた。

「これだけよ。浸潤麻酔はすぐに効果が出るの」

彼女の言うとおりだった。針を刺されても、まったく何も感じなかった。ブライオニーが破れた袖でも縫うように開いた傷口を閉じはじめたのをレオは魅入られたように見つめていた。

ポロの道具を持った男がひとり病院に現われた。「バートレット大尉」ウェズリー中尉が言った。「お戻りになられたんですね！　伝言が届いたかどうか不安になりかけていたところでした」

つまり、今の今まで将校たちがまだポロに興じているというのはほんとうだったわけだ。

「伝言を受けとって、すぐに戻ってきた」すっかり息を切らしたバートレット大尉は答えた。

中背でどことなくぽっちゃりした血色のいい男だ。「ギブズ軍医、あなたもお戻りになられていたようでよかった。それから、そちらのかた、パターン族との最初の遭遇を生き延びられたようですな。私は四十五シーク大隊のバートレット大尉です。ミスター――」

「マーズデン」とレオは答えた。「それから、こちらの名医はギブズ軍医ではなく、ミセス・マーズデンです」

大尉は目をみはった。ブライオニーに再度目を向ける。すでに赤い顔がますます真っ赤になった。

「失礼しました、奥様。どうして見まちがったのかわかりません」

「男の服を着て男の仕事をしているからでしょう、きっと、大尉」ブライオニーはそっけなく答えた。

バートレット大尉は忍び笑いをもらした。「たしかに。たしかにそうですな」

「どうやら北西部の辺境を旅するのに最悪のタイミングを選んでしまったようなんです」とレオ。

「それについてもお詫びしなければ」バートレット大尉が言った。「一八九五年からずっと何事もなく平和だったもので、こんな異常事態になるとは、わけがわかりません。そこで、もしよろしければ、集合している部族民たちの兵力がどれほどだと思われるか教えていただけませんかな？」

「数千ですね。少なくとも二千と見てまちがいないでしょう」

ウェズリー中尉は怖気づくように息を吸った。「なんてことだ。この要塞の兵士はたった二百ですよ」

一瞬、誰もがことばを失った。やがてバートレット大尉がウェズリー中尉に向かって言った。「急いで本営に電報を打って知らせるんだ。大軍がこの要塞に向かっていると」

「大尉、私もここにとどまって、私の力でできるかぎりあなたたちを支援させてもらいます」レオが言った。「ただ、妻は警護をつけて南の安全な場所へ送りだしてやりたいんですが」

ブライオニーはレオに目を向けて「いやよ！」と小声で言った。が、レオは彼女を無視した。

「それはお勧めできませんな」バートレット大尉が答えた。「ポロの球技場から戻ってくるときに、パターン族が川の南側に大勢集結しているのを目にしました。幸い私には気づかなかったが、そのときには、私も一巻の終わりだと思いましたよ」

つかのまレオは血を失いすぎたのかと思った。頭が働かなかったからだ。しかしちがう、血を失ったからではない。服についた血はかなりの量に見えるが、じっさい失った血は一パイントほどだ。頭が働かないのは、考えたくないからだ。状況が最悪すぎて、そこから逃れる方法を考えるのは不可能だった。

「私なら心配しませんね、ミスター・マーズデン」バートレット大尉が雄々しく言った。「われわれは武器と陣地において敵よりも優位に立っていますからな。ここの兵士たちはよく訓練されている。おまけにインド政府の支援もある。つきつめれば、大英帝国が後ろについているんですから」

バートレット大尉の言うとおりだろうとレオは思った。今夜、このスワート谷の近くにいないのが一番だったが、こうしてここにいる以上、訓練された兵士と武器と陣地で敵よりも優位なチャクダラの要塞は身を寄せるのに最悪の場所というわけではなかった。レオはうなずいた。「小競り合いに終わるよう祈りましょう」

「傷の縫合が終わったら、ギブズ軍医の宿舎で休息してください」と大尉は言った。「それでご気分がよくなったら、ご夫婦で将校たちと私と夕食をごいっしょしていただきたい――」

「大尉！」ウェズリー中尉が走って戻ってきた。「電報ですが！　線が切断されてしまいました」

「ちくしょう。ああ、すみません、ミセス・マーズデン」バートレット大尉は急いで言った。「緊急事態発生の通知はマラカンドに達したのか、中尉？」

「達しました。それで向こうが返事を発しはじめたところで、線が切れたんです」

「耐えがたい暴挙だな」バートレット大尉は腹を立てた。「パターン族も朝までは戦闘を開始するつもりはないようだから、少なくとも今夜は電報を使わせてくれる礼儀を示してもいいはずだ」

「もしかして、もっと早く攻撃を開始するつもりでは？」とレオ。「ここへ来る途中で出くわした男たちは、夜の警護につくというよりも、戦う気満々でした」

「まさか」バートレット大尉はきっぱりと言った。「パターン族は必ず日の出とともに攻撃してくるんです。このあたりの高地に住む男たちは時代遅れのやりかたにとらわれているんですよ」

大尉が話し終えるか終えないかのときに、要塞のまわりで大勢が怒号をあげた。海賊船が襲ってきたらこういう声がするだろうとレオが想像するような声だった。ふたりの将校はあわてて病院を飛びだした。そのすぐあとにランジット・シンも従った。

病院の助手は少しして戻ってきた。「のろしが上がっています」

「のろし?」レオとブライオニーが声をそろえて言った。

「ディールのカーンに仕える連中が、攻撃があったら丘の自分たちの陣地でのろしを上げると約束したんです」

そしてそののろしが上げられたのだ。

「頭と足を逆にして寝て。脇の傷を縫うから」ブライオニーが真っ青な顔で指示した。

レオはすっかり忘れていた自分の負傷した脚を見下ろした。ブライオニーは傷の縫合を終えただけでなく、包帯も巻き終えていた。それから体の向きを変えるのに手を貸してくれ、局部麻酔の注射を打って縫合にとりかかった。

「ここに松葉杖はあるか?」彼はランジット・シンに訊いた。

「たぶん、倉庫に。見てきます、旦那様《サヒブ》」

「大丈夫か、ブライオニー?」助手が出ていくと、レオは訊いた。

ブライオニーは彼に目を向けなかった。「今ここで謝らせてくれる?」

レオはため息をついた。「だめだ。無事だったんだから」

「攻撃されるのよ」

「攻撃されるのはこの要塞だ。ぼくたちは大丈夫さ」

「あなたは大丈夫じゃない。脚の傷がもう少し深かったら、生死の境をさまよっていたかもしれないわ」

「でも、傷はそこまで深くなかった。それに、きみが処置を終えたら、松葉杖で動きまわれる」

ブライオニーは針と糸を置くと、そっと手を貸して彼の身を起こさせ、脇と腕に包帯を巻いた。「動かないで。まだ終わってないんだから」

そう言ってゴムの手袋を脱ぎ、タオルを濡らした。彼の体にはまだ乾いた血が点となり、筋となってついていた。腕や脇や脚にも染みついていた。ブライオニーはそっと丁寧に血を拭いた。

「いいかい」レオが言った。「きみが悪いんじゃない。用心のためにあそこに残ったほうがいいと思ったのはたしかだが、ぼくにしても、先へ行ったからといってまさか反乱のまっただなかに巻きこまれるとは思ってもみなかった。だから、きみが無理やりぼくをここに引きこんだわけじゃない」

「無理やり引きこんだのよ」

「ぼくらの安全を守るのはぼくの責任だ。ぼくがもっとよく考えるべきだった」

ブライオニーはため息をついた。震えるような長いため息。「あなたの身に何かあったら、この手でキャリスタを殺してやるわ」

「『貴婦人の女医、メスで妹を襲撃』なんて見出しが新聞に載ったら、もっとおもしろいと思うな」

ブライオニーは虚をつかれて笑った。

レオは彼女の頬に手をそえた。「ぼくをまだ信じてくれるかい？」

「ええ」

「だったら、ぼくの身にもきみの身にも何も起こらないというぼくのことばを信じるんだ」

レオはそう言って彼女の額に軽くキスをした。「今度のこともうまくやりすごせるさ」


ギブズ軍医の宿舎は病院と同じく整然としていた。ベッドと衣装ダンスと机と椅子と本がぎっしりつまった本棚がふたつ。平らなバスタブと体を洗うときにすわる風呂用の椅子を置いたバスルームが部屋についている。

数少ないふたりの持ち物はすでに運びこまれ、部屋の隅に置いてあった。レオのライフルもそこにあったが、銃床も銃身も傷だらけで、鋼鉄の顎を持った獣にしゃぶられたかのように見えた。

レオは机の端にもたれた。「ブーツを脱ぐのを手伝ってくれるかい？」

「もちろんよ」ブライオニーはそっとブーツを足から引き抜いた。

「着替えをしなくちゃならない」

たしかに着替えが必要だった。上着もシャツも袖を含めた左側の部分を失い、ズボンには右脚がなかった。ブライオニーは鞍袋をあさって彼が寝巻きにしているクルタ・パジャマをとりだした。

「ちがう、それは寝巻きだ」

「今まさに寝ようとしているわけでしょう?」疑うようにブライオニーは訊いた。「少し何か食べてから」

レオは首を振った。「それほどひどい傷じゃないのに、この要塞の男たちが十倍の人数の敵と戦っているときにベッドにはいるのは良心が許さないよ」

レオが冗談で言っているのでないことがわかってブライオニーはぽかんと口を開けた。

「絶対にだめよ。この部屋を出るのは許さないわ」

「行かなくては。義理の問題だ」

「ここの誰にも義理なんかないじゃない。ただの通りすがりで、けがをしているのよ。この要塞には健康で、訓練を受けていて、お金をもらって戦う男たちがわんさといるわ。その人たちに戦ってもらえばいいのよ。あなたはここで休んで」

「この要塞の将校と兵士たちはぼくらが間一髪の危機に瀕しているときに避難所を提供してくれた。お返しに何かせずにはゆっくり休んでなんかいられないよ」

自分の負けがわかってブライオニーはため息をついた。「ここで待ってて。あなたの服を脱ぐから。それから着替えを手伝うわ」

ブライオニーはバスルームで着替え、自分のブラウスとスカートを身につけた。それから切り刻まれた衣服を慎重に彼から脱がせると、自分が脱いだ服を彼に着せ、ブーツを履《は》かせた。

「縫ったところに注意すると約束して」

「するさ。隅にすわってライフルに弾丸《たま》をつめる役に徹する。今はそれしかできないから」

「それでも気をつけてくれるわね?」

「もちろんだ。長く栄誉に満ちた人生を送るつもりでいるからね。きみはここに残れ。ここへ向けて行進していた男たちのなかには銃器を持っている人間もいた。流れ弾丸《だま》が飛んでくるかもしれない」

ブライオニーは彼に松葉杖とライフルを手渡し、先に立って入口へ行き、彼のためにドアを開けてやった。

レオはドアのところで立ち止まり、彼女のほうを振り向いた。「一昨日《おととい》の晩に言ったことだが、すまなかった。きみがぼくを赦せるはずがないと思うと、自分自身を赦せなかったんだ」

ブライオニーの目の奥を涙が刺した。彼女は爪先立って彼の顎にキスをした。「戻ってきてくれたらそれでいい」

14

要塞には人手が足りなかったため、傷を負ったばかりで松葉杖をついているレオもすぐさま東の城壁の守備につかされた。となりにはもうひとりの民間人、チャクダラの駐在官、リッチモンド氏がいたが、握手や自己紹介をする暇もあらばこそ、最初の銃声が鳴り響いた。レオには戦争で戦った経験はなかった。戦争に一番近かったのは、イートンでやった芝居でヘンリー五世を演じ、聖クリスピンの祭日の演説のかなり刺激的なリサイタルをやったときだった。そんなふうにシェイクスピアをかじったぐらいでは、途方にくれるほど複雑な近代兵器をあつかうには充分な経験とは言えなかった。

城壁にふたつ、橋の上の見張り小屋にふたつ備えられたマシンガンが大きなスタッカートを奏でている。何百丁、おそらくは何千丁というライフルが打楽器さながらに絶えず耳を聾するような音を立てている。城壁の外からは鬨《とき》の声が満ち潮のように湧きあがった。情熱が情熱に油を注ぎ、熱が熱を呼んでいる。そしてそのすべてを凌駕《りょうが》して、スワート谷の反乱の鼓動とばかりに戦争太鼓がドンドンドンと低い音を響かせている。

何分もしないうちに、あたりに濃い火薬のにおいがただよいだした。インド軍が使っている弾薬は煙の出ない火薬のものだが、駐屯地を包囲している反乱軍の火薬はもっと古いタイプのものだった。パターン族が西の城壁、北東の角、馬場の囲いと攻撃の対象を移すのに合わせ、将校たちは城壁の端から端へと飛びまわり、セポイの配置を指示してまわっていた。

恐怖を感じる暇などなかった。レオは丸い穴の開いた城壁にもたれてすわり、眼鏡をかけたリッチモンド氏のためにライフルに弾丸をつめてやっていた。リッチモンド氏は「くそっ、やつらの顔が見える」と何度もくり返しつぶやいていた。

戦闘が一時休止すると、コーヒーが城壁に運ばれた。リッチモンド氏とレオはひとつのカップを分け合った。

「連中はこっちが油断しているところを狙ったにちがいない」チャクダラの駐在官は言った。「まさかほんとうに反乱が起こるとは思わなかった。起こっても小競り合いぐらいで終わると思っていた」

「そう考えていたのはあなただけじゃない」

「まあ、少なくともそれほど長くはつづかないでしょうね。朝にはスワートの人間たちも倒された仲間の姿を目にして戦うに値しないと思うはずだ」

「そう思いますか？」半信半疑でレオは訊いた。

「スワートの人々はそれほど戦闘的ではないとの評判です。パターン族のほかの連中に見くだされるほどにね。おまけに川の上流と下流の部族同士が絶えずいさかいを起こしている。組織が砂袋ほども統制がとれているとは言えない」

レオは自分とブライオニーを待ち伏せしてとらえようと物音を立てずにひそんでいた男たちのことを思い出した。あれは多少は統制がとれていると言えないだろうか。おまけにパターン族のほかの連中がスワートの人々を見くだしているとしても、イムランの話がほんとうならば、彼らはスワートの人々に加担するためにバジャウルほども遠いところから集団でやってきているのだ。

レオはそうした考えは口に出さずにおいた。単なる旅行者である以上、リッチモンド氏の意見に異論を唱えたところで納得させられないだろうと思ったからだ。スワートの人々とほかのパターン族とが一致団結しているかどうかはすぐにわかるだろう。

それはその夜が明けるころにははっきりすることとなった。

「槍騎兵が二十人、百八十人のライフル銃隊、将校が三人、軍医の助手、私、それに平民の従者たち」この駐屯地には正確に何人の人間がいるのかというレオの質問にリッチモンド氏は答えて言った。駐在官は壁にもたれていた。飲んだ一クォートのコーヒーのおかげでかろうじて居眠りせずにいるといった感じだ。「それでそう、われわれは犠牲者をほとんど出さずにひと晩を乗り切った」

太陽が昇り、夜の帳が静かに消えつつあった。レオは、平和なときだったら、まだ紫の筋のはいった空のもと、スワート川の広く速い流れに太陽が橙《だいだい》色と赤銅色に映って揺れる光景をたのしんだことだろうと少し残念に思った。

レオがリッチモンド氏に答える前に、城壁のまわりで息を呑む音がした。セポイたちが要塞の北側を指さしている。

要塞のある丘を見下ろすようにそびえる山々で、何百という色とりどりの旗が朝の風にはためいていた。何千どころか、何万という男たちが、肩を並べて立っている。その集団は見えるかぎり東西に連なっていて、着ている白いチュニックが早暁《そうぎょう》の光を受けて新雪のように輝いていた。

「なんてことだ」旗を見てリッチモンド氏が言った。「スワートじゅうの男がここに集結しているのか。おまけにバジャウルの部族もいる。ブネルワルやウトマン・ヘルも」

驚愕と動揺の声があがるなか、銃弾が雨あられと要塞に浴びせられた。丘の上に城壁を築いて造った頑丈で壮麗な要塞も、それだけを見ると難攻不落に見えるが、北側にそびえる険しい山の前では小さく見えた。今、その山に大勢の狙撃手がひそみ、応戦する駐留軍を狙っているのだ。

将校はセポイのグループを作り、狙撃手に対する守りを固めるため、砂袋と石を運ばせて城壁の上に積ませた。リッチモンド氏もそれを手伝いに行った。レオは混乱をきわめる光景をじっと見つめていた。

自分はブライオニーを守れなかった。彼女を無事に送り届けるつもりだったのに、過去数十年で最悪の反乱による戦闘のまっただなかに連れてきてしまった。彼女がそれを望んだということは関係ない。彼女の意思を曲げさせてしかるべきだったのに、そうしなかったのだから。

今や彼女は命の危険にさらされている。この要塞が敵の手に落ちたら、ふたりがたまたま悪いときに悪い場所に居合わせた旅人だとしても関係ない。要塞のほかの人たちと運命をともにすることになるだろう。

レオは自分の心が産みだした情景から無意識に目をそらした。が、その情景は断片として残った。地面にてのひらを上に向けて置かれた手。大理石のように青白い頬。血まみれのシャツ。

レオは息ができなくなった。はじめてブライオニーを失うということがどういうことかわかった気がした。

そして自分はそれに耐えられるほど強くない。

ブライオニーは絶えず銃声がするなか、心配のあまりひと晩じゅう目がさえているだろうと思っていた。が、銃創やその他の外傷についてギブズ軍医が経験からまとめた手引書を開いたまま、彼の机に頭を乗せて眠りに落ち、サーカスの大砲の夢や、割れた膝の皿をワイヤーでつないでいる夢を見た。

騒々しい戦いの音が逆に子守唄の役割をはたした。銃声がまばらになると目がさめかけ、戦いが激しさを増すと、眠りが深くなったのだ。銃声や人の怒号や城壁の上を走りまわる足音のすべてが、同じ騒音に聞こえた。

ブライオニーは夜明け前に目を覚ました。要塞は静けさに満ちていると言ってもいいぐらいだった。鎧戸を一インチ開けてみると、厨房《ちゅうぼう》で働く者たちがお茶のはいった大きなポットや食べ物のはいったバスケットを持って城壁へと走っていくのが見えた。レオも少なくとも食事はできそうだ。

ブライオニーは歯を磨き、髪を結い、自分が食べるものが何かないかとレオの鞍袋をあさった。いくつかの乾燥アプリコットがあり、食べるとすばらしく甘かった。

ドアをノックする音がした。ブライオニーは急いでドアを開けに行った。しかしそれはレオではなく、病院の助手のランジット・シンだった。「奥様《メムサヒブ》、けが人がおりまして。銃で撃たれ――」

「ミスター・マーズデンじゃないわね？」

「ちがいます、メムサヒブ。厨房の助手です。治療してもらえますか？」

ブライオニーはためらった。戦場の傷の処置に関しては非常にかぎられた経験しかなかったからだ。唯一銃創の手当てをしたのは、最近ソーンウッド・メナーを訪ねた際に村の医者が休暇で留守だったときで、それは狩りにおける事故だった。

「ええ、もちろんよ」

「ありがとうございます、メムサヒブ。外を歩く際にはうんと気をつけてください。パターン族たちは山の上から要塞の内部に向けて銃を撃ってきています」

ランジット・シンのことばを裏づけるかのように、彼の背後の十五フィートも離れていない場所に二発の銃弾があたった。ふたりは飛び上がった。ブライオニーは唾を呑みこんだ。要塞の内部にこれほど簡単に銃が撃ちこまれるとは思ってもみなかったのだ。

ふたりは病院へ走った。厨房の助手は肩を撃たれていた。ブライオニーは全身麻酔をして銃創から弾丸をとりだした。病院の助手は洗濯係を見つけてきて、ふたりで厨房の助手を担架に乗せ、となりの病棟へと――傷兵病棟ではなく療養病棟へと――運んだ。

ブライオニーは手を念入りに洗った。それから、病院の助手が手術台を洗剤をつけて洗っているあいだ、ゴム手袋や使った手術道具を消毒し、麻酔溶液を作った。

厨房の別の助手が銃弾が降り注ぐなか、勇敢にも朝食を届けてくれた。ブライオニーはありがたく受けとった。しかし、ふた口も食べないうちに病院のドアが開き、びしょ濡れのソワールがふたり現われた。ひとりは太腿からかなり出血している。

ブライオニーは止血を行ない、弾丸をとりだし、兵士を傷兵病棟に送りだして朝食に戻った。が、また病院のドアが開き、将校がひとり現われた。ソワールたち同様、腰から下の軍服はびしょ濡れだった。

「あなたが医者ですか?」

「臨時の医者です。どうされました?」

「第十一ベンガル槍騎連隊のノース大尉です。今治療していただいたデベシ・センの指揮官です。部下のけがの状態をうかがいたい」

けがをしたソワールはしばらくは戦闘不可能だが、傷が感染症を引き起こさなければ――消毒は徹底的に行なった――治癒まで長くかからないだろうとブライオニーは請け合った。

ノース大尉は握手を求めた。「ありがとうございます」

大尉が病院を立ち去りかけたところで、ブライオニーは好奇心を抑えきれずに訊いた。

「大尉、よろしければ教えてください。どうしてあなたもあなたの部下もみなびしょ濡れなんです？」

「スワート川を渡らなければならなかったので」

「スワート川を渡る？　どうしてです？」

「ここへ来るためです。われわれはマラカンドから馬で来ました」

「ああ、よかった！」ブライオニーは喜びに踊り上がりそうになった。騎兵隊が到着したのだ。チャクダラの要塞はこうして話をしているあいだにも救われるにちがいない。「たぶん、援軍の先発隊でいらっしゃるんでしょう？」

大尉は険しい顔で首を振った。「残念ながら、援軍はわれわれだけです。四十人のソワールと私ともうひとりの将校と。マラカンドの駐屯地は昨晩ほぼ壊滅に近い状態になり、パターン族が倉庫のひとつから弾薬をあらかた持ち去りました。それでも、チャクダラへの援軍として多少は兵士を送るべきだと今朝決断がくだされたわけです。ひどい包囲戦になっているのではないかと思いましてね。おろかな決断だったかもしれません。マラカンドと川のあいだの山々は私が見たこともないほど大勢の男たちであふれかえっていましたから。ここまでようやくの思いでたどりついたわけです」

ブライオニーの心は沈んだ。「では、マラカンドからこれ以上の援軍は望めないんですの?」

「マラカンド自体がノウシェラからの援軍で救いだされるまでは無理でしょうね。おまけにノウシェラもおそらく今は空っぽです。トチ谷に懲罰隊として送りだされた大隊がまだ戻っていませんから」

「そうですか」ブライオニーは弱々しく言った。

「申し訳ない。もう少し希望の持てることを言うべきでした。こういう状況についてご婦人と話をすることに慣れていないもので」

「まったくかまいませんわ、大尉」ブライオニーは言った。「女もわけがわからない状態に置かれるよりも、真実を知るほうがいいものですから」

そうではないかもしれないが。

援軍がそこまで来ているとなれば、自分の愚かな過ちがじっさいにはさほどの害をおよぼさないと思っていられた。しかし、マラカンド自体が包囲されていて、援軍が来ないとなると――

ケンブリッジで皺くちゃの老教授になって、演台に昇るのもやっとになったら、インドの辺境のことを思い返すだろうな――ここへぼくを導いた奇妙な成り行きのことを。それから、ここがぼくの若き日の放浪生活が終わりを告げた場所だと思い出すんだ。

彼がケンブリッジで皺くちゃの老教授になることはないのだ。インドの辺境を出ることはないのだから。そして若き日の放浪生活は——若さそのものも——要塞が陥落したらここで終わるのだ。

それもみなわたしが考えなしだったから。彼から逃れたい一心で自分たちの身の安全をかえりみなかったから。愚かなあまり、平和で安全な場所で一週間心痛に苦しめられるほうがじっさいに死ぬよりもいやだと思ったから。

悪いのはすべてわたし。

彼らはインド平原の平和からとてつもなく遠いところにいたが、地理的にはさほど標高が高いわけではなく、城壁の男たちは終日炎暑にさいなまれていた。パターン族の攻撃はつづいていた。人も無限にいれば、勇気も無限にあるようで、城壁のふもとでドミノのように仲間が倒されても、さらに戦う決意を固めるだけのようだった。戦いが小休止する時間は、山にひそむ狙撃手に対する守りを固めるため、城壁を高くする作業にあてられた。

その晩九時にバートレット大尉がレオを見つけた。「ミセス・マーズデンから伝言をあずかっています。あなたが城壁から降り、包帯を換えて数時間休憩をとらないならば、兵士たちの弾丸をとり除くことを拒否するとのことです」

レオは首を振った。「女というのは悪知恵が働くものだ」

「私も奥様に賛成です。医者がいなくなるのは困るので、奥様がおっしゃったとおりにしてくださったほうがいい」

しかし、病院へ行く前にレオは部屋へ戻って体を洗うことにした。垢《あか》だらけで悪臭を放つ体のまま彼女のところへ行きたくなかったのだ。けがをしていないほうの腕でレオはギブズ軍医の石鹸を惜しみなく使い、必要以上の水を使って石鹸を流した。熱と恐怖に汗まみれになって一日を過ごしたあとで、冷たい水を体にかけるのが気持ちよかったからだ。

バスルームを出ると、そこでブライオニーが待っていた。ふたりはしばらく立ったまま互いをじっと見つめた。ブライオニーは青ざめ、震えていた。敵意に満ちたパターン族にはじめて遭遇したときと同じように。そのときとちがうのは今は彼自身も今後のことに恐怖を感じて同じように震えていることだった。

「ブライオニー」レオは小声で呼んだ。

「包帯を濡らしてしまったわね」ブライオニーは言った。「換えようと思っていたところでよかったわ」

ブライオニーは手を洗い、彼を机にもたれさせ、包帯をほどいた。片膝をつくと、彼が腰に巻いていたタオルを押しのけ、脚の傷を洗浄した。レオは消毒液のしみる冷たさにはっと息を呑んだ。

レオは疲れきっていた。四十時間以上も眠っていなかったからだ。局部麻酔が切れてからは、縫合した箇所が狂犬に嚙まれたかのように痛んでいた。コーヒーばかり大量に飲んであまり食べていなかったせいで、頭もずきずきと痛んだ。しかし、目の前に膝をついたブライオニーの指が太腿の上のほうをかすめ、彼女のやわらかな息がいたぶるように肌にかかると、すべての痛みは薄れ、彼女を強烈に意識しての鈍い痛みにとってかわった。

ひと筋の白髪のある彼女の髪はなめらかにカールし、まとまっていた。かわいい耳たぶがあらわになっている。シャツの襟には暑さのせいでひどい皺が寄っていた。

ブライオニーは立ち上がり、彼の脇の傷の処置にとりかかった。傷をよく見ようと首を片側に傾けている。ランプの明かりがすらりとした首筋を美しく照らしだした。顎まできっちりとシャツのボタンをはめているため、見えている部分は少なかったが。レオは人道主義的な理由からだけでも、ボタンをもう一、二個はずしてやりたかった。跳ねた弾丸が飛びこんでくるのを防ぐために鎧戸が閉まっており、四方の壁が日中たくわえた熱を放出していたせいで、部屋は息苦しいほどだった。

「ここへ来てから多少でも眠ったの？」

「みな同じだから、無理をさせられてる気はしないさ。きみはどうなんだ？　昨日の晩は眠れたのか？」

突然戦争太鼓が鳴り響き、壁が揺れた。少し前までばらばらと散漫だった銃声がどしゃ降りの轟音に変わった。要塞に攻撃をしかけるパターン族の怒号が湧いた。つねに一致団結した獰猛《どうもう》な雄たけびだ。

ブライオニーは動きを止め、しばらく耳を澄ました。それから歯を食いしばってまた処置をつづけた。終えると、あわただしく汚れた包帯を集めはじめた。そのときになってはじめて、レオは彼女の手が震えているのに気がついた。ほとんどわからないぐらいだが、震えているのはたしかだった。

レオはその手をとった。彼女の恐怖が短剣のように胸に突き刺さる。「ブライオニー」

「眠って」彼女は彼を見ようとせずに言った。「あなたは眠らなければ」

レオは彼女を引き寄せた。「ブライオニー、よく聞いてくれ。まだ希望がついえたわけじゃない。この要塞には蓄えも火薬も豊富にある。兵士たちは敵よりも統制がとれていて銃器のあつかいもうまい。援軍が来るまで持ちこたえるさ」

そのことばは自分の耳にすら説得力のないものに聞こえた。

嘘ではなかったが、今の状況を最大限楽観的に説明することばでしかないのはたしかだった。今朝目にした見渡すかぎりのパターン族の大軍のことや、疲れの見えだした駐留軍の兵士のことや、何よりも攻撃の先頭に立つ敵兵たちの顔に現われている恍惚とした決意の表情については語らなかった。スワートとその周辺の人々はイギリス人に去ってもらいたいと思い、そのためには命を賭《と》してもかまわないと思っているのだ。

ブライオニーのまつげが上がり、モスグリーンの目が狂気じみた光を帯びた。「わたしを安心させたいなら、とても簡単よ。謝らせて。ひれ伏して髪をかきむしるのを許して。屈辱的でみじめに反省させて。お願い、今すぐそうさせて。遅すぎることにならないうちに」

「わかったよ」レオは言った。「好きにしなよ」

ブライオニーはためらって彼を見つめた。「好きにする？」

「ああ、好きにするといい」

「ごめんなさい」ブライオニーは言った。「わたしはひどく子供っぽくて無責任だった。赦して」

レオは彼女の耳に軽くキスをした。「赦すよ」

それ以上美しいことばはこの世に存在しない。ブライオニーは彼の顔を両手ではさみ、頬や顎や唇にキスの雨を降らせた。しまいに口に口を押しつけると、やさしくキスをした。彼の口は食事のあとに口臭をなくすためにインド人たちが噛む炒《い》ったフェンネル・シードの香りがした。ブライオニーは今世紀最高のヴィンテージのワインを味わう専門家のように、ゆっくりと彼をたのしんだ。その日最初の酒を求めて震える酔っ払いのように、彼を味わいつくしたかった。

ブライオニーの両手が彼の腕へと降りた。男の肌は水浴びのあとでひんやりしており、肌ざわりはなめらかだった。全身は固く引きしまっており、男らしく強靭《きょうじん》でほっそりしていた。においもすばらしく、ギブズ軍医のペアーズ石鹸の香りがした。

ブライオニーは身を引き離した。「ベッドにはいるのを手伝わせて。ほんの数時間しか寝る暇はないけど」

そう言ってレオの腰に手をまわして松葉杖の役割を務め、部屋の奥まで行ってベッドの端に彼が腰を下ろすのを手伝った。しかし身を起こそうとすると、彼にシャツの前をつかまれた。ブライオニーはぴたりと身動きをやめた。外では戦闘が激しさを増していたが、部屋のなかでは自分の切れ切れの息と心臓の激しい鼓動の音しか聞こえなかった。

レオは彼女の顎の先、鼻の先、目の端とキスをした。それから耳たぶの端を噛んだ。ブライオニーは身震いした。

レオはシャツをつかんでいた手を放した。「もっとほしいかい?」

ブライオニーはうなずいた。

レオはベッドに身を戻し、壁に背をあずけた。「だったら、おいで」

「縫った傷は？」

「傷に障《さわ》るようなことはしないさ」

ブライオニーは背中を壁にあずけて彼のとなりにすわった。レオは笑ってけがをしていないほうの腕を腰にまわし、彼女を引っ張った。ブライオニーは自分の体重がまずいところにかかって傷に障ることを恐れ、声をあげた。が、どうにか彼の上におおいかぶさるようにして両脇に膝をついた。

ブライオニーの口がまたレオの口をふさぎ、かなり大胆でみだらに思えるキスをした。しかしレオは気にしていないようだった。喉の奥から聞こえる小さな音は、悦びと興奮の声だった。彼の手が彼女の腕をすべり、太腿の外側をなぞった。スカートを引き上げ、膝の下にたくしこまれていたペティコートを持ち上げる。その下に彼女は肌着をつけていた。レオはゆっくりと手を脚のあいだの割れ目へと昇らせた。

ブライオニーは声をあげた。彼の手はそこを撫でた。無邪気に軽く触れていたのが、ときおりかぎりなくみだらな愛撫となった。悦びはモンスーンの雨のように熱く激しく訪れた。

ブライオニーは彼にしがみつき、彼と溶け合いたかったが、てのひらをざらついた壁に押しつけ、何かつかまるものを探すのが精一杯だった。何か。悦びに体がぴんと張りつめる。ぐいと引っ張られるような、こつこつと叩かれるような感覚。上半身がまっすぐ伸びるほどの張りつめた感じに、太腿がぶるぶると震えだした。そのあいだずっとレオはキスをやめなかった。彼女がそれなしでは生きられない空気や水や火であるかのように。ヒマラヤに降る初雪ほども舌に甘いとでもいうように。何年もキスしたいと思って待ちつづけた永遠とも思える日々をとり戻そうとするかのように。ブライオニーがクライマックスを迎え、あえいでいるときもキスをやめなかった。その激しさに彼女が声をあげているときも、彼の名前をかなわない望みへの祈りのように何度も呼んでいるときも。

「わたしにも同じことをやらせてくれる?」ブライオニーはまだ息を切らしながら言った。

レオは身震いした。「そうだな、どちらかがしなきゃならないだろうな」

ブライオニーは彼にまたがっている状態から横に並ぼうと体を動かした。左腕を彼の首にまわし、肩にキスをする。つつくようなキスがいたぶるような湿ったキスに変わった。それから、口を開けて肌や肉を味わうようなキスに。

レオは睾丸を揺さぶられるような熱にうなり声をあげた。

「たぶん、うんと気をつけてやさしくやらなきゃいけないのよね?」そう言ってブライオニーは彼が腰に巻いたタオルを右手の指ではがした。

「そうじゃなく、うんと荒々しくあつかってくれるといいな。明朝《みんちょう》の花瓶じゃないんだから」

「まあ」ブライオニーは小声で言った。「どうしたらいいか教えてくれる?」

レオは彼女の手をとって彼を握らせた。「できるだけ強くつかんでくれ」

「ほんとうに?」

「自分でもいつもそうしている」

ブライオニーは小さな声をあげた。それから、軽くうなるほどに力をこめて熱くなめらかな万力《まんりき》のように手で彼をつかんだ。その力は強かった。レオの興奮は激しく、軽く触れられるだけで達しそうな状態になった。

レオは彼女の手をいやらしく動かさせた。「そう、そうだ。ただ——そうやっていてくれ」

ブライオニーは言われたとおりに手を動かした。レオの鼓動は激しく打ちはじめた。呼吸が速まり、それが自分の耳にも狂乱の叫びに聞こえるほどだった。レオは彼女のスカートをつかんだ。

やがてブライオニーがまた身を動かし、彼にキスをした。その口は温かく、舌は飢えていた。レオは自制心を失った。雪崩《なだれ》のような激しさでキスを返す。安静にと彼女にくり返し言われたにもかかわらず、ベッドから腰を浮かせる。そしてキスをしながら解放と感謝の支離滅裂なことばをささやき、熱く永遠につづくかのように達した。

15

ブライオニーは彼から身を起こし、傷の具合を調べると、言いつけに従わなかったことを厳しくなじった。レオは自分がそこまでばかではなく、けがをしていないほうの脚をてこに使ったのだと言い訳したかったが、ようやく疲労感が襲ってきたせいで、彼女の小言が甘く耳に響くなか、眠りに落ちた。

三時間後、病院の助手がけがをしたソワールの治療を手伝ってほしいとブライオニーを呼びにきて、レオは目を覚ました。十五分後には城壁に戻り、それから三十六時間はそこを離れなかった。一度ブライオニーに送られて病院の助手が彼を呼びに来たが、ランジット・シンはその場の状況——有刺鉄線の囲いの内側に敵がはいりこみ、城壁にはしごをかけている状況——をひと目見て、誰であれ戦闘から呼び戻す場合ではないと判断した。

ようやく持ち場を離れたレオは病院に立ち寄ったが、ブライオニーは手術の最中で、眉根を寄せ、青白い顔をしながら驚くほど生き生きとドイツ語で悪態をついていた。そこでレオは足を引きずって部屋へと戻り、ベッドに倒れこんで即座に眠りに落ちた。

　夢のなかでブライオニーがそばにいて、そっとズボンを下ろして太腿の傷の具合をたしかめ、責めるように舌打ちしていた。彼女の指はひんやりとしていてたしかだった。その感触がたまらなく気持ちよかった。

　彼女の指は太腿の傷を離れ、太腿の内側にもぐりこんだ。レオは即座に興奮した。手で握ってくれ。天にも昇るような解放を味わわせてくれ。ずっときみがほしくてたまらなかった。

　その手が離れた。彼の希望がしぼんだ。が、次にもっとすばらしいことが起こった。彼女が包帯のすぐ上にキスをしたのだ。長く湿ったキス。レオは欲望のあまりの大きさにうめいた。口と舌を使って彼女は少しずつ愛撫をつづけた。悦びと責め苦にレオは息絶えそうになった。

　やがて彼女は当然達するべき、しかし衝撃的な到達点に達した。彼を口にふくんだのだ。レオは即座に我慢の限界に達した。彼女の口が、その唇と舌が彼に触れているのだ。耐えがたいほどすばらしく、焼けつくような感触。

　レオは身震いしてもだえた。ぎりぎりのところでかろうじてこらえながら。彼女に警告を発しようとした。いけない、そうされると——遅すぎた。自制心がまったく働かなくなり、熱く痙攣《けいれん》しながら放出することになった。その悦びは驚くほどで、その目もくらむほどの激しさには恐怖を感じるぐらいだった。ああ、なんてことだ、彼女はすべてを呑みこんでくれた。

事終えてレオはその名残りに身を震わせ、あえいでいた。これほどすばらしい夢を見るのは久しぶりだった。じっさいには彼女に口で悦ばせてくれなどと頼もうと思ったこともなかった。ましてや――

レオは目を開けた。ドアのすきまからもれてくる光の感じから言って、まだ昼日なかだと思われた。しかし鎧戸は閉まったままだ。日中も狙撃手が絶えず銃弾を撃ちこんできていたからだ。薄暗い部屋をケロシン・ランプの明かりが照らしている。

ランプをつけた覚えはなかった。

首をめぐらすと、ブライオニーが彼の脚のあいだに膝をつき、かすかに息を切らしていた。見られているのに気づくと、即座に顔をうつむけ、彼のズボンを引き上げた。

夢ではなかったのだ。一瞬レオは信じられない思いに呆然とした。

「すまない。夢を見ているんだと思って。知らなかったんだ――知っていたら――」

「ばかなことを言わないで」ブライオニーは小声で言った。「どこかには出さなくちゃならないものだし。何が起こるかわたしが知らなかったわけじゃないのよ」

それからブライオニーはレオを驚かせることをした。自分のことばに笑ったのだ。「ひどい言いかたよね？　わたしは病院の様子を見に行ったほうがいいわ。あなたはまた眠って」

その晩ブライオニーは興奮に息を切らして目を覚ました。あたりは漆黒の闇に包まれている。ベッドのとなりにはレオがいて、彼の手がリラでも弾くように脚のあいだで動いていた。

「もう少し上に来てくれ」レオが言った。

彼は仰向けに横たわっており、ブライオニーは横向きになっていた。彼女はベッドの頭のほうへ身をくねらせて動いた。まちがっても彼の右の太腿にはぶつからないように気をつけながら。

「もっと近くに来てくれ」

ブライオニーは言われたとおりにした。次の瞬間には、レオの口に胸の先をとらえられ、じっくりと温かく、やさしく吸われていた。欲望がさざなみのように体に広がる。胸の先への愛撫に女がどれほど激しく反応するか、彼にはわかっているのだ。胸の先に息を吹きかけただけでも、先端が固くなり、さわってほしくてうずくようになる。そっとなめられると声がもれ、もっとなめてとあえぐことになる。爆発しそうになっているときにちょうどいい力加減で引っ張られると、すぐさまクライマックスに達することになる。

唇が離れ、ブライオニーは抗議の声をあげた。レオは彼女の胸に手をあてた。「我慢、我慢」とつぶやきながら。

もう一方の手はまだ彼女をそっと、眠気を誘うほどの調子でいたぶっていた。もっとほしい。もっと激しく、もっと刺激的に、もっと――

レオの手が胸の先をつまんだ。はじめて経験するほどの激しく刺激的な悦びが体を揺さぶる。突然ブライオニーは背をそらし、体の内側を震わせながら達した。

レオが額にキスをした。「またお眠りと言いたいところだけど、きみがちゃんと起きていたのかも疑わしいな」

「起きていたわ」とブライオニーは抗議するように言い、次の瞬間には眠りに落ちていた。


再度目覚めたときにもまだ夜だった。

ブライオニーはじっと天井を見つめ、深い眠りから引き起こされたのは何のせいだろうと考えた。しばらくして、それが静寂であることがわかった。まるで泥棒のように物音ひとつ立てない夜。彼女は身を起こした。みんなどこへ行ったの？　戦争は終わったの？

マッチがすられ、炎が上がった。テーブルの端に腰をかけ、けがをしていないほうの脚を椅子の上に載せていたレオがランプをつけたのだ。彼はマッチを捨てると、食べかけのイチジクをテーブルから拾い上げた。着ている服はどうしようもなく皺くちゃで髪はぼさぼさだ。

四日分のひげが生えた顔は毛むくじゃらだった。憔悴《しょうすい》しきって見えて当然だったが、どこか快活なところがあり、潑剌《はつらつ》としていると言ってもいいぐらいで、戦争で鍛えられ、より男らしくなったように見えた。

眠っているときに自分がどんな格好にさせられたか――シャツの前が開き、コルセットがゆるみ、肌着の上のボタンがはずれ、スカートとペティコートがウエストまでまくりあげられていたのを――を思い出し、ブライオニーは急いで毛布に手を伸ばした。が、そこで、自分がきちんと服を着ているのに気がついた。スカートはくるぶしまで降り、胸もきちんと服のなかにおさまっている。

「医者の服を脱がせたままでいて、誰かが生き延びる可能性を減らす危険は冒したくなかったからね」レオがにんまりしながら言った。「きみが胸をあらわにしてこの部屋を飛びだしていったせいで、兵士たちが眼福のあまり命を落とすというのも困る」

ブライオニーは咳払いした。「ありがとう。とてもやさしいのね」

「でも、ぼくはきみが見たいな」レオはやさしく言った。「そして幸せすぎて死にそうになるんだ」

ブライオニーは下唇を嚙み、厳粛な顔を作った。「わたしがあなたに腹を立てているあいだはだめよ」

レオは赤くなった。突然みるみるうちに赤くなったレオの顔をブライオニーはじっと見つめた。彼が赤くなるのを見たのははじめてだった。

「すまない。夢を見ていて、その――」彼は口ごもった。

ブライオニーも赤くなった。「そのことで怒ってるんじゃないわ」

「え?」

ブライオニーは頬の熱さが喉や胸まで広がる気がした。ふたたび口を開くまでにしばらく間ができた。「あなたはすわったままほかの人のライフルに弾丸をつめるだけにするって約束したわ。でも、傷兵病棟の様子を見に来たバートレット大尉は、あなたがどんなにすばらしい射撃の名手か語りつくせないぐらいだった」

レオは気をゆるめ、彼女にイチジクを放った。「それはいわれなき中傷だな。まわりがどれほどの修羅場《しゅらば》になっていても、ぼくは穏やかにそこに巻きこまれずにいたとお知らせするよ」

「バートレット大尉はこうも言っていたわ。マシンガンの照準器のひとつがうまく作動しなくなって、一級射手がけがをすると、セポイたちが照準器を修理するあいだ、あなたが援護射撃をしていたって」

「ほんのつかのまのことさ。兵士たちみんながパニックにおちいっていたせいだ」

「つかのまって一日半もつづくの?」

「そのあいだずっと、傷については死ぬほど気を遣っていたと言ったら赦してくれるかい?」

「あなたの包帯は血だらけだったわ」

「そう?」彼は本気でびっくりしたようだった。「知らなかった」

「傷はほとんど開いていなかったけど、洗浄して消毒するのに少し時間がかかった」

「それも知らなかった」レオは恥ずかしがるように言った。「ただ、きみが来て、傷を診て、それで……」

ふたりはまた真っ赤になった。ブライオニーは昔からそうした性行為をクリフ・ダイビングのようなものだとみなしていた。命にかかわるものではなく、ほんのひと握りの人にとっては興奮を覚えるものかもしれないが、じっさい何がいいのだろう? それでも、その日の午後、彼の前にひざまずいたときには、彼がちょうど同じようにして与えてくれた熱い悦びを思い出していた。いつかぼくにも同じことをしてくれ。あの晩彼はそう耳もとでささやいた。今こそ恩を返すときだと決心したのだった。ふたりに明日はないかもしれないのだから。

もしかしたら、クリフ・ダイビングを見直したほうがいいかもしれない。なぜなら、それと同様だとみなしていた行為を自分でも思ってもみなかったほどたのしんだのだから。最後に少しばかり大変な思いをしたことさえも。

ブライオニーは咳払いをした。「〈タイムズ〉に手紙を書くわ」話をがらりと変える。「最後に手術した人は味方の銃弾にあたってしまった人だった。散弾だったわ。それがもうひどかった——全部のかけらをとり除くのに四時間もかかったもの。ランジット・シンによれば、こういうダムダム弾は相手のダメージを最大限にするためにそういう作りになっているそうよ。たしかに銃弾は殺す目的のものだけど、死をもたらさないときにここまでひどく相手を傷つける銃弾を使うのはジュネーヴ会議の精神に反するはずよ」

レオはため息をついた。「こういうことすべてが狂ってるのさ。わが国はここの前線基地を維持するのに莫大な金額を費やしてきた。いつかロシア軍がパミール高原を越えて攻めてくるかもしれないと恐れているからだ。でも、空からパミール高原を撮った写真を見たんだが、ロシア軍がパミール高原を越えてインドへ侵攻すれば、ロシア遠征でナポレオンがペテルブルグに達したとき以上に最悪の事態となる。まずもってアフガニスタンで兵の半分を失う可能性もあるしね」

ブライオニーはレオからもらったイチジクをひと口食べた。「空からパミール高原を撮った写真があるとは知らなかったわ」

「ぼくがギルギットにいた理由を覚えてないかい？　気球による探索さ。それはナンガ・パルバットの調査のためじゃなく、パミール高原の空撮とロシア軍がとる可能性のある進路を調べるのが目的だったんだ」

ブライオニーは目をみはった。「スパイ目的だったの?」

「パミール高原はどちらの領土でもないから、正確にはスパイ行為とは言えない。しかしぼくがギルギットにやってきたのが国に奉仕するためであるのはたしかだ。だから、この反乱に関してはきみほど無関係の第三者とは言えない」

ばつが悪い思いで話すのは今度はブライオニーの番だった。「それなのにわたしはあなたがわたしを追いかけまわしていたと思っていたのね」

「それはほんとうさ」レオはイチジクを食べ終え、ハンカチで手を拭った。「いつも国の任務を負っていたのはたしかだが、ドイツやアメリカに行くかわりにスウェーデンやイタリアに行ってもよかったんだ。ぼくはきみの近くにいられるほうを選んだ」

ブライオニーは自分の膝を見下ろした。婚姻を無効にしたことでレオが打ちのめされたと考えるのはいまだにむずかしかった。自分がドイツに発つ前には、彼はホテルで派手な社交をくり広げていた。そのせいで、妻を排除できて幸せなのだと思ってしまったのだ。

しかし、あの顕微鏡があり、彼のあのまなざしがあった。希望と絶望が入り混じり、沸き立つような感情を見せていたまなざし。ふたりはなんと愚かな子供だったことだろう。互いにあれほどの心の痛みを与え、その傷を生々しく抱きつづけてきた。

ブライオニーは立ち上がって彼のそばへ行き、そっと腕を彼の体にまわした。

レオは彼女の頭のてっぺんにキスをした。「もっと時間があればいいんだが」

しかし、全力戦のさなかにあって、それ以上の時間はなかった。レオは要塞に着いてから六日になろうというのに、睡眠は全部で十二時間ほどしかとれていなかった。ブライオニーには、自分が生まれてこのかたずっとこの要塞で過ごしてきたかのように思われた。この包囲戦における必死の抗戦以外には何も知らないかのように。

ドアをノックする音がした。「ミスター・マーズデン、リッチモンドだ。われわれは二分以内に城壁に戻ることになっている」

「すぐに行きます」とレオが応じた。

「行かなければならないの？」ブライオニーが文句を言った。「戦闘の音が聞こえないわ」

「それでも敵に囲まれているのはたしかだ。だから行かなくちゃならない。今持ち場についているセポイたちが休めるようにね。きみが目を覚ましたときには、出かけようとしていたところだったんだ」

「ここにいてくれたらいいのに」ブライオニーは小声で言い、彼の襟もとにキスをした。

「あなたを腕から送りだすのがとんでもなく辛い」

ブライオニーは自分の顔に涙が流れるのを感じ、驚くと同時に、驚くにはあたらないと思った。レオは涙にキスをした。「ぼくがどこにいようと関係ない。ぼくはきみのものだ」

半日の小休止のあとで、戦場は地獄絵図となった。以前は二、三千の敵の攻撃を受けていたのが、今はゆうに一万人以上のパターン族に囲まれていて、敵はみな死に物狂いで要塞に攻撃をしかけてきているとランジット・シンが動揺した声でブライオニーに告げた。

銃弾は邪悪な神が投げてよこす天与の糧《かて》のように要塞に降り注いだ。犠牲者はうなぎ昇りに増えた。要塞内で暮らす民間人ひとりとふたりのセポイが戦闘ではなく、要塞のなかを移動中に流れ弾《だま》丸で命を落とした。

しばしブライオニーは絶望的な恐怖に襲われた。死ぬ心がまえはできていなかった。レオを失う心の準備も。ランジット・シンや、バートレット大尉や、けがをした兵士たちや、勇敢にもマラカンドから駆けつけた騎兵たちや、この駐屯地で死を免れないであろうすべての人たちについても同様だった。

それから数時間が過ぎたが、駐留軍側はまだ持ちこたえていた。恐怖は少しやわらぎ、強い不安に変わった。ブライオニーはけがの治療をつづけていた。運ばれてくるけが人は不幸にも大勢いたのだ。レオが走り書きのメモを送ってきた。〝Bへ。けがの状態は悪くない。

包帯も換えた。見たところ感染症は起こしていない。ちゃんと食事をしてできるかぎり睡眠をとること。それから、外を歩くときにはうんと注意してくれ。L〃

ブライオニーは二日間ほとんど食事や睡眠をとっていなかったが、ようやく部屋に帰れたときには、用心に用心を重ねることを怠らなかった。ランジット・シンがどこかから予備の鎧戸を見つけてきてくれ、部屋までつきそってくれた。ふたりで鎧戸を持って盾にし、危険な場所は走って通った。

レオが戻ってきて彼女のとなりに横たわることもあった。ブライオニーは疲弊しきっていてお帰りのかわりに鼻を鳴らすことさえできなかった。しかし顔に笑みを浮かべて眠りに落ちることが可能ならば、そうしていたにちがいない。自分が勇敢に死ねるかどうかはまだわからなかったが、今この瞬間、少なくとも妙に心穏やかでことばでは言えないほど幸せであるのはたしかだった。

二時間後、ブライオニーが用を足すためにベッドから出ると、レオも目を覚ました。

「やあ」目を閉じたままレオが言った。聞こえるか聞こえないかの声だ。

「おはよう」ベッドの端に腰を戻して彼女は言った。「ちょうどいいから、傷を見せて」

レオは言われたとおりに体を動かして協力した。腕の傷はほぼ完全に治っていた。脇の傷もうまく治りつつあった。太腿の傷もそれなりに回復しつつあった。戦闘に加わることなく治療できれば、傷痕はもっときれいになくなったことだろうが。

「何が悲しいかわかるかい？」レオが小声で言った。

「なあに？」彼の皮肉っぽい口調に苦笑しながらブライオニーは訊いた。

「この世とはもうすぐおさらばなのに、起きているあいだはこれまで見たこともない男たちを殺して過ごさなければならなくて、きみと愛を交わす時間が少ないってことさ」

「そう考えただけで涙がこぼれるわ」

レオは目を開け、手の甲を彼女の頬にあてた。そのまなざしのやさしさだけでも、じっさい涙がこぼれそうだった。「ブライオニー」

彼女は彼の心臓の上に手を置いた。「ランジット・シンが言うほど外はひどい状況なの？」

「もっとひどいさ」

ブライオニーはため息をついた。「どうしてかわからないけど、ケンブリッジに行ったことがないのが悔やまれてならないの。きれいなところだって聞いてるけど」

「そうさ。きみも気に入るよ」

「訪ねる機会があると思う？　桜の木のある川辺のあなたの家にも？」

「もちろんさ。きっと行けるよ、ブライオニー。いつかきみは王立医学学校に入学を許可される最初のご婦人になるんだ」レオは心底そう思っているという口調で言った。

「当然よ」さらに泣きそうになりながらブライオニーは言った。

「ぼくのかばんに手紙が二通はいっている。一通は兄たちあてで、もう一通は名づけ親あてだ。ぼくの身に何かあったら、それらの手紙をあて先に届けてほしい」

「シッ、不吉なことを言わないで」

「不吉なことを言ってるわけじゃないさ。そう、ぼくはケンブリッジで一九六〇年まで講義を行なうつもりでいるからね。そのころにはすごい年寄りで、学生たちに若いころにニュートンに会ったことがあるかと訊かれるわけだ。ただ、銃弾の飛び交う戦場で、となりにいたセポイがその場で命を失うような場所では、不測の事態に備えておかないといけない」

「だめよ――」

「いいかい、ブライオニー。手紙にはぼくたちがまた結婚したと書いてある」

「でも、それはほんとうじゃないわ」

「ああ。でもきみが生きてスワート谷を出られ、ぼくが――もし子供ができていたらどうする?」

「わたしが妊娠する可能性が低いことはおわかりでしょう」

「ああ、知ってるさ。でも、きみの月のものが不規則なせいで、何カ月も妊娠がわからない可能性もある。きみが世間から後ろ指さされるようなことになってはならない」レオは彼女の手を唇に持っていった。「心配要らないよ、サー・ロバートと兄たちが後ろ盾になれば、新しい結婚の誓約書の写しを見せろなどと言いだす人間はいないさ」

ブライオニーの涙は結局こぼれた。わたしのためにレオがすべてを考えていてくれた。

「愛してる」彼女は声をつまらせながら言った。運が悪ければ、これが永遠の別れになるかもしれない。

「言ったとおりにしてくれるね？　ぼくのために」

ブライオニーはうなずいた。レオは目を閉じた。彼女は彼の手にキスの雨を降らせた。彼がまた眠りに落ちたようなので立ち上がり、その場を離れようとした。

「忘れるところだった。もうひとつ言っておかなきゃならないことがある」レオは小声で言った。

ブライオニーは腰をベッドに戻した。「なあに？」

「ぼくたちの婚姻の無効の申し立てが認められた日の前日、きみのお父さんがぼくに会いにケンブリッジへ来た」

「そうなの？」ブライオニーの知らないことだった。

「ぼくの部屋でふたりきりになるやいなや、お父さんが猛烈なパンチをくれた。ぼくは床に倒れこんで、星を見たよ」

「まさか、そんなはずはないわ」父は学者だ。ペンを持ち上げる以上に激しいことをするわけがない。

「ほんとうさ。それで、立ち上がる暇もなくもう一発なぐられた。口から血が出て頬も切れた。お父さんは『娘をちゃんとあつかってくれるときみを信頼したんだぞ、この野郎』と言った」

「わたしの父が？」

レオはため息をついた。「そうさ、きみのお父さんさ。だからぼくは大声できみのことは王女様あつかいしていたと言ってやった。正気の女だったら、きみのような行動をとったりしないとね。娘にこれほど疎《うと》まれているのに、いったい全体どうして娘の肩を持つようなことをするのかとも言ってやった」

ブライオニーはレオの手を自分の頬にあてた。ショックを受けてはいたが、妙に心浮き立つ思いもあった。「それで、父はなんて？」

「娘が自分を嫌う理由はおおいにあると言っていた。だから、きみがぼくを嫌う理由もおおいにあるはずだと。そう言ってぼくをもう一発なぐって帰っていったよ」

ブライオニーはまた抑えきれずに涙をこぼした。「そんなこと、父からは一度も聞いたことないわ」

「もちろん言わないだろうさ」レオはてのひらで彼女の涙を拭った。「再会したら、あまりお父さんのことを悪く思わないでほしい」

「やってみるわ」

レオはほほ笑んだ。「よかった。さあ、患者の世話に行ってぼくを眠らせてくれ」

16

包囲戦ははじまったときと同じくすばやく終わった。騎兵隊が川の南側にあるアマンダラ峠を越えてやってきたのだ。バートレット大尉が遠隔地から動員されて来ることになっていると言っていた援軍がようやく到着した。城壁から大きな満腔《まんこう》の歓声があがった。

騎兵隊の到着を見て――マラカンドの同胞がすでに敗北したこともわかっていて――これほど長いあいだ勇猛果敢に戦っていたパターン族も戦意を失った。騎兵隊の前に散り散りになり、山へ逃げこむ者もいれば、武器を捨てる者もいた。

城壁の男たちは将校のひとりが救援隊を出迎えに行くあいだ、持ち場を離れずにいた。敵が撤退したり捕虜となったりしているのをまのあたりにしても、セポイたちは自由に動こうとはしなかった。城壁の上に山と積まれた丸太や砂袋や岩や土嚢が、山の上から狙撃手に狙われる危険があることを絶えず思い出させたからだ。

しかしようやく、自分たちがしなければならないことを成し遂げたのだということがわかってきた。悪い場所にあった駐留軍要塞で、七日間昼夜にわたり、数に大きくまさる敵を相手に防戦しつづけたのだということが。山にひそんでいた狙撃手さえも逃げた。谷には馬やソワールやセポイや装備がひしめき合い、不思議とさらなる銃声は聞こえなかった。

レオは気がつくと、ひどく日焼けして眼鏡の左側のレンズを失ったリッチモンド氏と抱き合っていた。名前も知らないのに肩を並べて戦ったセポイたちと握手もした。彼らの技術と勇気に自分とブライオニーの命をかけたのだった。それから松葉杖なしに城壁沿いにゆっくりと歩き、これまで狙撃手の標的になることを恐れて身を伏せ、城壁に開いた穴やすきま越しに、ほんのかぎられた部分しか見えなかった戦場全体を見まわした。

大昔、スワート谷の中心地であるこの地では仏教国が栄えていた。中国人僧の法顕が五世紀にこの国を旅し、森林や庭園を称賛した。今は広い谷の斜面には森林も庭園もない。あるのは岩と草だけだ。しかし谷そのものは上流から下流まで見渡すかぎり緑におおわれている。川の両岸には稲田がところ狭しと作られ、土手沿いにはピンクと白の野生のベゴニアが咲き誇っている。

戦争の痕跡がなかったら、美しい光景だったことだろう。あまりの多さに仲間たちにも片づけられなかった敵の死体が地面に山と積まれている。降伏した敵兵は気落ちしてがっくりとうなだれ、しゃがみこんでいる。暑いなかに放置された死体のせいで、すでにあたりには悪臭がただよいはじめていた。レオは祈りを捧げる人間ではなかったが、頭を下げ、この戦争で——きわめて無意味な戦争で——命を落としたすべての人間のために祈った。

遠くで銃器が動くのが見えた。何十という銃がラクダに引かれている。新たに到着した将校たちがこの地を調べ、損害の程度をはかっているのだ。その部下のセポイたちが降伏した敵兵に指示して墓穴を掘らせ、死体を埋める作業にあたっている。この地の帝国支配はすぐには終わらないだろう。この駐留軍要塞も修繕され、さらに強固なものになる。将校たちは計画を立て、アッパー・スワート谷とバジャウルには報復のための軍隊が送られる。

しかし自分の役目は終わった。

自分は生き延びた。そしてこれからは穏やかで豊かなケンブリッジでの学究生活を送るのだ。いつかブライオニーに桜の木のある川辺の家を見せることにもなるだろう。

「ミスター・マーズデン！」

目を下に向けると、リッチモンド氏だった。「将軍があなたとお話ししたいそうだ。ディールの状況について教えてもらえることがあるかどうか知りたいと言っている」

レオはため息をついた。この戦争における自分の役目はすっかり終わったとは言えないようだ。

ブライオニーの最後の患者は誰あろう、バートレット大尉その人だった。要塞の外にある民間の病院をとり戻そうと突撃隊を指揮し、腹を撃たれたのだ。バートレット大尉の手術にあたりながら、ブライオニーは別の将校が手術室にはいってきて手術の様子を見守っているのにぼんやりと気づいていたが、振り返ってそちらに目を向けることは考えなかった。

手術が終わり、バートレット大尉が傷兵病棟へ移されてはじめて、ブライオニーは手術室に誰かがはいってきたことを思い出した。

「ギブズ軍医です」その人物は自己紹介をした。

ブライオニーにとって戦争が終わったのはその瞬間だった。彼女はふだん初対面の人と挨拶するときよりも多少熱意をこめてその軍医と握手し、負傷した兵士と駐屯地内の民間人のカルテやサインした死亡証明書を受け渡した。

にこりともしない軍医は傷兵病棟を見てまわった。しまいに、おごそかにこう言った。

「ありがとう、ミセス・マーズデン。あなたの奉仕に対し、勲章受章者に推薦するよう将校たちに頼んでおきましょう」

「ありがとうございます。でも、どうぞお気遣いなく」ブライオニーはまじめな口調で答えた。「そんなことをすれば、勲章をもらう基準が低くなってしまいますわ。わたしは医者として当然のことをしたまでです」

ふたりはまた握手を交わした。そしてブライオニーはお役ごめんとなった。八月の暑い陽射しのなかへ歩みでると、たんぽぽの種になったように気分が軽くなった。外をぶらぶらと歩きまわるのは永遠とも思える一週間ぶりだった。

しかし、要塞のなかは混み合っていた。門からは物資が運びこまれ、厨房係たちがみんなにお茶と軽食を配るために忙しく走りまわっている。ブライオニーはインド人、イギリス人問わず、大勢の男たちから好奇の目を向けられた。そこで外にできるだけ長くいようという計画を捨て、部屋へと引きとった。

部屋にはレオがいて、外套を着ようとしていた。ブライオニーは急いで歩み寄り、手を貸そうとした。「腕に気をつけて！」

「腕は大丈夫さ。こんなこともできる。見ててごらん」そう言ってレオは彼女を荒々しく抱きしめた。ブライオニーの胸はつぶれ、肺に残った息が全部押しだされた。それでもブライオニーはもっと強く抱きしめてほしいと思った。

しかし、しばらくしてレオは彼女を放した。「将軍に会いに行かなくちゃならない——らしい。ディールのことを知りたいそうだ。頼んできたのがほかの人間だったら、きみからぼくを引き離すなどとんでもないと言いたいところだが、彼と彼の軍隊がぼくらを救ってくれたわけだからね。訊きたいことがあるなら、さっさとすませてくれと頼むつもりだ」

「だったら、行って。早く帰ってきてね」

レオはまた彼女を抱きしめ、顔にキスの雨を降らせた。「少し休むんだ。この騒ぎのなかじゃ無理かもしれないが。今日じゅうにここを出られるかどうか調べてくるよ」

ブライオニーは眠ろうとしたが、眠るなど問題外だった。大声が聞こえるたびに、不安が全身を貫いたからだ。騒がしい要塞のなかで自分の声が聞こえるようにと男たちが声を張りあげるため、そうした声はたびたび聞こえた。二度ほどブライオニーはドアのところへ行ったが、ノブに手をかけたところで、戦争は終わり、もう自分の治療を必要とする傷兵はいないのだと思い出した。

そこで、眠るかわりに荷造りをすることにした。レオが今日ここを出る手段を確保できなかったとしても、ギブズ軍医が自分の部屋を返してほしいと思うのはたしかだろう。荷造りするものはほとんどなかった——背負えるだけの着替えぐらいしか持ちこんでいなかったからだ。ブライオニーはベッドの下でストッキングをひとつ見つけ、机の上にレオの名が刻まれたペンがあるのを見つけた。

そのペンを彼の鞍袋に入れたところで、はじめて鞍袋の片側が切られていることに気づいた。一瞬、必死に馬を走らせていたときの恐怖がよみがえり、彼女は身震いした。恐怖が去ると、ペンをほかのペンがしまってある中袋に入れた。

鞍袋のなかには手帳が数冊はいっているだけで、ほとんど何もはいっていなかった。手帳のひとつも半分が切り裂かれていた。ブライオニーは切られた手帳を手にとって開いた。手帳からちぎられた紙が何枚か落ちた。

このあいだレオが話していた手紙だろう。最初の手紙は名づけ親にあてたものだった。

親愛なるサー・ロバート

ぼくが再婚したことをお知らせするためにこの手紙を書いています。どうか、この異常な状況を看過いただき、ミセス・マーズデン、つまりブライオニー・アスキスを愛情と敬意をもって認め、お守りいただきたくお願いいたします。

ぼくの人生はあなたのおかげではかりしれぬほど豊かなものでした。このように早いお別れを告げなければならぬこと、残念に思います。ぼくはすばらしい思い出だけを携えて旅立ちます。

あなたの友人であり、名づけ子であるレオより

兄たちにあてた手紙も似たような内容だったが、それに加えて数多くの姪や甥たちへの別れのことばと追伸が付け加えられていた。

追伸——ぼくの遺書を読んで驚かないでください。婚姻が無効になってからも、遺書は書き変えておりません。

追々伸——ウィルとマシュウへ。仲直りに時間がかかったこと、再度謝ります。ぼくがひたすら父さんの味方をしたのは、父さんへの愛情ゆえです。そのことを非難しないでいてくれたこと、どれほどありがたかったか、ことばでは言いつくせません。

紙はもう一枚あった。ブライオニーはためらった。最初のふたつの手紙については前に聞かされていたため、読んでもレオも気にしないだろうと思われた。しかし三番目の手紙については何も聞いていなかった。読まずにしまおうとしたところで、それが自分あてであることに気がついた。

愛するブライオニー

時間があれば、きみには言いたいことがたくさんあるが、今はこれだけを言っておこう。

ここ数日はぼくの人生でも最良の日々だった。きみのおかげで。

きみが無事であり、この手紙を読めるほど元気であることを心から願う。きみと分かち合いたかった幸せをきみが得られんことを。そしてぼくのことはきみを幸せにできなかった夫としてではなく、最後の最後まできみを幸せにしようと努めていた夫として覚えていてくれるよう願ってやまない。

永遠にきみのものであるレオより

開けておいた鎧戸の外からレオの声が聞こえてきた。〝ミセス・マーズデンに。できるだけすぐに。ありがとう〟

ブライオニーは急いで手紙を袋に戻して立ち上がると、目から涙を拭った。

「将軍との面談はもう終わったの？」ドアからはいってきたレオに訊いた。

「いや、まだ会ってないんだ。ただ、キャリスタから電報が届いていたんでね」

「キャリスタから？　ここへ？」

「すぐに読んだほうがいいと思うな」

彼の表情を見てブライオニーの心は沈んだ。彼から電報を受けとる。

親愛なるブライオニーとレオ

ご無事を祈っています。あなたたちのどちらかにでも何か起こっていたら、わたしは自分を絶対に赦せません。父が危篤《きとく》うんぬんということは嘘だったからです。でも、それが嘘じゃなくなりました。昨晩父がひどい発作を起こしたのです。医者によれば、いつまた発作が起こるかしれず、そうなったらもう命はないそうです。この電報を無事受けとったなら、急いでください。そして、無事でいることをできるだけ早く教えてください。

キャリスタ

「あなたに何かあったら、素手で彼女を殺してやるつもりだったってもう言ったかしら？いずれにしてもそれは実行するつもりだけど」ブライオニーは歯噛みしながら言った。

「だめだ。彼女のためにきみがしばり首になるのを見すごすわけにはいかないよ。彼女は当然病院送りにすべきだから、そうできるかやってみるさ」レオは怒って首を振りながら言った。「だまされていたとはね。ロンドンの友人に電報を打ってきみのお父さんの健康について訊いたときには、たしかに家にこもっておられるという返事だった」

「それで、確認はしたのね。あなたがうんとだまされやすい人間になったのかと思いはじめていたところよ」

「キャリスタの言うことなど、ひとことも信じないさ。少なくともきみに関することについてはね。きみがドイツにいたときには、きみが自分の鬱病を治療するためにひどいコカイン中毒になり、一日に少なくとも三度は自分で麻薬を注射しているなんて話をしていた」

「なんですって？」

「きみがアメリカにいたときには、同僚の女医の夫と不倫の恋に落ちて悲嘆にくれるあまり、自殺をはかったと言っていた」

「狂ってる！」

「ぼくたちのよりを戻させようと躍起だったのさ。それはたしかだ」

「それで、今度は彼女のことばを信じる？」

「電報はエルギン卿の事務所から送られている。つまり、チャーリーがかかわっているはずだ。チャーリーがかかわっているとすれば、キャリスタがジェレミーかウィルのところへ行ったにちがいない。今回は信じたほうがいいと思うね」

疲れと興奮にショックが加わったことでブライオニーは耐えられなくなりそうだった。電報を手に持ったまま椅子に腰を下ろし、それを再度読もうとした。が、文字が泳いで見えるだけだった。

ブライオニーは目を上げてレオを見た。「すぐに出発したほうがよさそうね」

「そうだな。ノウシェラへの道は混雑していて、二輪の辻馬車用の馬も働かされすぎて疲弊している。今の状況だと到着まで二十時間はかかるそうだ。きみには護衛をつけてくれると言っていた。旅の準備を手伝おうか？」

「準備はできてるわ」ブライオニーはゆっくりと言った。「あなたが戻ってくる前に荷造りをすませておいたの」

レオは彼女を椅子から立たせ、きつく抱きしめた。「行かせたくない」

ブライオニーはけがを気にしながらもできるだけきつく彼を抱きしめた。「勇敢なことなど何もしないと約束して」

「この上ない臆病者になるさ。それで、ここを出られたらすぐにロンドンへ行く。つまり、ぼくがイギリスにたどり着く前にきみがサンフランシスコやクライストチャーチに行ってしまわなければの話だが」

ブライオニーは彼にキスをした。「いいえ、行かないわ。あなたの言ったとおりね。もう逃げまわるのはやめるころあいよ」

17

ロンドンへ戻ってくると、見るからにすすけた空気や汚れのこびりついた家々や貧しさや人の多さにいつもショックを受けた。しかしそれはすぐに薄れる類いのショックだった。列車が駅に到着するころには、ブライオニーはこんな密集した汚い場所でどうやって人々が暮らしているのだろうと不思議に思うのをやめていた。馬車が父親の家の前に着くころには、道に充満する馬の糞のにおいも気にならなくなっていた。

父の顔を見て、ほんとうに死にかけているのがわかったことのほうがずっと辛かった。紙のように真っ白な肌、薄くなった眉とまつげ、色のないゆるんだ唇――二度目の発作のせいで麻痺した側がとくにゆるんでいる。二度目の発作を起こしたのは、ブライオニーが到着するほんの数時間前のことだった。ブライオニーは父の主治医と話をした。ジェオフリー・アスキスが回復する見こみはなかった。一度目の発作から一週間以上もつまいとも思われていたが、まだ彼は生きていた。

看護は非常に手厚く行なわれていた。長年病弱な息子たちの世話をしてきたブライオニーの継母は、ふたりの有能な看護師を雇い、うまく指揮をとっていた。父自身も部屋も汚れひとつなく清潔に保たれ、病人用の便器が使われていることすらわからないほどだった。

「お茶は？」とキャリスタが訊いた。

ブライオニーは首を振った。

二十五歳のキャリスタは子供のころから変わらぬいたずらっ子の顔をしていた。大きな目、高い頰骨、わずかに上向きの鼻。列車の駅のホームで待っていた彼女は、麦藁帽子の緑のリボンを風と蒸気になびかせた、ほっそりとした姿の輝くような若い女だった。ブライオニーの胸はうずいた。死んだ彼女の母親に不思議なほど似ている。まるでブライオニーが用心深く隠している記憶の保管庫から、トディが歩みでてきたかのようだった。

ふたりは馬車で家へ向かう途中、あまりことばを発しなかった。親しい姉妹ではなかった。昔からそうだった。かつて大きな邸宅で暮らす、たったふたりの子供だったにもかかわらず。

ブライオニーが心を砕いたことはあった。トディの死後、愛情のすべてをトディの赤ん坊に注いだのだ。赤ん坊と自分が沈む船から同じ救命ボートに乗り合わせた者同士——身の安全を求め、新しい人生に手を携えて歩みゆく姉妹であり、親友同士——に思えたのだ。

しかし、ブライオニーが人間同士の触れ合いを求めているのに対し、キャリスタはそれをいやがった。キスされるのも、撫でられるのも、かわいがられるのも望まなかった。歌を歌ってほしいとも思わなかった。ブライオニーが本を読んでやろうとすると、指を耳に突っこんで、テーブルクロスをかけたテーブルやベッドの下に隠れた。

ブライオニーはキャリスタに話をさせることもできなかった。トディとあれほどたのしんだゲームや余興もキャリスタの関心を惹くことはできなかった。ブライオニーがやってくるのを見ただけで、キャリスタがまわれ右をして反対の方角へ逃げてしまうこともよくあった。

しまいにブライオニーもキャリスタのことは放っておくほうがいいのだと悟った。そして、救命ボートには自分以外誰も乗り合わせておらず、子供時代のはてしない海をひとりで漕ぎ渡っていくしかないのだという事実を受け入れるようになった。ようやく対岸にたどり着いたとしても、自分はやはりひとりなのだということも。

五歳のキャリスタが新しいアスキス夫人や新しい家庭教師のミス・ラウンドツリーを即座に受け入れ、殻から抜けでて明るいいたずら好きの社交的な女の子になったときにも、さほど心の痛みは感じなかった。

「またすぐに出ていくつもり？」とキャリスタが訊いた。

「まだ何も決めてないわ」ブライオニーは父のベッドから離れながら答えた。

「それで、レオは、彼も戻ってくるの？」

「ええ、ケンブリッジにおちつくつもりよ」

レオにさよならのキスをしてから、ほぼ一カ月が過ぎていた。離れている期間はすでにインドでともに過ごした時間より長くなり、日に日により長く感じられるようになっていた。レオからはなんの知らせもなかった。無事なのだろうと推測はできた。何かあれば、知らせが来るだろうから。しかしそれでもやきもきする気持ちはなくならなかった。

それは彼の身の安全を心配してというだけではなかった。

レオはわたしとの未来を望んでいなかった。わたしに人を愛することができるかどうか疑っていたのだ。熾烈《しれつ》な戦いのさなか、命の危険にさらされていたからといって何も変わらない。死というものは、ほかの何よりも生を単純化してくれるものだが、これから何十年という月日をともに生きると考えたときに、過去の傷を癒してくれた激しい情熱も、日々の単調さと平凡さ、過去にふたりを遠ざけたすべての要因に対し、結局は力と強さを失ってしまうのではないだろうか?

ブライオニーは厚手のカーテンの裾を持ち上げ、下の明るい通りを見下ろした。インドでは雨が降るときには大粒のはっきりした雨だった。イギリスの雨がどれほどぼんやりしたみじめなものか忘れてしまっていた。一日じゅう霧雨と小糠雨《こぬかあめ》がつづくのに、じっさいの降水量はバケツの底をおおうにも足りない。

また、イギリスがどれほど寒いかも忘れていた。八月の末だというのに暖炉に火が入れられ、それでも床板から湿った寒気が這い上がってくる。

「ブライオニー」キャリスタが呼びかけてきた。

ブライオニーはゆっくりと振り返った。

「ごめんなさい」とキャリスタ。「何もかも申し訳なかったわ」

ときおりブライオニーは悪夢に悩まされた。暗闇のなかで抜かれる剣や無数の傷から血を流すレオの夢。はっと息を吞んで目を覚ますと、その後何時間もふたたび眠りにつくことはできなかった。ふたりがどれほど近い存在になったのかわかって心が震えたからだ。

ときには向こう見ずな作り話をしたキャリスタにひどく腹が立つこともあった。レオがパターン族の剣に倒れるか、城壁でとなりに居合わせた不運なセポイのように撃たれて命を落としていたかもしれないのだ。

ほかの誰かに責めを負わせることはいつも簡単だ。

ブライオニーはベッドの反対側へまわり、壁にもたれたキャリスタの手をとった。妹に触れるのは何年かぶり――おそらくは何十年かぶり――だった。

「いいのよ」とブライオニーは言った。

ありふれた許容のことば。スズメとか蛾《が》とか言うのと何も変わらない。それでも、そのことばが唇から出たときには、丸く輝く宝石のように感じられた。心も前より満ちていて広々としている気がした。

ブライオニーは父のそばに戻り、ベッドのそばに置かれた椅子に腰を下ろした。ランプはひとつしかついていなかったが、薄い赤銅色のその光がジェオフリー・アスキスの顔の皺やたるみのひとつひとつを照らしだしていた。父はいつこんなに老いてしまったのだろう？

「お姉様、変わったわね」とキャリスタが言った。

ブライオニーは顔を上げた。

「わたしが幼いころは、あなたのそばにいるのが辛かった」キャリスタはつづけた。「すべての感情があまりに激しくて。怒るときは短剣のようだったし、不幸せは毒のようだった。愛情でさえ鋭い角と暗い路地ばかりって感じだった。それから、仕事にとりつかれたようになって、夢遊病者のように人生を過ごしているように思えた時期もあった。アヘンをやりすぎた人が何も感じなくなるのと同じようにね。でも、レオと婚約したときには、あなたの幸せの大きさは怖いほどだった。りんごを積みすぎた荷車みたいで、道にほんの小さなでこぼこがあっただけですべてがひっくり返ってしまいそうに見えた」

ブライオニーはキャリスタのことばに笑いだしそうになった。たしかに希望を積みすぎた心はりんごを積みすぎた荷車と同じだった。どちらも簡単にひっくり返ってしまう。

キャリスタはほほ笑んだ。「何が言いたいかっていうと、昔のあなたはすぐにも壊れてしまいそうだったってこと。でも今はそんなにもろくなくなった」

ブライオニーは両手をベッドの端に置いた。フランス製のシーツは上等で真っ白い雲のようにやわらかかった。ある意味レオは正しかった。わたしが簡単に壊れてしまう人間だったのは、トディほど思慮深く、愛情に満ちた完璧な人間でない人をどうやって愛していいかわからなかったからだ。しかし今はそれがわかりつつある。

「そうだといいわね」と彼女は言った。


キャリスタは十一時に寝室に引きとった。ブライオニーは父のそばにとどまった。十五分後、廊下で足音がした。キャリスタが戻ってきたのかと思ったが、現われたのは継母だった。アスキス夫人は五十代半ばで、七十歳になっても変わらないだろうと思われる優美な顔立ちをしていた。彼女は夫の額に触れ、上掛けを少し直した。ブライオニーとアスキス夫人は互いのことをまるで知らなかった。アスキス夫人がジェオフリー・アスキスと結婚して二十四年がたっていたのだが。

ブライオニーやキャリスタとともに暮らすようになったときには、息子たちの長年の病のせいで疲弊しきっており、彼女自身あまり良好な健康状態ではなかった。ブライオニーの愛情を得ようと努力することもあまりなかった。アスキス夫人が雇った最悪の家庭教師がまだ記憶に新しかったブライオニーは、アスキス夫人のことをためらうことなく無視した。

そうした距離は一度できると、それを変えるのは不可能という空気を作った。誰の好みでもない家具が、とり除くほどには誰の気にも障らないため、何年も同じ場所にありつづけるのと同じだった。

アスキス夫人は身を起こした。ほっそりした手をベッドの支柱にかけ、死にかけた夫を見下ろす。ブライオニーが覚えているよりも老けた様子だった。

「大丈夫ですか？」とブライオニーは訊いた。

「そのうち大丈夫になるわ」とアスキス夫人は答えた。目を上げ、その目をブライオニーに向ける。「今後あなたとそれほど会うこともなくなるかもしれないから――もしあなたのお父様がこのまま――将来あなたとどのぐらい会えるものかわからないから、今話しておいたほうがいいと思うの。あなたのお父様がプロポーズしてくださったときに、彼の子供たちの母親を必要としていたことはよくわかっていたつもりよ。その役目を立派にはたすつもりでいた。でも、それからポールとアンガスが病気になって――」

アスキス夫人はため息をついた。「何が言いたいかというと、当時はあなたにもあなたの妹にもよくしてあげられなかった。とくにあなたにはね。息子たちが病気になって苦しんでいたからとしか弁明できないわ。あなたとキャリスタは子供が望み得るすべてに恵まれているように思えたの。健康でたくましかった。そうした考えがまちがっていると気づいたときには、もう何年も時が過ぎていた――わたしは一度もそばにいてあげられなかった。ごめんなさい」

「一度にすべての場所にいるわけにはいかなかったわ。ポールとアンガスがあなたを必要としていたときに彼らのそばにいたことで、ご自分を責めてはいけません」

「そうね、でも、あなたとキャリスタにもわたしは必要だった」

ブライオニーはぐったりと横たわる父を見下ろした。「わたしたちには父親がいたわ。あなたがそばにいられなかったときには、父がもう少しどうにかできたはずです」

「そう、そのはずよね。そうすべきだった」アスキス夫人も同意した。「でも、そうしたまちがいを指摘してあげようとわたしが思わなかったのも事実だわ。自分自身ができていなかったことを指摘されなくてよかったと思っていたからよ」

しばしの間。「でも、別のときには、お父様がまちがっていると指摘したこともあるの。あなたを医学学校に行かせるかどうかで彼と議論になったときよ。わたしは断固として反対だった。だって――こんなことを言って悪いけど――あなたのこと、強情でやけに反抗的だと思っていたから。彼がそのことをまともに考えてあげていることにも驚いたほどよ。そんなことをすれば、ちゃんとした結婚をする機会もなくなって、アスキスの名前に瑕《きず》がつくとまで思っていたわ。お父様はずいぶんと悩んでいた。でも結局は、あなたが医学校に進むことを禁じる道徳的な権限は自分にはないと言った。これまであなたに与えてきたものがあまりに少ないから、自分の道を自分で選ぶ自由ぐらいは与えなくてはならないって」

　アスキス夫人は身をかがめ、夫の額にキスをした。ブライオニーにも同じようにした。

「そのこと、あなたも知っておくべきだと思って」そう言ってアスキス夫人はドレスの裾を引きずり、クローヴのにおいを残して静かに部屋を出ていった。


　ブライオニーは誰かに手を握られている夢を見ているのだと思った。が、ベッドから顔を上げ、見慣れない部屋のなかのものに目をしばたたかせていると、また手が握られた。

「お父様！」

　ジェオフリー・アスキスの様子に変わりはなかった。目はしっかりと閉じられたままで、口はブライオニーのいるほうとは反対側がひどくゆるんでいる。ブライオニーは上掛けを払いのけて彼の手をじっと見つめた。

「聞こえる、お父様？　ブライオニーよ」

　今度ははっきりとわかった。父の指が手をつかむ。

なぜかブライオニーの目に涙があふれた。「戻ってきたの。インドから戻ってきたのよ」

手がまた握られたので、ブライオニーは話しつづけた。「かなりの冒険旅行だったわ。ミスター・マーズデンがわたしを見つけるのに千マイルも旅してくれたの。それで、わたしはお父様に会いに家に戻ってきたのよ。そう、あのミスター・マーズデン。お父様の義理の息子だった。もっと早く着くはずだったんだけど、ミスター・マーズデンがマラリアにやられて、それからインドの辺境地帯で起こった本物の戦争に巻きこまれたの。でも、ふたりとも無事で、わたしはこうして帰ってきたわ」

ブライオニーは父の手を持ち上げてきつく握りしめた。「ミスター・マーズデンはずっとお父様の味方だった。わたしのためにお父様にひどくなぐられたのにね。それとも、お父様にひどくなぐられたからこそ味方だったのかしら。お父様の本が好きだそうよ。それで、お父様がわたしを愛しているって言うの」

父が彼女の手をきつく握った。それまででいちばんきつく。ブライオニーは指と指をからませ、父の手の甲を自分の頬にあてた。

「たしか」——突然声がつまった。「たしか、わたしを医学学校へ行かせてくれたことで感謝したことはなかったわね。トディと結婚してくれたことに関しても。彼女はすばらしい人だった」

ブライオニーはもう一方の手で父のひげの生えた顎に触れた。「わたしが六歳だったときの夏を覚えてる？　トディとわたしの散歩に何度かお父様もごいっしょされたことがあったわ。あるときいっしょに村に行ったときには、お父様がトフィーをひと箱買ってくださった。別のときには、いっしょに野生のいちごを摘んで、家で生クリームをかけて食べたわ」

父はまた娘の手を握ったが、前よりも握りかたは弱くなっていた。

「お父様はきっと野生のいちごはお好きじゃなかったわね」どんどん遠くへ行ってしまう人に聞かせようとするように、ブライオニーは声を張りあげた。「でも、トディが絶えず目配せするものだから、お父様はいちごを召し上がったわ。わたしが摘んだいちごで、わたしが大好きだったから」

また手が握られたが、さらに弱々しい握りかただった。父は命を失いつつあった。何か激しいものがブライオニーの心をつかんだ。「愛してる」

それを聞いてジェオフリー・アスキスは最後に一度手に力をこめた。

ブライオニーは父の手を膝に載せて長いあいだそこにすわっていた。しかし父は二度とふたたび意識のあることを示してはくれなかった。

夜明けにブライオニーがまた目を覚ますと、父はすでに冷たくなっていた。

家じゅうがすぐさま喪《も》に服した。窓の日よけはすべて下ろされた。ジェオフリー・アスキスの遺体が葬儀の日に家を離れるまで、そのままにされるのだ。正面玄関には喪章がかけられ、箱いっぱいの喪服が届いた。アスキス夫人にはクレープ生地の喪服、ブライオニーとキャリスタにはパラマッタ・シルクの喪服だった。

嘆き悲しむ家族が葬儀の手配をすることはなく、父の親しい友人たちがすべてをとりしきってくれた。遺族をそっとしておこうと、友人や知人が訪ねてくることはなかったが、アスキス夫人の親戚はお悔やみを言いに彼女を訪ねてきた。

黒い喪服に身を包んだブライオニーとキャリスタは書斎で父の書類を整理していた。どうやら父は自分あての手紙を捨てることはなかったらしく、招待状や名刺や手紙が膝まで来るほどうずたかく床に積まれていた。それに加えて、原稿や新聞の切り抜きのみならず、ジョン・ダンの名言からジョンソンの健康法にいたるまで、すべてについての感想を書きなぐったメモが何箱もあった。

「もうあの人たち帰ったかしら?」カーペットの上にすわりこんでいるキャリスタが目を上げた。

「あの人たちって?」

「ミセス・ボーンとミセス・ローレンスよ」ふたりともアスキス夫人の姉妹だった。「ミセス・ローレンスはお母様にあれこれうるさく言うんですもの。今はミセス・ローレンスのお相手をしていられる状態じゃないと思うのに」

「ちょっと見に行って、お母様は休んだほうがいいって医者として助言してくるわ」

「そうしてくれる?」

「もちろんよ」

しかし、ブライオニーが玄関ホールに行く前に階段を降りてくる足音と女の声が聞こえてきた。ブライオニー自身の名前が語られている。

「……レオ・マーズデンはブライオニー・アスキスのどこがよかったのか、理解できないわね。ほかに誰でも手に入れられたでしょうに。婚姻の無効を望んだのが彼のほうだったとしてもこれっぽっちも驚かないわ」

「まあまあ、レッティ、夫婦がどうして婚姻を無効にしようと思ったかなんてわからないわよ。結婚なんて靴と同じで、当人たちにしかほんとうのことはわからないんだから」

「でも、レオ・マーズデンがみじめな結婚をしたことはみんな知ってたわ。幸せな結婚をしていたら、ひとりで夕食会を開いて、そのあとひと晩じゅうギャンブルをして過ごしたりする?」

「シッ、レッティ。使用人が聞いてるわ」

ふたりは帰っていった。ブライオニーは手を胸にあてた。動揺して大きく脈打っている。三年も海外で過ごしていたせいで、ロンドンに戻ってくるのがどういうことか忘れていたのだ。ここでは不幸な結婚生活をいやでも思い出させられることになる。

「ブライオニー」キャリスタが背後から呼びかけてきた。「ここで何をしているの?」

「別に。ミセス・ボーンとミセス・ローレンスなら今帰ったわ」

「よかった。ミセス・ローレンスには我慢ならないもの。いつも知りもしないことについてべらべらまくしたてて。ばかな雌牛よ」

ローレンス夫人のように何も知らない女までが、レオが不幸な結婚をしていたことに気づいていたということは、わたしとレオにとってどうなのか?

「ねえ、そこに突っ立ってないで、いっしょに来てよ」キャリスタはブライオニーを両手で手招きして書斎へ戻ろうとしかけた。「ちょっと見つけたものがあるの。来て見てよ」

キャリスタが見つけたものは縦八インチ、横十インチのピクニックの写真で、書斎の机の上に置いてあった。ブライオニーは息を呑んだ。わたしの六歳の誕生日のピクニック。主役は新しいドレスを着て中央におさまっている。ドレスは写真のなかでは明るい茶色に見えたが、じっさいはきれいな淡黄緑色だった。裸で走りまわるなど話にも聞いたことがないという顔のウィルがいる。この写真が撮られたのは、二マイル離れたピクニックの場所まで、二台の大型馬車に分乗して向かう前だ。つまりは、記憶に残る彼のエピソードが起こる前のことだった。そして後ろの列にトディが立っている。これほどに若かったのかと信じられない思いに駆られる。ピクニックの日から彼女に残された月日がたった一年だったことに気づき、ブライオニーの胸は引き裂かれた。

「あなたのお母さんよ」ブライオニーは小声で言った。

「ええ、知ってるわ」キャリスタは物思わしげに言った。「いつもすぐわかる。変装してる自分を見ているみたいだから」

ブライオニーは写真の端を指でなぞった。

「わたしの人生でもっとも幸せだった日よ」

キャリスタはほほ笑んだ。「わかるわ。それに見て、レオもいる」そう言って写真を指さした。

キャリスタが指をさした瞬間にレオがわかった。自分の右側にいる丸々と太った子供。黒っぽいドレスを着ている。ブライオニーの六歳の誕生日には、彼はまだズボンを穿かせられていなかった。

「なんてこと、こんな小さかったなんて」

「それはそのはずよ。まだ二歳だったんだもの」キャリスタがやさしくほほ笑みながら言った。「それなのに、もうあなたから目を離せないでいるわ」

ブライオニーはそんなふうには思わなかったが、たしかに写真のなかのレオは彼女のほうに興味深そうに顔を向けていた。カメラよりも彼女のほうがおもしろく、まわりの誰よりも心奪う存在だとでもいうように。

誰よりも愛したふたりの人が、同じ写真におさまっている事実は、目のくらむような感覚を呼び起こした。そして幸せにあふれ、人生の喜びに満ちた自分がそこにいた。

「これ、もらってもいい？」

「もちろんよ」とキャリスタ。「これを見つけた瞬間に、あなたのものだとわかったの」


イギリス海峡の黒っぽい水がフェリーの舳先《へさき》で渋々ふたつに分かれていた。海面はさざなみが立ち、霧におおわれている。天気のいい日にはカレーからも見えるイングランドの陸地は、近づいているというよりは遠のいているように見えた。

永遠とも思えるあいだ、旅に出ていたのだ。

ブライオニーがノウシェラへ発って二日後、イムランと荷役人たちがチャクダラに到着した。彼らは少し離れた村にとどまり、反乱がおさまるのを待っていたのだった。

荷物と人員のすべてをノウシェラまで連れていくのはむずかしいことがわかった。マラカンドとノウシェラの行き来が不可能に近くなっていたからだ。ほこりっぽい五十マイルの道のあちこちで交通渋滞が起きていて、ラバや荷馬車やラクダや人々が混雑のあまりどちらの方向へも二歩と進めず、容赦なく照りつける日に焼かれていた。

ノウシェラも南から到着する連隊や北へと出発する連隊で混乱をきわめており、連隊につき従って荷物を運ぶ動物や兵器も右往左往していた。そのノウシェラで旅のために手に入れたすべてを処分したのだった。荷役人や女中たちにはそれぞれにラバを一頭ずつ与えた。途中購入した馬は自分とブライオニーを無事にチャクダラまで運んでくれた勇敢な雌馬以外、イムランとハーミッドとサイーフ・カーンのあいだで分けさせた。その雌馬は残りの日々をイングランドの牧場で悠々自適に過ごすことになるだろう。

ウディアナ――かつてスワートにあった仏教国にちなんで雌馬はそう名づけられた――とブライオニーの持ち物をノウシェラから送りだすのもひと苦労だった。使えるつてをすべて使い、チャクダラの英雄としての自分の立場を恥ずかしげもなく表明して遂行するしかなかった。しまいにはそうしたはったりも功を奏した。どうにかすべての処理を終えると、疲弊しきって列車に乗りこみ、ボンベイに着くまで眠りつづけた。

南西のモンスーンの季節には、P&Oの汽船は毎週金曜日にボンベイを出発していた。レオがボンベイに着いたときには、汽船は三日前に出港したばかりだった。しかし幸運なことに、オーストリアのロイズが、翌日トリエステに向かう臨時の汽船を出港させることになっていた。トリエステからはまた列車に乗り、イタリアからアルプスを越えてフランスにはいった。パリではマシュウが待っていてくれた。それからカレーでイギリス海峡を渡る船に乗り、ようやくイングランドへと戻ることになった。

残りの人生を過ごす場所へと。

ときおりあの戦いを恋しく思うことがあった。恋しいのは戦いの恐怖や疲弊ではなく、もちろん、人を殺したことでもなく、物事が目もくらむほどの明瞭さで見えたことだ。あの極限の状況のなか、自分とブライオニーのあいだのすべてが純化されてほんとうに重要なもののみがそこに残った——大切なのはほかの何でもなく、愛だけだということ。

しかし、チャクダラが過去となった今、かつての不安と疑念がじょじょに戻ってきた。ふたりが再度ひとつになった喜びが薄れ、愛を交わすことの目新しさがもはやそれほど目新しくなくなったら、ブライオニーの目に自分はどう映るのだろう？　どれほど気をつけていても、きっと自分はいつか彼女を怒らせるようなことをするだろう。そうしたらどうなる？昔の不幸がたちまち前面に出てきてしまうのではないだろうか？　自分の裏切りを彼女が思い出し、再度のチャンスを与えたことを後悔するのでは？

もしくは、ブライオニーは最初から彼女自身を守るために距離を置こうとするのではないか？　どんなに近づいても真の意味で親密にはならず、二度と傷つけられることのないよう、最後の赦しはけっして与えてくれないのでは？

一方の自分は、そんなふうに信頼されなくても、あくまで彼女を求めるほど強い人間だろうか？　まさにこうした不安があったからこそ、あの宿泊所で彼女の提案を拒絶したのだった。一時の感情だけで残りの人生を決めたいと思わず、彼女のそばで屈辱的にへつらう存在になることや、なお悪いことに、一度の失敗をいつまでも責められることを恨みに思う夫になることが怖かった。

レオは手に持った写真を見下ろした。ふたりの結婚式の写真。以前はそこに写ったブライオニーの表情をぎごちないと思っていたのだった。しかしそうではない。彼女は苦悩の表情をしているのだ。一月の雨のようにわびしい目。そんなところからどうやったら戻ってこられるのだろう？　彼女がまた真に愛してくれることなどあり得るのだろうか？

マシュウの足音が聞こえ、レオは写真をポケットに戻した。

「霧が晴れてきた」マシュウが言った。「ドーヴァーが見えるのもすぐだ」

ふたりは舳先に肩を並べて立った。霧は晴れ、太陽が輝き、イギリス海峡のロマンティックとは言えない不透明な海水ですら、朝の光にきらきらと輝いた。

ドーヴァーの白い崖が見えてきても、レオに啓示は降りなかった。彼はみずから選択することにした。

信頼は双方向でなくてはならない。自分がブライオニーを信頼できなくて、どうして信頼してくれと言える？　彼女を信頼しよう。その愛や強さや良識や精神力を。

そしてその時が来たら、自分のなかにも同じ強さを見出すのだ。

18

ブライオニーの父の遺体は二日間、タウンハウスの応接間に静かに置かれていた。三日目、列車の車両ほども大きな黒い葬儀用の馬車が家の前につけられ、遺体を葬儀の場所へと運んだ。

女たちは葬儀への参列を見合わせるよう勧められることが多かった。悲しみに打ちひしがれるあまり、泣き崩れたり、感情の波に呑みこまれて気を失ったりして、騒ぎを起こすことがあったからだ。しかしブライオニーとキャリスタは参列することを選び、この世における父の最後の旅に同行した。

葬儀はおごそかに感動的に進められた。が、ブライオニーは死者よりも生きている者のことを考えてその時間を過ごした。父に関してはこれ以上できることは何もなかったが、キャリスタやアスキス夫人や義理の兄弟たちについては多々あった。仕事に戻ったら、もう少し人間らしく振る舞おう。患者たちに多少同情の気持ちを示しても害はないはずだ。それから、医学大学で教えることになったら、将来の学生たちが気圧《けお》されて質問もできないなどということにならないよう、たまに笑った顔も見せよう。

オルガン奏者が「日ごとのつとめを、しばしのがれ」を演奏し、友人たちにかつがれた父の棺《ひつぎ》はゆっくりと教会の入口へと向かった。そのあとに娘たちが従った。

ふいにキャリスタがブライオニーの脇をつついた。ブライオニーは妹のほうに顔を向けた。キャリスタが顎で示したほうへ目を向けたが、会葬者が何列にも連なって並んでいるだけで、そのなかにはなんとなく見知った顔もあったが、見分けのつく人はほとんどいなかった。

しかしやがて彼らの姿が目にはいった。ウィル・マーズデンとマシュウ・マーズデン。そして彼らの長兄であるワイデン伯爵のジェレミー。ブロンドの癖毛で天使のような顔立ちの三人は人目を引いた。目をそらそうとしたところで、より背の高いより濃い色の髪をしたマーズデン家の末っ子が目にはいった。じっさい、教会の入口に一番近いところに――彼女に一番近いところに――立っている。

インドでともに過ごした時間は、おおまかにマラリアと戦争のふたつの時期に分けることができた。マラリアのときにはキニーネの毒性でレオはぐったりしていた。戦争の際には負傷と延々とつづく戦闘のせいで疲弊しきっていた。インドで再会したときの服装は、辺境の地でかなり大変な思いをしたとわかる体裁で、ぼろぼろとまでは言わないまでも、擦り切れてくたびれていた。

しかし、教会のなかでステンドグラスをはめた窓から射しこむ光に包まれ、健康そのものでで仕立てのいいぱりっとしたフロックコートを身に着けた彼は、まったくの別人に見えた。今ここにいるこの若者こそ、一度にっこりしただけでわたしを恋に落とした男だ。天使には見えなかった——天使が彼のような姿をしているとしたら、天国には純潔を守っている女はいなくなるだろう。天使というよりも、昔ながらのアドニスといった感じ。人間そのものではあるが、女神ですら恋に落ちてしまうほどの魅力を持つ男。

ああ、なんて美しい男だろう。自分がどうやって歩みを進めているのか、ブライオニーにはまったくわからなかった。

そばを通り過ぎてはじめて、レオが黒い腕章をしていることに気がついた。

彼は一家の一員として葬儀に参列しているのだ。

埋葬は内輪だけで行なわれた。ブライオニーとキャリスタはそれぞれひと握りの白いバラの花びらを父の棺の上に放った。それからキャリスタがアスキス夫人のためにもうひと握り放った。アスキス夫人は葬儀に参列できる心理状態ではなかったからだ。遺族が公衆の面前で泣き崩れるよりも、ひとり静かに嘆き悲しむほうを好むことは理解された。義理の兄弟の若いほうのアンガスは自分でひと握りの土を放ったが、もうひとりのポールは幼年期にかかったポリオの後遺症で四肢に麻痺が残り、家を離れるのがむずかしかった。

家族が墓地から出るときに、真っ先にレオの姿を見つけたのはまたもキャリスタだった。彼とマシュウがアスキス家の馬車のそばで待っていたのだ。気の毒なマシュウはレオの輝かしさのそばでは実質いないも同然だった。

沸き立つような感情がブライオニーの全身に広がった。愛情、欲望、目がくらむほどの純粋な称賛。そして、大英帝国海軍の船全部を浮かせられるほどの幸福感。

キャリスタがレオとマシュウのふたりを抱きしめた。「レオ、お帰りなさい。マシュウ、ああ、あなたって会うたびに魅力的になっていくのね。それで、いつプロポーズしてくれるの？　わたしだってどんどん若くなっていくわけじゃないのよ」

マシュウは低い忍び笑いをもらした。

「すぐさ、キャリスタ、きっともうすぐだ。ついこのあいだだって、海峡で船が沈むんじゃないかと思ったときに、きみの名前をうめいていたよ」レオがにやにやして応じた。それからブライオニーの義弟のアンガスと握手した。「アンガス、会えてうれしいよ」

ブライオニーにはにっこりとほほ笑んでみせた。ブライオニーは膝が崩れそうになった。どうやらレオはやや年をとってもろくなった彼女の膝のことは考えてくれなかったらしい。

ブライオニーはつんのめって馬車の横にぶつかった。「ミセス・マーズデン」

ほんとうはミス・アスキスと呼ばなければならないはずだった。婚姻が無効になった以上、法的には結婚したことはなかったことになっているのだから。しかし彼がミセス・マーズデンと呼んだときの呼びかたは、まるでそこにふたりきりしかおらず、服を脱がせて裸にしたくてたまらないとでもいうようで、ブライオニーの胸は高鳴った。彼は身に着けているものからも合図を発していた。クレープ生地の腕章のみならず、黒い帽子用の喪章もつけていたのだ。すでに人々の噂も聞こえていた——あの人、故人がまだ義父であるみたいな格好で葬儀に来たわね。まるでまだブライオニー・アスキスと結婚してるとでもいうように。

「マーズデン家のみなさん」ブライオニーは答えた。「いらしてくださってありがとう」

「うちへお茶を飲みに来ないかと思って」とマシュウが誘った。

「いい考えね」とキャリスタ。

「どうかしら」ブライオニーが言った。「父が亡くなってこんなにすぐに社交をはじめるものじゃないと思うけど」

「社交ではないさ」レオがきっぱりと言った。「家族の集まりということだ」

アスキス家とマーズデン家を結ぶ唯一の家族は、婚姻を無効にしたレオとブライオニーだった。

「まさしくあなたの言うとおりだわ、レオ」キャリスタが言った。「行きましょうか?」
「ミセス・アスキスはどうするの?」ブライオニーが訊いた。「いっしょにいるのはポール
だけで、ポール自身、お父様が亡くなったことをかなり辛く受けとめているわ」
「ぼくがふたりといっしょにいるよ」アンガスが申し出た。「きみたちふたりが行けばいい」
「でも……」
「大丈夫よ」キャリスタが言った。「そんなに長居はしないから」
アンガスがアスキス家の馬車で自宅へ向かい、その他はみなワイデン伯爵家の馬車に乗り
こんだ。馬車のなかで、ブライオニーはビアリッツで休暇中だったマシュウがパリへレオを
迎えに行ったことを知った。彼は弟をビアリッツへ連れていけないとわかって、ロンドンへ
いっしょに帰ることにしたのだった。
ふたりは文字どおりヴィクトリア駅で列車を降りたばかりのときに、その日の午後にジェ
オフリー・アスキスの葬儀が行なわれることを知った。かろうじてレオの喪章を買う暇しか
なく自宅に戻り、旅装を喪服に着替えてようやく葬儀に間に合ったというわけだ。
「レオに上着をとられたんだ」マシュウが言った。「格好よく見せなきゃならないからって」
「嘘だ」レオは笑みを浮かべた。「マシュウが自分の上着を貸すと言ってしつこかったんだ。

義理の父の葬儀にふつうのスーツで行くわけにはいかないからって。ぼくはそれしか持っていなかったんだが」

義理の父。ブライオニーはまごつき、馬車のなかに広がった興味津々という雰囲気を無視しようと窓に顔を向けた。

馬車から降りると、ワイデンの邸宅にはいる前にキャリスタがブライオニーを脇に引っ張った。「あなたたちふたり、また結婚したの？ イエスと言って。彼がまた義兄になったとしたら、わたしのしたことで殺されなくてすむかもしれないから」

ブライオニーはしばし妹を眺め、やがて身を寄せて耳打ちした。「殺されたりはしないわよ。精神病院に入れてやりたいって言ってただけだから」

ワイデンの邸宅は男だらけだった。ジェレミーとウィルが妻子は連れずにオクスフォードシャーからやってきており、そこにマシュウとレオが合流したからだ。

「きみたちご婦人がたが加わってくれてどれほどありがたいか、ことばでは言い尽くせないよ」とウィルが言った。「ジェレミーは生まれながらに口がきけないし、ぼくは物静かで引っこみ思案タイプだ。マシュウはおもしろいゴシップを知っていたためしがないし、レオはこの世の誰よりも退屈な人間だからね」

「待ってろよ」レオが言った。「ぼくの妻は話しはじめたら止まらないタイプなんだ」

ジェレミーがウィスキーにむせて咳こんだ。レオは肩甲骨のあいだを叩いてやった。ブライオニーはまだお茶を飲んでいなくてよかったと思った。さもなければ、ジェレミー同様むせていたことだろう。

ぼくの妻。

「それで、キャリスタ、レオは用心深いタイプだけど、その彼を信用させるようなかなりうまい手を使ったそうじゃないか」マシュウが言った。「どんな手を使ったんだ？」

「だめだ、キャリスタ、告白しないほうがいい。あとでどんなことになるかはわかってるだろう」ウィルが銃を撃つ真似をした。「レオが銃を撃つのを見たことはあるかい？」

「それを言うなら、ぼくの妻がメスをふるうところを見たことがあるかい？」レオが訊いた。その声はほんの少し意地悪な調子を帯びていて、ブライオニーは自分が最悪の暗殺医師になった気がした。

キャリスタにも頬を赤らめるだけの品位はあった。「父も協力してくれたのよ。わたしが何を言ってもきっとレオが裏づけをとるだろうと思ったから、父に一週間かそこら家にいてもらって、具合がよくないという噂を流したの」

「わたしがレーを発ったってどうしてわかったの？」ブライオニーが訊いた。そのことについては忘れてしまっていたのだ。

「ほんとうに偶然だったの。知り合いがミセス・ブレイバーンの姪だったのよ。その人のところにミセス・ブレイバーンから手紙が来ていて、その手紙に医者のミセス・マーズデンという人とレーを出てカラーシュ谷に向かうって書いてあったものだから、その人がわたしを訪ねてきて、これはブライオニーのことじゃないかと訊いたわけ。それでその人にミセス・ブレイバーンには何も知らせないでくれって頼んだの」

「じゃあ、彼女がチトラール周辺にいるとわかっていながら、ぼくをまずレーへ行かせたわけか?」

「だって、ブライオニーがどこにいるか知っているって言ったら、きっと自分で電報を打てばいいって言われるだけだと思ったから。お願い、殺さないで。妻をとり戻してうれしい?」

「ジェレミー、書斎にまだ拳銃を置いてるかい?」

レオはブライオニーの椅子のそばに立っていた。彼女は彼の袖に手を置いた。「みんな無事だったんだから。キャリスタもうんとすまながっているし」

レオはしばらくブライオニーを見つめた。手と手を触れ合わせ、にっこりする。「この家には拳銃なんかないさ」

みんなの面前で親密さを示されたことでブライオニーは居心地悪くなった。それでも、膝の上に引っこめる前に二秒ほど長く手をレオの手の下に置いておいた。

「ごめんなさい、レオ」キャリスタは恥じ入った顔で謝った。

「それで、知りたいのは、おまえがブライオニーを見つけてどうしたかだ、レオ」ウィルが言った。「きみの妹に言われてきたから、荷造りして今すぐいっしょに来てくれって頼んだのか？」

「まあ、そんなところだ」

「それで彼女がいっしょに来たと？」

「そうさ」レオはブライオニーにいたずらっぽい目をくれた。「アヘンでへろへろにして、真夜中にさらってこなければならなかったかもしれないけどね」

「そのほうが話としてはおもしろいな」とマシュウ。「それだったら金を払ってでも読みたいね」

「それで、そんな不埒《ふらち》な行動をとったせいで、レオは自分の——大切な部分のひとつを失ったの」とブライオニーが言った。

「うへっ！」マシュウとウィルが声をそろえて叫んだ。

「ブライオニー！」キャリスタが甲高い声をあげた。

「腎臓さ」レオが大声で言った。「腎臓をひとつ失っただけだ。人間は腎臓がひとつでも、元気に暮らすのになんの支障もない」

「そう思いたいなら、腎臓と思っていればいいわ」とブライオニー。

ウィルがやじるような声を出し、キャリスタは目をおおった。レオは顔全体を手で隠し、笑いをこらえて肩を震わせた。ブライオニーはこらえきれず、吹きだした。笑いすぎてハンカチで目を押さえなければならないほどだった。

これこそが、かつて彼との結婚生活として夢見ていたものだった。気分を浮き立たせるような日常。温かく、気楽で、自分も家族の一員だと思える雰囲気。

「それで、ほんとうのところ、何があったんだ?」とジェレミーが訊いた。

ジェレミーは生まれたときから責任ある立場としてしつけられた人間に特有のまじめさと威厳を備えていた。彼が質問を発したときには誰もが答えないわけにはいかなかった。

「ああ、恐れていた、ほんとうのところ何があったんだという質問が来てしまったな」レオがまだにやにやしながら言った。「答えてやってくれ、ブライオニー」

そのときはじめてブライオニーは、すぐに旅立たなければならない理由をブレイバーン夫妻に説明してくれと言われたときのレオの気持ちがわかった。しかし、ことば巧みに部分的な事実を述べる彼の能力は持ち合わせていなかった。彼女は唾を呑みこんだ。「じっさい、とても単純なことだったわ。レオが来て、わたしは彼といっしょに行きたかった。その――

これまで誰かと会えてあそこまでうれしかったことはなかったから」

レオは首を傾けて椅子にもたれた。ブライオニーは一瞬、あざ笑われるかもしれないと思った。しかしレオはブレイバーン夫妻に美しく、結局は真実となった話をしてくれたのだから、自分も彼の兄弟にはっきりと言わなくてはならない。そしてそのとき、彼の目がうるんでいるのに気がついた。

レオは泣かなかった。が、ブライオニーは泣きそうになった。自分をとり戻し、ふたたび会話に加われるようになるまで、しばらくかかった。

そしてその後、笑みが絶えることはなかった。


ブライオニーは輝いていた。それ以外に形容のしようがなかった。まるで心を囲んでいた壁がようやく崩れ、隠していた喜びを感じる能力、ほんとうの意味で生きる能力が現われたという感じだった。それはなんともまばゆいものだった。かつては真っ暗な空洞であることが多かった沈黙すら、今はやわらかく輝いていた。

チャクダラまでの道中と要塞の包囲戦についての質問が飛んだ。チャーリーとチャーリーの母なし子の話題も出た。キャリスタはマシュウにひどくからんだ。そのあいだずっと、レオは希望に酔いしれながらブライオニーを見つめていた。

彼女がほほ笑むたびに、過去が少しずつ遠ざかっていき、未来がより見こみのあるものになるだけでなく、よりたしかなものになっていった。ふいにレオの頭に、書斎の机の大きさや、お茶の磁器の重さや、壁紙やカーテンの色といったより現実的な物事が浮かんだ。ブライオニーとの新しい生活の美しくささやかなことがらで頭がいっぱいになった。

ブライオニーとキャリスタは一時間以上もワイデンの邸宅にいたが、やがてキャリスタが立ち上がり、家に帰ってアスキス夫人の様子を見なければならないと告げた。ブライオニーはかなりゆっくりと立ち上がった。とてもたのしくてまだ帰りたくないとでもいうように。

マシュウがレオを肘でつついた。「レオ、どうしておまえの奥さんは妹といっしょに帰るんだ?」

「われわれが結婚していることはないしょだからさ」とレオは答えた。それからブライオニーのほうに顔を向けた。「帰る前に、ちょっといいかな、ミセス・マーズデン?」

レオはトディの昔の手紙を渡そうとしただけだったが、玄関ホールでふたりきりになると、ブライオニーがレオの襟をつかんでキスをした。レオは彼女をつぶれるほどにきつく抱きしめた。

「いつもとの仕事に戻るつもりだい?」レオは耳もとでささやいた。「あのきつい消毒液のにおいが恋しいな」

ブライオニーはやわらかい笑い声をあげた。「すぐよ。あなたのほうはいつ数学会にまた論文を発表するの？　わたしにはよくわからない理由で夫が天才と呼ばれるのも悪くないわね」

夫。そのことばはすらすらと美しく彼女の口から発せられた。レオは燃えるようなキスで応えた。「すぐさ。ぼくの傑出した頭脳は帰路のあいだも盛んに働いていた。それを表わすのに手帳が四冊も入り用だったよ」

「すてき。わたしがあなたを愛しているのが、外見のせいだけだと人に思われたくないもの」

「そういうことなら、きみにもたまに露出の多いドレスを着せないといけないな。きみと結婚したのが、医者として優秀だからと人に思われないように」

ブライオニーはまた笑った。自分の笑顔がどれほど美しいか、彼女自身は気づいていないのだろう。一日のはじまりを告げる朝日のような笑顔。しばらくして笑い声がやんだ。しばし沈黙が流れる。ブライオニーが目を上げて彼の目をのぞきこんだ。

「あなたがわたしを妻だと言いつづけている理由はわかっているのよ。でも、わたしは身ごもっていないわ、レオ」

本気でそう望んでいたわけではないが、そう聞かされるのは辛かった。子供を持ち、お互いへの思いを深めるだけでなく、成長する命をはぐくみ、ふたりの愛を未来へと自然につながるものにできたならすばらしかったはずだ。

「身ごもる必要はないよ」レオは言った。「子供はぼくの人生において絶対じゃない。絶対なのはきみだけだ。昔からそうだった。何も変わらない」

ブライオニーはまつげを伏せた。「そう聞くと泣きたくなるわ」と言った。

「泣いてもいいさ」レオはささやき返した。「つまり、家に帰ってからだけどね。ワイデンの家では泣くことは許されていない。マーズデン家の決まりなんだ」

ブライオニーは唇を震わせた。しばらくして目を上げると、その目はまだこらえた涙でうるんでいた。「わたしに話があるって言わなかった？」

レオはそのことをすっかり忘れていた。ポケットから封筒をとりだすと、それをブライオニーの手に押しつけた。「きみに。前に約束したものだ。明日の朝、迎えに行くよ。いっしょにケンブリッジへ行こう」

親愛なるリズベス

今の季節のコッツウォールドは最高です。ブライオニーとわたしは毎日散歩に出かけています。ときどき、日中、本や原稿から引き離せたときにはミスター・アスキスもいっしょです。昨日は彼の娘とわたしはキンポウゲの花畑に寝そべって、花のカーペットの上で転がりまわりました――もちろん、ミスター・アスキスはいっしょじゃありませんでした。

これから二週間のあいだで何よりたのしみなのは、ブライオニーの六歳の誕生日にピクニックに行くことです。ブライオニーも夢中になって、招待客のリストを作ったり、ゲームを考えたりを手伝っています。このかわいらしい小さな女の子が、丸っこい几帳面な字で、これからしなくちゃならないことをわたしがあげた手帳に書いている様子には、なんだかとても惹きつけられるものがあります。自分がどれほど幸運かと思わずにいられないほどに。いとこのマリアンヌもやもめと結婚したけど、夫の連れ子が暴れん坊で嘘つきの悪童ばかりだってしじゅう文句を言っています。一方のわたしはこの世でもっともすばらしい子供に恵まれました。

ときどきミスター・アスキスはわたしがブライオニーとばかりいっしょにいると文句を言います。書斎から出てきてわたしを探しても、わたしは彼女といっしょにどこかへ行ってしまっているから。そんなときは、だって彼女のほうが愛してくれるからとからかってやります。ある意味ほんとうだしね。彼女のほうがわたしを必要としてくれているのはたしかだし。母親が亡くなってからの年月、もっと娘を近くに置いておかなかったことでミスター・アスキスをしかったこともあります。ときどきブライオニーが不安そうにしていることがあって。この家でひとり、使用人にだけ世話をされて過ごした長い年月をまだ忘れられないんだとわかるの。

ミスター・アスキスにはこう言ってやります。いつか知らないうちにブライオニーもきれいな女性になって、彼女に夢中のどこかの若者に連れ去られてしまうけど、わたしは残された日々、ずっとあなたの妻でいるんだからと。そうなったときにわたしに愛情を注ぐ子供がほかにいなかったとしたら、あなたは静かに原稿を書いていられるかしら？　いいえ、そうなったら、わたしがいたるところに連れまわすのはあなたになるはずよ！

ご希望のジンジャー風味のワインのレシピを同封します。ブライオニーといっしょにあなたのために作った押し花の本といっしょに。すぐにお手紙でダービーシャーの春がどんな感じかお知らせください。

かしこ

トディ

ブライオニーは泣いた。悲しみに。そして驚くほどの純粋な喜びに。トディは幸せだったのだ。

父のことは昔からよそよそしく、妻にかまわない夫だと思っていた。トディは孤独だったと思っていたのだ。彼女の自由闊達《かったつ》な精神にあまり価値を見出さないずっと年上の男と結婚した生き生きとした若い女。しかし、手紙では、花嫁を大切にする夫と、書斎にこもりがちの夫を愛ゆえに大目に見るトディと、愛情深く心安らかな結婚生活が浮き彫りになっていた。トディにとってそうであってほしいと願っていたとおりに。彼女のこの世での日々が光に満ちあふれたものであり、敬われ、愛されていたことを彼女自身が知っていてくれたならと思っていたのだった。

何度となく手紙を読み返し、もう今夜は充分だと思って封筒に戻すと、そこに別の紙がはいっているのに気がついた。

愛するBへ

ボンベイからレディ・グリスウォルドに電報を打ち、かつて会話に出た手紙をワイデンのタウンハウスに送ってくれないかと頼んだところ、彼女は親切にもこちらの要望に応えてくれた。

葬儀のあとでこれをきみに渡せるといいのだが。きみに会いたくてたまらない。

愛をこめて

レオ

ブライオニーは手紙にキスをした。明日よ、と胸の内でつぶやく。明日会いましょう、いとしい人。

19

マーズデン家の兄弟はその夕べをおしゃべりに費やした。ウィルは直近の選挙で下院に議席を得たが、保守党を支持してきたマーズデン家の伝統に逆らって、自由党の議員になった。彼とより保守的なジェレミーは南アフリカやインド辺境地帯の政策について穏やかに議論を交わした。レオとマシュウはどちらも政治にはあまり興味がなかったため、パリやロンドンの最近の変化について語り、ウィルとジェレミーの議論があまりにささいなことにおよぶと、ときおり冷やかしを入れたりした。

「紳士諸君、国の命運について語り合うなら、もっと大きなことを言えよ」とマシュウが言った。

「大言壮語は下院にとっておくよ」とウィルが言い返した。「ワイデンの家は前触れなしに熱弁をふるうには小さすぎるからな」

レオは笑った。マーズデン兄弟のうち、ウィルがもっとも冗談好きで、自分のこともほかの兄弟のこともからかうのが大好きだった。

その後兄弟はジェレミーのクラブへ行った。マイケル・ロビンズの名前があがったのはクラブで食事をしているときだった。レオはノウシェラでその若いジャーナリストとつかのま面談していた。〈パイオニア〉と〈タイムズ〉の通信記者だったロビンズが、チャクダラの包囲戦についてレオにいくつか質問したのだった。

ウィルはすぐさま、その若者が自分のかつての雇い主であるスチュワート・サマセット氏の夫人、レディ・ヴェラ・ドレイクの名づけ子だと思い出した。翌朝ウィルはサマセット氏に電話し、レオがロビンズに会ったことを知らせた。サマセット氏はレオが直接訪ねてくれれば、妻がとても喜ぶだろうと言った。

かつてサマセット氏の婚約者を彼から奪ったウィルは、サマセット氏の頼みにいやと言えなかった。また、レオはウィルにいやと言えなかった――そういう意味ではマシュウにも。父がウィルとマシュウを追いだしたときに彼はまだ十四歳だったが、そんなことは関係なかった。レオは伯爵の息子であることを証明するのに精一杯で、しばらくのあいだ、自分がウィルとマシュウの弟でもあることを忘れてしまっていたのだ。

そういうわけで、レオが残りの人生における最初の朝、一番に訪ねたのはブライオニーではなく、レディ・ヴェラとなった。レディ・ヴェラの住まいはキャンベリー・レーン二十六番地で、ブライオニーとともに暮らした昔の家の何軒か先だった。馬車がひと気のないキャンベリー・レーン四十一番地を通り過ぎると、身がまえていたにもかかわらず、レオは内側から震えるものを感じた。

キャンベリー・レーン二十六番地で、レディ・ヴェラはきわめて丁重に出迎えてくれた。三十代後半のきれいなご婦人で、スタイリッシュなラヴェンダー色の朝のドレスに身を包んでいる。すばらしく洗練された発音で話し、繊細で優美な物腰で動き、エレガントな緑と白の応接間にあまりにもなじんでいたため、彼女が大人になってからの人生のほとんどを、いやしい料理人として過ごしてきたとは想像もできないほどだった。

ふたりは挨拶を交わした。レディ・ヴェラはアスキス氏が亡くなったことでお悔やみを述べた。レオは最近彼女が田舎に滞在したときのことについて尋ねた。ウィルとリジーと彼らの子供たちがサマセット一家と一週間をともに過ごしたことを知っていたからだ。

「ウィルによると、マーズデン家の小さい連中とサマセット家の小さい連中が派手なけんかをしたそうですね」とレオは言った。

レディ・ヴェラは忍び笑いをもらした。「残念ながらそうなんです。でも、うまく仲直りしましたわ」

「それで、お子さんたちはお元気ですか?」

「とても元気です。マーズデン家の小さいかたがたと派手なけんかをしていないときには、兄弟で派手なけんかをしていますわ。姉と弟というのはお互いにやさしくし合うものだと思っていたんですけど、それはもう、どちらも乱暴なんです」

レディ・ヴェラはお茶を注ぎ、ケーキを勧めた。レオがこれまで食べたこともないほどおいしいケーキだった。

「ノウシェラでわたしの名づけ子にお会いになったそうですね、ミスター・マーズデン」

「ええ、お会いしたときには、彼はトチ谷から戻ってきたところでした。たしか、ブラッド将軍率いるアッパー・スワートへの懲罰隊を取材する任務を受けているということで」

「それはすでに終わりましたわ。ご想像どおり、彼の〈タイムズ〉の記事は熱心に読んでおりますの。次はモハマンドへの懲罰隊に同行するはずですわ。もしかしたら、もう出発したかもしれませんが」

レディ・ヴェラが記事を読むことで名づけ子の動向をよく把握しているなら、どうして自分と話す必要があるのだろうとレオは不思議に思った。

「でも、新聞の記事からは日付と場所と行動しかわかりません」レディ・ヴェラは言った。「何よりも記者の精神状態が知りたいときにはあまり役に立ちません。マイケルは優秀な若者です。わたしは彼が大学に進学すればいいと思っていました。でも本人は世界を見てまわり、世界じゅうに自分のしるしを残すことに夢中で」

ウィルによれば、マイケル・ロビンズはヨークシャーのサマセット氏の猟場番人の養子だったが、その地方でもっとも評判の高い公立校であるラグビーで教育を受けたとのことだった。それを知っていて、自分の目でその若者を観察したこともあり、レディ・ヴェラの口に出さない心配もある程度理解できた。

「野心が本人にそぐわないものになってしまうのではないかとご心配なんですね?」

レディ・ヴェラはにっこりした。「どうやらあなたはお兄さんと同じぐらい鋭くていらっしゃるのね、ミスター・マーズデン。そう、それを心配しています。この世界には、マイケルが何を成し遂げようとも、彼のふつうでない生まれを帳消しにはできないと考える人がいるわ。彼ががんばりすぎて、そういう偏屈なばか者たちの考えを気にしすぎるようになるんじゃないかと心配なんです」

彼女のことばの選びかたから、レオはそこに若いご婦人の考えがかかわっているのだろうかと思った。が、口に出しては何も訊かなかった。「彼はまだ若いですし、野心を持った若者にはこの世界は刺激的な場所です。お会いしたときには、現場に近いところにいたいと言っていました。現場に居合わせた誰かから話を聞いて記事を書くのではなく、じかに目にして報告したいと。おそらく、中年に達したら、この世界における自分の立場を知り、公平じゃないと思うかもしれませんが、今のところは羽を伸ばし、自分の気骨を試すのをたのしんでいるんでしょう」

レディ・ヴェラはお茶をほんの少し飲んだ。「おっしゃるとおりね。彼は若さと与えられた機会を享受しているんだから、今はそれ以上を求めてはだめなんでしょうね」

心底そう納得している顔ではなかった。

「会って話したときの終わりに——」レオが言った。「ミスター・ロビンズはよく眠れないとこぼしていました。ひとりで旅をしていたご婦人に宿の部屋を譲ったそうで。そのご婦人は立っていられないほどに疲れてノウシェラに来たんですが、ノウシェラが暴動に見舞われたせいで寝場所を見つけられなかったそうです。ご婦人が去ってから、宿の主はほかの人に部屋を貸してしまったため、ミスター・ロビンズはかなりひどい場所で寝なくてはならなくなったとか」

「なんてこと」とレディ・ヴェラ。

「彼は知りませんでしたが、そのご婦人はミセス・マーズデンでした。まったくなんの関係もなかった彼が妻を助けてくれたことで、私は夫として未来永劫感謝の気持ちを忘れないと思います」

レディ・ヴェラはお茶のカップを置くと、手を伸ばしてレオの手をとった。「ありがとう、ミスター・マーズデン。ときどきマイケルの野心の下には空っぽの心があるんじゃなく、思いやりがあるってことを忘れてしまうの。思い出させてくれてありがとう」

キャンベリー・レーン四十六番地はブライオニーを身震いさせた。しかしそれはその家が誰も住まないせいでかび臭く湿ったにおいがするからではなかった。足音のこだまする空っぽの部屋のせいでもなかった。それは記憶のせいだった。不幸がみな壁にしみついているように思え、天井や手すりからぶら下がっているクモの巣には失敗した結婚がはっきりと描かれているように思えた。

自分がなぜここへ来たのかはわからなかった。午前中、弁護士から手紙が来て、ようやくこの家が売れ、今週中に買い手に引き渡されることになったと書いてあったのだ。それから、レオから伝言が届き、ウィルの昔の雇い主の家を訪問することになったので、少し遅れるということだった。数分後、ブライオニーはこの家の鍵をしっかりと手に握りしめて馬車に乗りこんでいた。

完全なる失敗だった。過去の扉を永遠に閉めようと思って来たのだった――棺のふたを占める前に故人をもう一度見つめるように。が、ここへ来てみると、湿った巻きひげや冷たい矢でもって過去に追われるような気がした。

ここは最後にともに夕食会を開いたダイニングルーム。活気にあふれ、カリスマ性に満ちた彼のしゃれや賢明な意見を聞き逃すまいと、わたしのまわりにすわっていた人々も彼のほうに大きく身を傾けていたものだ。わたしがおどおどと会話に加わろうとしても、無視されるか、相手の耳にはいらないで終わった。人でいっぱいの部屋にいながら、完全に無視され、完全にひとりぼっちだった――胸の内ではわかっていた。彼がそうなるように仕向けているのだと。

ここはふたりの愛の行為がただいやなものから、救いようのないものへと変わった寝室。わたしが起きているあいだに彼が最後にやってきたときには、行為の最中にわたしがぶるぶると震えだしたため、彼はベッドから降りて部屋を出ていった。出ていく途中にランプを部屋の奥へと放り投げて。そこにランプが壊れてできたくぼみがまだある。

そしてここはベティー・ヤングからの手紙を読まなければならなかった書斎。あの日に起こったことが紙に書かれた記録として届けられたのだった。

ここは悲しみと絶望からわたしの髪が白く変わった家なのだ。

ブライオニーは一刻も早く外へ出たくて玄関のドアへと走った。勢いあまってドアにぶつかりそうになったところで、ドアが開いた。そしてそこにレオの姿があった。

「ブライオニー！　ここで何をしているんだ？」

「わたし――わたし――あなたはここで何をしているの？」

「サマセット氏の夫人に会いに自宅を訪ねてきたところだ。伝言を受けとらなかったのかい？　ご夫妻の家はここと同じ通りにあるんだ。アスキス家の四輪馬車が路肩に停まっていたので寄ってみなくてはと思ってね」レオは彼女を腕のなかに引き入れた。「どうしてよりにもよってこんなところにいたんだ？」

「この家が売れたって知らせが来たの。それで、ここへ来て過去を葬り去ろうというばかな考えを起こしたわけ。ただ……」

レオは彼女のこめかみにキスをした。「ただ、なんだい？」

「ただ、過去は完全に息絶えてはいなかったの」ブライオニーは首を振った。「だから、過去から逃れようと走ってきたのよ」

「そんなにひどかったのか？」

「想像以上に」

レオは彼女を放し、玄関ホールを過ぎて朝の間へはいった。ゆっくりと時間をかけて部屋を見まわす。次に書斎にはいっていった。ブライオニーはためらいながらそのあとに従った。気をつけて、それ以上家のなかにはいっていかないでと声をかけたくなる衝動をやっとの思いで抑えつけながら。

レオは何を思い出しているのだろう？　この家のものは、家具や磁器から絵や彫刻、ドア・ストッパーや石炭入れまで、すべて彼が買ったものだ。きっと一生使っていこうと思って買ったのだろう。しかし、この家を出ていくときには、本や服以外にはほとんど何も持ちださなかった。ほかのものはまとめて売り払われ、代金はブライオニーの弁護士を通じて彼に届けられた。

レオは階段を昇った。ブライオニーは親柱にもたれ、心のなかで静かに泣いていた。それ以上行かないで。それ以上階段を昇らないで。

階上《うえ》にはダイニングルームがあった。そこで彼は夫婦の会話を試みたのだった。ブライオニーが予測していたよりもずっと長い時間をかけて。日々病院での出来事を尋ねられたものだ。おもしろい症例はあったか？　ドルーリー・レーンで新しい芝居がかけられているが、興味があればいっしょに行かないか？　王立動物学会の講義を聞きに行くのはどうか？　そして日を追うごとに苦しみが増していたブライオニーは、ひとことふたこと返事をするだけだった。

その上の階には寝室があった。お願い、そこには行かないで。しかしレオは寝室にはいっていった。むきだしの床に足音が響く。

どうしたんだ？　何かぼくがまちがったことでも？　お願いだ、きみのために何ができるか教えてくれ。レオは何度もそう尋ねた。ブライオニーは答えを拒み、夫婦生活がうまくいくように協力することも拒んだ。

突然ブライオニーは階段を駆け上がった。家が火に包まれ、そこから彼を連れださなければならないとでもいうように。

「レオ！　レオ！」

レオは階段で彼女を出迎えた。「ぼくはここだ。どこにも行かないさ」

「もう行きましょう。ここから出ましょう。ここへ来たりしなければよかった」

レオは彼女に腕をまわした。「過去をなかったことにはできないよ、ブライオニー。ここは昔のぼくたちだ。あのときともに暮らした生活がここにある」

「だったら、わたしたちはどうしたらいいの？　ずっとそれを抱えて生きていくの？」

「なんであれ、抱えて生きていくことにはなる。ぼくたちにできることは、過去のせいで未来が見えなくなるような力を過去におよぼさせないことだけだ」

「どうしたらそれができるの？」

レオは何もかかっていない階段の壁を見つめた。かつては、訪れたことのあるはるか遠くの地の写真が三階までずっと飾られていたのだった。「この家のなかをうろつきながら、ぼくが何を思い出していたかわかるかい？」

ブライオニーは訊くのが怖かった。「何を思い出していたの?」

「以前、この家が空っぽだったときのことさ。きみが買った家をぼくがひとりで見に来たときのことだ。とても気に入ったので自分でも驚いたものだよ。部屋から部屋へ歩きまわりながら、きちんと家具調度を備えたら、この家がどんなふうになるか、すでに頭に思い描くことができた。きみが眠っているあいだにきみを抱いた最初の数回にどんな感じがしたかも思い出したよ。ぼくは有頂天だった。雲の上を歩いている感じだった。それで、ほかに何を思い出したかわかるかい?」

「ほかに何を思い出したの?」ブライオニーは小声で訊いた。

「顕微鏡さ」

「わたしが婚姻の無効を申し出た日のこと?」声が震えた。

「きれいな顕微鏡だった。ぼくがきみのためにそれを買ったのは、少しも希望を失っていなかったからだ」レオは彼女の顎を上げた。「いっしょにいるかぎり、心にはつねに希望を抱いていられた。この家で何が起ころうとも、それが変わることはなかった」

今度は心が震えだした。「どうしてそんなふうでいられるの? どうやったら闇に直面してそこに美点を見出せるの?」

彼の唇が彼女の唇をかすめた。「イギリスに到着する前に心を決めたんだ。きみを信じるって」

「わたしを？」そのことばは信じられないという響きを帯びていた。「でも、あなたの信頼を得られるようなことは何もしていないわ」

「信頼は選んでするものだ。ぼくはきみの愛と意志の固さを信じることにするよ。いつか過去や現在にぼくが負けそうになる日が来たら、きみがその暗黒の時からぼくを連れだしてくれると信じるよ」

ブライオニーにはことばがなかった。心が粉々に崩れていくのを感じながら、彼の顔にキスの雨を降らせるしかできなかった。甘く大事な瞬間だった。手足の骨もきちんと整形されるためにはもう一度折れる必要があるものだ。心も真に癒される前に一度粉々になる必要があったのだ。

ケンブリッジへ列車で向かう道中、ブライオニーはあまり口をきかなかった。レオが車掌にチップを渡し、ファーストクラスの車両にふたりきりになるようにしたにもかかわらず。途中ブライオニーは彼のとなりに席を移し、頬を肩に寄せた。それからケンブリッジに着くまでのあいだ、レオには彼女の帽子の後ろについた太い羽根が耳にちくちくと心地よく感じられた。

レオはケンブリッジを案内してまわりたいと思っていた。自分が学んだトリニティ・カレッジのグレート・コートや、キングズ・カレッジのゴシック様式の壮大な教会や、カム川の土手沿いに延々と広がり、六つのカレッジの広い裏庭や庭園を成すバックスなどを。時期も最高だった。秋学期はまだはじまっておらず、何エーカーにもおよぶ大学内は人影もまばらで静かなはずだった。

しかしブライオニーはまず彼の家を見たがった。つまり、空《から》っぽの家からまっすぐ空っぽの家へ向かうことになったのだ。とはいえ、ケンブリッジの家は感じがまるでちがった。単に空っぽなだけで、見放されているわけではなかったからだ。

「清潔なにおいがするわ」とブライオニーが言った。

「ウィルが最近掃除人を入れてくれたんだろうな。ぼくが帰ってくるとわかっていたから」

ブライオニーはほの暗い居間の窓辺へ歩み寄り、カーテンと鎧戸を開けた。明るく澄んだ秋の陽光が部屋を満たし、バタースコッチ色の寄木張りの床と白漆喰の壁が現われた。婚姻の無効が認められてから彼がケンブリッジで過ごした時間は短かったが、そのあいだにこの家の改装を指示したのだった。ロンドンの暗くどんよりした家――ロンドンのすすけた空気を考えれば、あまり選択肢はなかったのだが――に飽き飽きしていたせいで、まったくちがう雰囲気にしたかったからだ。

「コテージみたいな感じね」とブライオニー。

「コテージが好きかい？」

ブライオニーはにっこりとほほ笑んでみせた。「好きになりつつあるわ」

ふたりは一階のすべての部屋を見てまわった。居間がもうひとつと書斎とダイニングルーム。ブライオニーはどの部屋でもカーテンと鎧戸を全部開けてまわった。やがて家は亜大陸の陽射しを浴びたバンガローなみに明るく開放的なものに感じられるようになった。

黒い喪服を着たブライオニーは家のなかの影を集約しているかのように見えた。静かに美しく窓辺に立ち、壁をくまなく見ている。はじめレオは傷がないか探しているのかと思った。が、ふと、彼女が可能性を見ているのだとわかった。もはや空っぽではない家を頭に思い描いているのだ。

涙で目がくもるのをこらえようもない時はあるものだ。

「裏庭に出て桜の木を見てみるかい？」レオは訊いた。「それと川と」

「まずはほかの部屋を見てもいい？」

「もちろんさ」

レオは二階に彼女を案内した。二階には寝室がいくつかともうひとつの居間があった。そして驚きが待ちかまえていた。最後の寝室にベッドが置かれていたのだ。四つの支柱のある大きなベッドで、頑丈で立派だった。大きな羽根のマットレスにはぱりっとした白いシーツがかかっている。

レオは幻でないことをたしかめようと目をしばたたいた。

「これはぼくのしたことじゃない」と彼は言った。

ブライオニーはほほ笑んだ。はじめて見る、はにかんだような笑みだった。

「まさか」レオはゆっくりと言った。ブライオニーが？

「ウィルに手配してもらったの」彼女はまだほほ笑みながら言った。

「いつ？」

「昨日の晩、家に着いてから彼に電話したの。あなたはお風呂だったわ」

「だから今日、レディ・ヴェラを訪ねるようにウィルに言われたのか？　時間稼ぎのために？」

「それはわからない」ブライオニーは言った。「ウィルのやりかたは謎めいているから」

ブライオニーは彼の脇をすり抜けて部屋にはいり、明かりをとり入れると、ベッドのシーツに手をすべらせた。それからベッドの足のほうに腰を下ろし、腕を支柱にからませた。満足そうな笑みは口もとからさらに何秒か消えなかったが、やがておごそかな表情になった。

「今朝、昔の家にいたときのことだけど、あなたにとってもあそこにいるのはいやなことだった？」声を抑えて彼女は訊いた。

「そうじゃないといいんだが」レオは彼女が自分ほどいやな思いをしていなかったならいいがと思った。「でも、たぶんそうだな」

「あの家を出てからずっと考えていたんだけど――」ブライオニーはベッドの支柱に彫られた模様を親指でなぞりながら言った。「自分がこれまでどれほど臆病者だったか、わかっていなかった。物事が辛くなりすぎると、いつも逃げてばかりいたわ。トディの記憶から逃げ、家族から逃げ、結婚からも逃げた。あなたに手紙でのチェスを断わられたときには、あなたから逃げようとした。それから今日、あなたに止められなければ、あの家からも逃げていた。列車に乗っているあいだ、しばらくは絶望的な気分だった。臆病が身にしみついているのに、それをどうにかできるっていうの？　でもそこで気がついたの。臆病じゃないから勇気があるってことにはならないんだって。勇気もやっぱり自分で選びとるものなのよ。恐怖に負けなければ、きっと勇気は得られる」

ブライオニーは支柱に頭をあずけ、彼をじっと見つめた。「あなたがわたしを信頼してくれれば勇気を持てる」

レオは彼女の言いたいことを完全に理解した。「それで、きみの勇気はぼくに信頼をくれる」

ブライオニーはかすかな笑みを浮かべた。「わたしを信じてくれる？」

「ああ」レオはためらわずに答えた。

「だったら、わたしたちは大丈夫とわたしが言ったら、そのことばを信じてね」

レオは彼女を信じた。ふたりが大丈夫であることもわかった。いっしょにいれば。

ブライオニーは帽子のリボンをほどき、凝ったデザインの黒い帽子を脱いだ。帽子の後ろについている太い羽根に指を走らせ、彼をちらりと見た。「さて、わたしの裸をまだ見たいと思ってくれてたりはしないわよね、ミスター・マーズデン？」


レオは眉を上げた。「そんな紳士らしからぬ望みを表明したことがこれまであったかな？」

ブライオニーは笑みを押し隠した。「チャクダラで」

「そうか。命の瀬戸際にいると思っていたときだな。もちろん、今そんなことを言ってきみを困らせたりはしないよ」

ブライオニーは自分の顎が少しゆるむのを感じた。「ほんとうに？」

レオは笑った。一瞬ののちには彼女にキスをしていた。喜びに満ちた濃厚なキス。ブライオニーの心を幸せが満たす。ハチが春を恋しく思うように、秋の気配に空気が冷たくなったときに渡り鳥が暖かい南の巣を恋しく思うように、彼のことを恋しく思っていたのだ。

レオは彼女の上着を脱がせ、床に落とした。シャツのボタンをひとつひとつはずし、あらわになっていく肌にキスをする。やがて肌着の襟までキスが降りた。それからスカートをはぎとり、肩と腕にキスをした。

コルセットが床に落ち、スカートとペティコートがそれにつづいた。レオは片膝をついて彼女のブーツとストッキングを脱がせた。そして、膝の後ろを軽く噛んだ。

ブライオニーは息を呑んだ。

レオは身を起こして彼女の顔を両手で包み、またキスをした。「ブライオニー」とつぶやく。「ブライオニー」

最後の砦である肌着を脱がせる段になって、レオの手は動きを遅くした。肌着の襟もとを飾る小さなフリルをもてあそび、胸のふくらみのふもとにキスをし、ボタンをいじる。ブライオニーは待ちきれなくなり、彼の手を払いのけると肌着のボタンを自分ではずし、腰から床に下ろした。肌着は足もとでメリノ・ウールのかたまりとなった。

全裸で、髪の毛で体を隠すこともなく彼の前に立つと、息がかなり熱くなった。レオのほうは糊のきいた襟にきちんとネクタイを結んだままで、時計隠しも着けたままだ。まるで外からいきなり家にはいってきて、全裸の彼女に出くわしたかのようだ。

彼は軽く指先を彼女の腕に走らせた。それからより挑発的に手の甲ですでに興奮をあらわにしている胸の先をこすった。ブライオニーの息が乱れる。レオは肩をつかみ、彼女をベッドに押し倒した。またキスをしたが、今度のキスは飢えたキスだった。強く押しつけられた彼の体の重みは彼女をうっとりさせると同時に不安にもさせた。

レオは自分の服を脱いだ。ようやくブライオニーも彼の背中のなめらかな筋肉にてのひらを押しつけることができた。ようやく喉と肩にキスもできる。ようやく彼の心臓の鼓動と自分の心臓の鼓動をとなり合わせで打たせることができる。

レオも彼女と同じく待ちきれなくなった。ふたりは結合前の前戯を省いた。ブライオニーには愛の行為は必要なかった。必要なのは彼だけだった。彼という肉体。彼という精神。彼というたくましさ、強さ、激しさ。

ふたりは夏の嵐のようにともにはじけた。熱と動きとたまりにたまったエネルギーが荒々しく爆発し、電流の渦を巻き起こした。

ブライオニーはレオの傷を調べた。「痛いところはない?」

「ないさ。歩くことも馬に乗ることもできる。やろうと思えばダンスだってできるだろうね」

ブライオニーは首を下げ、傷に沿ってキスをした。レオは息を止めた。すでにまた固くなっている。彼女はそれを手で包んだ。レオは彼女のきれいな胸をじっと見つめ——ああ、ようやく裸の彼女を見ているのだ——唇をなめた。

「ペニスについては詳しく知っているのよ」ブライオニーは言った。「これを骨盤に結びつけている大もとの索から、全体を結びつけておおっている筋膜組織にいたるまで」

「まさか」レオが言った。「ぼくの妻がそんなことを知っているはずがない。絶対に」

ブライオニーは笑った。「そう、ペニスの陰茎の部分は三つの筒状の海綿体から成っているの。ふたつの陰茎海綿体と尿道海綿体よ。ペニスの先の部分までつづいているのが尿道海綿体」

ブライオニーはペニスの先を指でこすった。刺激を受けて、とらわれたレオのあわれな部分はさっと動いた。「大動脈から血液が内腸骨動脈に流れこんで、骨盤の骨の下にある陰茎背動脈を通って陰茎深動脈へと流れこみ、うっ血を起こすの。それから、静脈洞吸蔵のメカニズムで静脈がふさがってペニスに流れこんだ血液がそこにとどまり、挿入に必要な固さが維持されるというわけ」

ああ、挿入か。

ブライオニーはまつげをぱたつかせてみせた。「わたしがこういうことをどうやって学んだのか、知りたくない？」

「知りたくない」

ブライオニーはまた笑い声をあげた。「解剖学のクラスよ。筋肉と血管の図形を見て。それからじっさいに解剖もして」

解剖はごめんだな。レオはうめき声をあげた。「そう言うんじゃないかと不安だったんだ」

ブライオニーはもう一方の手でいつくしむように彼を握った。「以前はペニスってつまらないものだと思っていたわ。退屈だし、何を成し遂げるものでもないって」

「教養あるご婦人がたの無知ときたら、まったく驚くほどだな」

「でも今は再教育された」ブライオニーはコケティッシュと言ってもいいような笑みを浮かべた。「今は血肉でできた装置の最高傑作だと思ってる」

レオは彼女を引き寄せてキスをした。それから急いで体をまわし、彼女が下に来るようにした。「今度はぼくの番だ」

「あなたの何の番?」

「今きみがぼくにしてくれたことをする番さ。体のある部分を科学的に検証するんだ」

「だめよ!」

今度は笑い声をあげるのはレオのほうだった。彼は片手を使って膝を下ろさせ、彼女が脚を閉じるのを防いだ。「きみが遠くにいてぼくがひとりきりのときにぼくが何を思い描くかわかるかい?」レオは小声で言った。「太陽の下、裸でいるきみの姿さ」

レオは彼女の胸の先をなめた。ブライオニーは声をあげた。

「イギリスの太陽じゃない。そう、ちゃんとした陽射しを投げかけてくれたためしがないからね。その太陽はアラビア海の太陽だ。もしくは南フランスの太陽。鏡が割れるほどに明るい光だ。きみはその光のなか、裸で太腿をこんなふうに大きく開いて――」


太腿を大きく開かれ、ブライオニーはまた息を呑んだ。それから興奮が頂点に達したというようにあえいだ。それはレオの耳には音楽に聞こえた。

レオは手を離して身を起こした。ブライオニーは震えていたが、太腿は開かれたままの状態だった。

何もかもほんとうに美しい女だ。

レオは彼女のそこにキスをし、飢えたように味わった。軽いキスが口を開けてむさぼるキスに変わる。ブライオニーは声をあげ、身をよじった。彼女の尻はやわらかく、太腿はさらにやわらかかった。そして謎めいた中心部はこれまで遭遇したことのない、鼓動が速くなるほどのやわらかさだった。

やがてブライオニーは美しく達した。恥じらうと同時に、奔放そのものといった感じでもあった。レオは我慢できなかった。彼女のなかに一瞬ではいり、すぐさま悦びの潮流に引きずりこまれた。

ブライオニーは彼の眼窩《がんか》の骨をなぞった。「わたしが何を考えていると思う?」

「何を考えているんだい?」

「あなたの美しさはあなたにとって大きな不幸だってこと」

「そのおかげできみが手にはいったのに」

ブライオニーは笑みを浮かべた。ばつの悪い思いが半分で、彼が自分を理解してくれていることへの喜びが半分だった。「そのとおりね。でも、人があなたを見るときには、この華やかな外見しか見ないのがもったいないと今でも思うわ。あなたが年をとって歯を失ったときに、会う人があなたの内なる美しさに気づくのが待ちきれない感じよ」

「みんなぼくの歯が抜けたことに驚くだけじゃないかな?」

ブライオニーには確信があった。「いいえ、内なる美しさに驚くの」

レオは顔を赤らめた。彼のそうした内気なところもいとおしかった。内気に見えるとは以前は思ったこともなかったのだが。

「ありがとう」レオは小声で言った。「きみがそう思ってくれていることはぼくにとって大きな意味がある」

「愛してるわ」とブライオニーは言った。

「うーん」レオは言った。「ぼくはきみの髪が好きだ。きみの目も。肩もね。腕も好きだな。胸も。お尻も好きだ。太腿も。それから――」

ブライオニーは彼の口を手でふさいだ。

レオはその手を引きはがした。「おかしくなりそうなほどきみを愛してる」

ブライオニーは彼に身をすり寄せた。「わたしはケンブリッジが好きだわ」

「まだケンブリッジを見てないじゃないか」

「ここで暮らしたい。この家で」

「それで医者の仕事は辞めるのかい？　ケンブリッジではロンドンほど女医に仕事の機会はないぞ」

「ロンドンから列車でたった一時間の距離じゃないの」

「片道ね」レオが言った。

「英語やフランス語やドイツ語で書かれた医学雑誌を読む時間がとれるわ。どのみち読まなければならないものだし。それに、ドイツ語は読むのに時間がかかるの」

「だったら、ロンドンにも住む場所を作ろう。そうすれば、休みのあいだはぼくもロンドンに住めるし、きみも通勤にそれほど時間をとられなくてすむ」

ブライオニーはそのことを考えてみた。「それもいいわね。そうすれば、いっしょにチェスもできる」

未来設計が決まり、ふたりはよりゆったりとやさしく愛を交わしてそれを祝った。やがてゆったりとやさしく交わしていた愛は飢えと衝動と欲望にとってかわられた。そして最後は燃えるような満足感のみが残った。


レオは身仕度をし、彼女をなだめすかしてベッドから引っ張りだした。

「もう午後の二時だぞ。きみは昼に何も食べていない。おいで。何か食べるものを見つけに行こう」

そう言ってコルセットのレースを結んでやり、上着のボタンをはめてやった。きちんと襟も直してやった。「これできみも三度つづけて男とセックスしたようには見えないよ」

ブライオニーは頭にかぶる前に帽子で彼を叩いた。しかし帽子を髪にピンで留めようとしたところで、レオが帽子を奪い、髪の毛の白くなった部分を撫でた。

「ずっと訊きたいと思っていたんだ。こうなったのはぼくのせいかい？　キャリスタがそうだと言っていた」

ブライオニーは首を横に振った。「妙なことが起こっただけよ。当時は何かの徴候だと思ったけど。それで翌日婚姻の無効を申し出たの」

レオはため息をつき、白くなった部分に唇を押しつけた。

「染めたほうがいいかしら?」ブライオニーが訊いた。「一年ほどは染めていたのよ。でも、そんなことをしてもあまり意味がない気がして」

「いや、染めないでくれ。完璧な調和を乱すものかもしれないが、ことばにできないほどに美しいからね」ふたりのこれまでを映しだすもの——不完全ではあっても、レオにとっては何よりも美しいものだ。

ブライオニーは彼をじっと見つめた。緑の目は深くきらきらと輝いている。

「あなたの言うとおりね」ブライオニーは彼をきつく抱きしめながら言った。「ことばにできないほど美しいわ」

エピローグ

その長く輝かしい経歴において、ケンブリッジ大学の数学科正教授、クウェンティン・レオニダス・マーズデン氏は、新聞や雑誌の記事に数多く登場してきた。記事ではまず、彼がケンブリッジ大学の学生時代に発表した目をみはるような論文や、世界をまたにかけた雄々しい冒険旅行、一八九七年のスワート谷の反乱の際、民間人として戦闘に加わり受章したヴィクトリア勲章が引き合いに出されるのがふつうである。

記事のいくつかでは、彼が医学の先駆者であるブライオニー・アスキス・マーズデンと結婚していることにも言及されている。ただし、彼がマーズデン夫人と一度ではなく、二度結婚したことをあえて述べているのは、あるアメリカの雑誌の記事ただひとつである。

マーズデン教授がみずからの結婚生活について公表したのもアメリカにおいてだけである。それは彼が数年に一度招かれて講義を行なっているプリンストン大学が講義目録の最後に必ず入れてほしいと要請する、短いプロフィールの最後に付け加えられたものだ。

何十年とたつあいだに、短いプロフィールの本文には新たな実績や賞歴が加えられたが、最後の文章が変更されたことはない。それはいつもこうである。

〝学期のあいだマーズデン教授は、チェスの名手であり、著名な医師でもある妻のブライオニー・アスキス・マーズデンとともにケンブリッジで暮らしている。一日のうちで気に入りの時間は、日中ロンドンで仕事をしているマーズデン夫人を列車の駅に迎えに行く夕方六時半である。日曜日の午後は、雨が降ろうと日が射そうと、教授とマーズデン夫人はバックス沿いの散歩に出かける。夫妻はともに老いていくのを非常に大切なことと思っている〟

あとがき

荷役人が険しい山岳地帯でバスタブを運ぶ？　現地人の料理人が山越えの途中でヨーロッパ風のデザートを出す？　そのことをフィクションの本で読めば、作家がきちんと調査もしていないとあざけり、そこにバスタブを登場させた意図など明々白々だと鼻白むかもしれません。でも、イザベル・サヴォリーの書いた“*A Sportswoman in India: Personal Adventures and Experiences of Travel in Known and Unknown India*”によると、こうしたことはほんとうにあったことなのです。これは十九世紀末に数多く書かれた旅行記の一冊というだけでなく、執筆した女性の頑固なほどの強い独立心を描いた魅力的な本です。

一九〇一年四月二十七日、〈ニューヨーク・メディカル・ジャーナル〉に、アメリカ合衆国と大英帝国において、女性医師が病院に雇われたという記事が載りました。ロンドンの新婦人病院は次のように述べています。「四十一人の内科医と外科医からなるスタッフのうち、二十八人が女性である。その内訳は次のとおり、顧問医師が四人、入院患者担当の内科医および外科医が五人、通院患者担当の内科医および外科医が六人、診療助手が六人、眼科医がふたり、麻酔専門医が三人、解剖医がひとり、専門医学実習生が三人」（それぞれの人数を足しても二十八にはなりません。おそらく、複数の業務を兼務している医師が何人かいたせいだろう）

一八九七年後半、インド北西部辺境地帯と呼ばれる広い地域で、多くの暴動が起こりました。スワート谷で起こった反乱を取材するために、じっさいにある若き野心家のジャーナリストが前線に急行しました。それはいったい誰だったでしょう？　誰あろう、二十二歳のウィンストン・チャーチルその人でした。彼は後に"*The Story of the Malakand Field Force*"という回想録を出版しています。

ウィルとマシュウがはじめて登場したのは、『誘惑の晩餐』（ソフトバンク文庫）です。魅力的なウィルは主人公の次に重要な人物として登場します。この本のなかで彼は五人兄弟ということにしました。ウィルが求愛するご婦人が彼に弟がいることを知らなかったために、彼とマシュウをまちがえるという設定にするためです。その後、本書の登場人物を考える段になって、若い主人公が必要となりました。そこでわたしはこう自問しました。ねえ、マーズデン家の末っ子じゃだめ？　こうしてこの二冊は、わたしの著作のうちではじめて作品間につながりを持たせたものになったのです。

訳者あとがき

二〇一〇年RITA賞ベスト・ヒストリカル・ロマンス部門受賞作、シェリー・トマスの『灼けつく愛のめざめ』をお届けします。

時は十九世紀末。ヒロインのブライオニーは当時上流階級の女性としては珍しい女医で、「紳士の娘が日々勤めに出るなど、恥ずかしいこと」と後ろ指さされながらも、病院勤めをしていました。幼なじみのレオと再会し、その魅力のとりことなった彼女は、彼にみずからプロポーズし、彼のほうもそれを受け入れてふたりは夫婦となります。しかし、その結婚生活は長くはつづきませんでした。一年ほどでブライオニーが婚姻の無効を訴え、ふたりは別れることになります。

それから三年後、ブライオニーの妹に頼まれ、レオが彼女を探しに来ます。ブライオニーはインド北西部の辺境地帯（その後、パキスタン北西辺境州と呼ばれた地域）にいました。

レオとともにイギリスに帰ることにしたブライオニーでしたが、当時のインド北西部辺境地帯は、英国支配に反発するイスラム教徒の反乱の機運が高まりつつあり、非常に危険な状況でした。本書では、反乱に巻きこまれ、命の危険にさらされながら、ふたりが誤解を解き、情熱を燃やして愛を深めていく様子が、とてもスリリングに描かれています。

シェリー・トマスは中国で生まれ、中国語を母国語として育ちました。英語はのちに習得して使いこなすようになった第二の言語です。おそらくはそのせいかもしれませんが、非常にユニークで風変わりな表現が随所に見られます。とくに比喩的な表現には想像力をかきたてられるものがあります。たとえば、稲妻を「怠け者の天使がマッチで遊んでいるかのようだ」と表現したり、あらわになったみずみずしい肌を「物乞いの寄付金箱ほどもむきだしで」と言い表わしたりと。

トマスは「作家として幸いなのは、(英語のわからない)母に書いた本を読まれずにすむこと。なんてありがたい自由!」と述べています。そのせいではないでしょうが、官能的な表現もとても自由で刺激的です。そしてそれがロマンティックな物語に彩りを添えてくれています。

本書で語られるスワート谷の戦いは歴史的事実で、一般にはマラカンド戦争と呼ばれています。一八九七年七月、イスラム教導師（ファキア）に率いられた反乱軍が突然チャクダラとマラカンドの英国軍駐屯地を攻撃し、包囲戦の攻防がはじまります。数にまさる反乱軍でしたが、数日で英国軍に撃退され、反乱は収束に向かいます。その後英国軍は報復のために連隊をスワート谷へ送ることになりますが、それについては、作者もあとがきで述べているように、のちの英国首相ウィンストン・チャーチルが懲罰隊に従軍し、“*The Story of the Malakand Field Force*”という本を書いています。

本書は一度切れた絆をふたたび結ぶ夫婦の愛の話でもありますが、傷ついた魂の再生の物語でもあります。幼少期の孤独な生活からブライオニーは心を閉ざし、他人とのあいだに壁を築くようになってしまいます。レオとの結婚生活が破綻したことで深く傷ついた彼女は、二度と傷つくまいと、その心の壁をまるで〝城砦〟のように高く、堅固なものにします。しかし、死の恐怖にさらされ、ほんとうに大事なものだけがはっきり意識される状況におちいって、真の愛を知り、誰かを信じる気持ちをとり戻すことで、ブライオニーはみずから〝城砦〟を壊し、新たな人間として生まれ変わるのです。本書ではそうした魂の再生にいたる繊細な心の動きも丁寧に描かれています。

シェリー・トマスは『もう一度恋をしたくて』（ソフトバンク文庫）で彗星《すいせい》のごとくヒストリカル・ロマンス界に現れ、三作目の本書でＲＩＴＡ賞を受賞するなど、現在大注目のベストセラー作家で、今後も次々と魅力的な作品を世に送りだす予定でいます。いずれそのほかの作品もご紹介できると幸いです。

二〇一一年三月

ザ・ミステリ・コレクション

灼《や》けつく愛《あい》のめざめ

著者　シェリー・トマス

訳者　高橋佳奈子《たかはしかなこ》

発行所　株式会社 二見書房
東京都千代田区三崎町2-18-11
電話 03(3515)2311［営業］
03(3515)2313［編集］
振替 00170-4-2639

印刷　株式会社 堀内印刷所
製本　合資会社 村上製本所

ISBN978-4-576-11048-6
http://www.futami.co.jp/